SŁUŻBY SPECJALNE

PODWÓJNA PRZYKRYWKA

PATRYK VEGA

SŁUŻBY SPECJALNE

PODWÓJNA PRZYKRYWKA

OTWARTE
KRAKÓW 2016

Opieka redakcyjna: Małgorzata Olszewska

Redakcja tekstu: Mateusz Baczyński, Michał Cetnarowski

Opracowanie typograficzne książki: Daniel Malak

Adiustacja: Magdalena Kędzierska-Zaporowska / d2d.pl

Łamanie: Małgorzata Poździk / d2d.pl

Projekt okładki i wkładek: Eliza Luty

Fotografia Jarosława Pieczonki na 1 s. okładki:
Agnieszka Wojtuń / Green Carrot

Fotografia autora na 4 s. okładki:
Krzysztof Opaliński / sesja dla magazynu „Viva!"

Fotografie na wkładkach: z archiwum domowego
Jarosława Pieczonki

ISBN 978-83-7515-399-6

OTWARTE

www.otwarte.eu

Zamówienia: Dział Handlowy, ul. Kościuszki 37, 30-105 Kraków,
tel. (12) 61 99 569
Zapraszamy do księgarni internetowej Wydawnictwa Znak,
w której można kupić książki Wydawnictwa Otwartego: www.znak.com.pl

Książkę tę poświęcam wszystkim ludziom znanym mi i nieznanym, którzy pomogli w układaniu mojej kariery zawodowej, Rodzinie, a także mojej partnerce Agnieszce i jej synowi Patrykowi

Jarosław Pieczonka

Niektóre imiona, nazwiska i funkcje
osób występujących w książce oraz niektóre
inne nazwy własne zostały zmienione

Patryk Vega: Zabiłeś kogoś?

Jarosław Pieczonka, pseudonim Majami: Nie.

Dlaczego się uśmiechasz, kiedy cię o to pytam?

Trzeba być zawsze dobrym i uśmiechniętym.

Zaliczyłeś kilkadziesiąt operacji specjalnych pod przykryciem. Robiłeś osłonę kontrwywiadowczą dla najbogatszych ludzi w Polsce. Brałeś udział w rozpracowaniu służb specjalnych ściany północnej. Doprowadziłeś do wojny z szefami CBŚ, CBA i ABW. Ochraniałeś z najemnikami – byłymi żołnierzami SAS i Royal Marines – statki

przed somalijskimi piratami. Mam uwierzyć, że nigdy nikogo nie zabiłeś?

Broni palnej użyłem kilkanaście razy. Zawsze zgodnie z obowiązującymi przepisami. I nigdy nikogo nie zabiłem. Ale nie miałbym skrupułów, żeby to zrobić. Byłem do tego przygotowywany. Czy miałbym jakieś wyrzuty sumienia, gdybym to zrobił? Nie, bo z tym się wiąże służba. Mam bronić naszego państwa przed tymi, którzy mu zagrażają. Nie mówię oczywiście o polityce, tylko o kwestii obronności naszego kraju. I nie jest sztuką strzelić do kogoś – tym bardziej że zabijać można w różny sposób.

To znaczy?

Służby posługują się niekonwencjonalnymi metodami. Na szkoleniu pokazywali mi na przykład, jak służby bloku wschodniego używały środków chemicznych, które usypiają człowieka, a są nie do wykrycia w organizmie. Można z takim delikwentem zrobić wszystko, a on się obudzi na drugi dzień i będzie mieć przeświadczenie, że po prostu usnął. Widziałem też działanie substancji, które powodują halucynacje. Doprowadzają człowieka do takiego stanu, że próbuje się bronić przed wyimaginowanym atakiem i popełnia samobójstwo.

Jakiego typu są to halucynacje?

Widzisz jakieś węże, smoki i inne takie. Wydaje ci się, że jedyną ucieczką przed tym jest samobójstwo. Również ten środek jest nie do wykrycia w organizmie.

Gdzie się z tym spotkałeś?

Uczyli mnie o tym. Takimi środkami posługiwali się Niemcy, Rosjanie i Bułgarzy.

Czy w Polsce zetknąłeś się z komórką likwidacyjną?

Powiem tak: jeśli takie komórki istniały, to w ich funkcjonowanie była wtajemniczona minimalna liczba ludzi. Chodzi przecież o to, aby takie rzeczy nigdy nie wyszły na światło dzienne. Są to działania, które służą obronności oraz bezpieczeństwu państwa i obywateli. I nie widzę w tym nic złego. Należy to wyraźnie odróżnić od sytuacji, gdy ktoś ze służb kieruje się prywatnym interesem i po prostu wykorzystuje swoją pozycję i swoich ludzi do pozbycia się kogoś. Wówczas jest to już działanie przestępcze. Trzeba zresztą podkreślić, że czasy, w których zaczynałem, kompletnie różniły się od dzisiejszych. Teraz służby walczą z terrorystami, którzy są fanatykami i używają niekonwencjonalnych metod – dlatego zmuszone są do podejmowania niekonwencjonalnych działań.

KONTRWYWIAD WOJSKOWY

W jaki sposób trafiłeś do kontrwywiadu?

Wszystko, co osiągnąłem, zawdzięczam wojsku i zawsze o tym pamiętam. Kiedy miałem piętnaście lat, obejrzałem w telewizji polski film *Czerwone berety*. Z moim kolegą z dzielnicy poszliśmy na dach kamienicy i długo gadaliśmy o tym, co widzieliśmy. Powiedziałem mu wtedy, że zrobię wszystko, żeby kiedyś dostać się do Beretów. No i przyszedł rok 1983. Miałem już osiemnaście lat i dostałem wezwanie do wojska. Byłem wtedy po zawodówce, trenowałem karate, biegałem. Poszedłem do WKU, a tam facet, który robił ewidencję, zapytał mnie, co bym chciał robić w wojsku. Odpowiedziałem, że chcę pójść do czerwonych beretów. Na co on: „Czy zdajesz sobie sprawę, co to w ogóle jest za jednostka i z czym wiąże się służba w niej?”. Odpowiedziałem, że widziałem film, a on mi na to, że film wszystkiego nie oddaje. Ale powiedziałem twardo, że się decyduję – nie wiedząc jeszcze, co mnie będzie w związku z tym w życiu czekało. Wysłali mnie zatem na kurs spadochronowy do Krosna, który trwał miesiąc.

Jako cywila?

Tak. To był taki kurs przygotowawczy przed wojskiem. Oddawało się trzy skoki ze spadochronu. Instruktorami byli żołnierze. Po ukończeniu szkolenia, jesienią 1984 roku, dostałem powołanie do jednostki w Lęborku, jakieś sto kilometrów od Gdańska. Jak tam przyjechałem i przeszedłem przez bramę, zobaczyłem żołnierzy w niebieskich beretach. Miałem ochotę zawrócić. Po prostu nie wiedziałem, co ze sobą zrobić. Byłem załamany. Bo mi się marzyły cały czas te czerwone. Ale wszedłem i zaczęła się unitarka.

Co to jest?

To czas do przysięgi. Robią z ciebie żołnierza, uczą cię chodzić, mówić, strzelać, obsługiwać broń. Na unitarce są tylko młodzi żołnierze. W ogóle okazało się, że jednostka 3596/R to kompania rozpoznawcza.

Nie wiedziałem, co to jest. Wcześniej zapoznano nas ze strukturą kompanii, na którą składały się: dwa plutony rozpoznawcze, pluton płetwonurków, pluton łączności, pluton zaopatrzenia i remontów oraz pluton specjalny. Jak tylko usłyszałem „pluton specjalny", to od razu się zainteresowałem. Po unitarce żołnierze byli przydzielani do różnych plutonów. Do mnie przyszedł kapral Andrzej Skrodzki i zapytał:

– Pieczonka, chcesz być komandosem?

Odpowiedziałem, że tak. A on na to:

– To pójdziesz do plutonu specjalnego.

– A co to jest?

– Dowiesz się w swoim czasie.

Okazało się, że pluton specjalny to była jednostka dywersyjno-rozpoznawcza, która działała na rzecz 7. Brygady Obrony Wybrzeża, czyli desantu morskiego. Prowadziła rozpoznanie, dywersję – to, co robią kompanie specjalne w Wojsku Polskim, tyle że to nie była kompania, tylko pluton. Różniliśmy się od nich między innymi tym, że nosiliśmy niebieskie berety, a nie czerwone. Jako ciekawostkę powiem ci jeszcze, że przygotowywano nas na wypadek wojny, czyli konfliktu z NATO. Mówiąc konkretniej: do działań dywersyjno-rozpoznawczych na terytorium całej Skandynawii.

A byliście tam w ogóle?

Nie, ale mieliśmy „szkolenie z obcych armii" – czyli obyczajów, jakie tam panują, sytuacji politycznej, zachowań ludności cywilnej i tak dalej. Podstawowe, ogólne informacje.

Dlaczego akurat Północ?

To miał być nasz teatr działań wojennych, gdyby doszło do konfliktu z NATO. Do Skandynawii miały zostać przerzucone jednostki dywersyjne, między innymi nasza, Pięćdziesiąta Szósta i Czterdziesta Ósma – jednostki specjalne. Chodziło o to, żeby sparaliżować działanie szwedzkich, norweskich i duńskich jednostek liniowych w Skandynawii.

Na czym ta dywersja miała polegać?

Na niszczeniu punktów newralgicznych, takich jak mosty, elektrownie, wodociągi, jednostki wojskowe. Do tego mieliśmy prowadzić też dezinformację, na przykład poprzez przestawianie znaków drogowych.

Czyli nie chodziło o prowadzenie otwartej wojny?

Nie, to miała być dywersja. Mieliśmy utworzyć bazę w lesie i stamtąd prowadzić działania. Również wywiadowcze.

A jak zamierzano was tam przerzucić?

Były różne scenariusze - transport pod wodą albo zrzut na spadochronach. Co ciekawe, przeżycie takiej grupy specjalnej, pięcioosobowej, w przypadku konfliktu NATO z Układem Warszawskim szacowano na godzinę.

Co to znaczy?

Że przeżylibyśmy godzinę. Może dwie.

Dlaczego tylko tyle?

Z analiz wychodziło, że jak grupy zostaną zrzucone, to na sto-dwieście osób przeżyje jedna, może dwie, góra trzy. I może uda im się wykonać jakieś zadanie. Tak wyglądały prognozy na wypadek konfliktu zbrojnego.

Jak was przygotowywano?

Uczono nas na przykład, jak przeżyć w lesie. Czyli że można jeść korę, zbierać grzyby, zimą polować na zwierzynę. Wiedzieliśmy też, jak zacierać ślady.

Opowiedz.

Na buty zakładało się takie specjalne ochraniacze zrobione ze szmat. Do tego brało się igły z drzewa iglastego albo całą gałąź i zamazywało się ślady. Można było też pieprz rozsypać.

Żeby psy nie wyczuły?

Tak. Organizowano ćwiczenia, które polegały na tym, że ścigały nas psy i musieliśmy zacierać ślady. Pamiętam, że w całym oporządzeniu przeprawialiśmy się wtedy przez rzekę, która miała ze trzy kilometry. Robiliśmy to w ten sposób, że przeprawialiśmy się na drugi brzeg, pokonywaliśmy kilkaset metrów, po czym wracaliśmy na poprzedni brzeg, szliśmy kilkaset metrów i znowu przeprawialiśmy się przez rzekę. I tak kilka razy, żeby zgubić psy. A woda była po pas. Niestety miałem pecha, bo na dnie tej rzeki był jakiś konar, i wypierdzieliłem się z całym oporządzeniem. No ale cóż, trzeba iść dalej. A było bardzo zimno.

Nie przeziębiłeś się?

Nie. Wiesz, adrenalina i ruch robią swoje. Poza tym przygotowywali nas psychicznie na takie sytuacje. Robiliśmy na przykład marsze długodystansowe.

Mieliśmy wpojone, że jak dopadnie nas kryzys, nie wolno nam się zatrzymać nawet na chwilę, że mamy iść dalej. Bo tylko tak można pokonać kryzys.

I co? Działało?

Tak. Pamiętam, że mój pierwszy marsz miał dystans dziesięciu kilometrów, a ja nie mogłem przejść pięciu. Wiesz, to całe oporządzenie: broń, maska, mundur, ważyło ze trzydzieści kilo. Do tego nieumiejętnie dobraliśmy tempo marszu. Ale potem starzy żołnierze wyjaśnili nam, jak należy działać w takich sytuacjach i jak pokonać kryzys.

Jak?

Przede wszystkim pokazali nam, jak spakować sprzęt, żeby wszystko się zmieściło w zasobniku i by nic nas nie piło. Bo nie było wtedy goretexów, broni zrobionej z lekkich materiałów, ciuchów odprowadzających pot i tak dalej. Musieliśmy sobie radzić ze sprzętem, który mieliśmy. A to był nasz cały dobytek, który w razie konieczności miał nam uratować życie.

Poza tym – tak jak wspomniałem – tłumaczyli nam, że w razie kryzysu nie można się zatrzymać. Trzeba iść dalej za wszelką cenę.

Jakie jeszcze mieliście szkolenia?

Mieliśmy jedno trzydobowe na poligonie rakietowym. Polegało na tym, że musieliśmy przejść na poligon, z Lęborka do Torunia, niezauważeni, a następnie podłożyć imitowany ładunek wybuchowy pod wyrzutnie rakietowe. Ta jednostka rakietowa otrzymała oczywiście informację, że w rejonie działają jednostki dywersyjne.

Jak wyglądały takie materiały wybuchowe?

To były kostki, które imitowały wybuch i wydzielały czerwony dym. No więc najpierw zrobiliśmy rozpoznanie, a potem podłożyliśmy ten ładunek i go zdetonowaliśmy.

Czyli wam się udało?

Tak. W Lęborku, w plutonie specjalnym, uczono nas bytowania w ukryciu, robienia zasadzek czy przenikania. Szkoliliśmy się wspólnie z 56. Kompanią Specjalną ze Szczecina, 1. Batalionem Szturmowym z Dziwnowa oraz z Kompanią Specjalną ze Stargardu Szczecińskiego. Odbywaliśmy wspólne szkolenia na poligonie Jaworze w Drawsku Pomorskim. Zwracano uwagę szczególnie na pracę w grupie. Byłem strzelcem RPKS – ręcznego karabinu maszynowego ze składaną kolbą. Raz do roku organizowano zawody pododdziałów do działań specjalnych. Odbywał się wtedy swoisty sprawdzian rocznego szkolenia zwiadowcy. Można to porównać do dzisiejszej selekcji do jednostek specjalnych, takich jak GROM czy Formoza. Zawody trwały siedem dni, a konkurencje były następujące: topografia, armie obce, strzelanie, pływanie, bieganie, likwidacja wartownika. Najtrudniejszą był nocny skok ze spadochronem w pełnym oporządzeniu, a potem długodystansowy, sześćdziesięciokilometrowy marsz na czas. Skakała cała grupa i liczył się czas wszystkich osób, które wchodziły w jej skład.

Zasobnik ważył trzydzieści kilogramów, do tego dochodził spadochron główny i zapasowy oraz broń, ładownice, maska przeciwgazową i PZW, czyli wieloczynnościowy płaszcz zwiadowcy. Był to płaszcz gumowy wielkości jednoosobowego pontonu, spełniający funkcję osłony przed BMR, czyli bronią masowego rażenia i chemiczną, służący też do przepraw wodnych. A w zasobniku było wszystko to, co ci ojczyzna dała. Czyli dresy, bielizna, pałatka ze stelażem, skarpety, chlebak, składana saperka z pokrowcem, przybory toaletowe, dwa ręczniki... A jak zasobnik nie ważył trzydziestu kilogramów, to dowódca kazał wkładać do niego cegły. Skoczek o średniej wadze osiemdziesięciu kilogramów ważył z tym sprzętem nawet sto pięćdziesiąt kilo.

Następnie podpinałeś do pasa głównego ładownice z magazynkami, maskę przeciwgazową i PZW, broń zawiniętą w specjalny brezentowy pokrowiec. Potem zakładałeś spadochron główny i zapasowy. Następnie przechodziłeś przez trzy linie kontroli i sprawdzali cię instruktorzy, odpowiedzialni za to, czy masz odpowiednio złożony spadochron główny i zapasowy oraz ułożoną całą resztę. Miałeś też dwa noże: spadochronowy, służący do cięcia linek w razie zagrożenia, oraz nóż szturmowy, czyli sztylet i bagnet w jednym. Na wypadek wojny dawali jeszcze wieloczynnościowy nóż zwiadowcy, to znaczy nóż sprężynowy z – między innymi – zapalniczką.

Po kontrolach czekałem na wejście do samolotu. Trwało to różnie, w zależności od liczby skoczków. Nieraz musiałem czekać w pełnym oporządzeniu dwie–trzy godziny, zanim wszedłem na pokład. W zależności od typu samolotu czekało dwunastu skoczków – w An-2, lub czterdziestu – w An-26. Były to typowe transportowe samoloty wojskowe. W żargonie spadochroniarzy mówiono na nie „samoloty szybkie".

W Lęborku zdobyłem tytuł Skoczka Spadochronowego Wojsk Powietrznodesantowych – oddałem piętnaście skoków ze spadochronem, w tym w nocy, do jeziora Miedwie, oraz z szybkiego samolotu. W sumie mam za sobą siedemdziesiąt pięć skoków, co uprawnia mnie do noszenia „gapy", czyli odznaki skoczka. Na poligonie stare wojsko nas mniej ścigało, a kadra ćwiczyła z nami, żeby się zintegrować. Bo takie były wtedy zasady wojsk specjalnych.

Poza poligonem istniała fala?

Tak. Czterech z nas po unitarce trafiło do plutonu specjalnego, ale ja miałem najgorzej, bo nikomu nie właziłem w dupę. Jebali mnie jak psa, bili, kazali parzyć dziesięciu starym herbatę. Najgorzej było, jak pochlali. Wyciągali nas z sali, kazali stawać w rzędzie i na przykład napierdalali w brzuch. „No i co, komandos, wytrzymasz czy nie wytrzymasz?" – pytali. Albo podchodzili i w karczycho napierdalali z całej siły. Czasami potrafili taboretem w plecy uderzyć. Albo kazali pompki robić i skakali po tobie. Co jeszcze wymyślali? Dawali ci na plecy dwa zasobniki po trzydzieści kilo i musiałeś w nich pełnić dodatkowe warty, właśnie za tych starych.

Generalnie przez rok nie wolno było siadać: jak wchodziło stare wojsko, to musiałeś stać. Zawsze trzeba było wiedzieć, ile ma się dni do cywila. Jak nie pamiętałeś, to musiałeś pompować. W czasie *Dziennika Telewizyjnego* siedziało się w postawie radiotelegrafisty: z gazetą między nogami, w bezruchu. Trzeba było patrzeć prosto przed siebie w telewizor. Przejebane.

Zdarzało się tak, że w nocy podchodził jeden stary, podnosił twoje łóżko i robił „desantowanie". Czyli wypierdalał cię z łóżkiem do góry nogami i mógł ci przy tym złamać kręgosłup. I tak parę razy w ciągu nocy.

Byłeś w stanie po tym w ogóle zasnąć?

Musiałem to sobie jakoś w głowie poukładać... Sen był chujowy, ale co mogłem zrobić? To i tak nie było najgorsze. Czasami kazali nam stać w pidżamach przed budynkiem na mrozie przez godzinę lub dwie... Albo jak spaliśmy, to wylewali na nas kubeł zimnej wody. Pompki kazali robić w akwalungu.

Czym to tłumaczysz? Sadyzmem?

Z pewnością. Choć nie wszystko było złe. Pompki, przysiady, zacieranie śladów, marsze – to było dobre. Ale wywalanie łóżek i napierdalanie w karczycho to już zwykły sadyzm.

Miałeś jakieś momenty kryzysowe?

Jeden z żołnierzy starego rocznika strasznie mnie docierał. Miałem z nim totalnie przejebane. Bił mnie, poniżał, wyżywał się na maksa. W końcu pomyślałem, że muszę zrobić coś tak spektakularnego, żeby się przestraszył i ode mnie odpieprzył. Z drugiej strony liczyłem się z tym, że jeśli coś takiego zrobię, to będę miał jeszcze bardziej przewalone.

Raz w wartowni w lesie pełniłem wartę garnizonową, a ten koleś miał mnie zmienić razem z sześcioma innymi wartownikami. Jak już podchodzili, to wziąłem kałacha, przeładowałem, stanąłem naprzeciwko niego i mówię: „Odjebię cię, kurwo, jak mi nie dasz świętego spokoju. Zajebię cię na miejscu, zapierdolę". Padli wszyscy na glebę. A ja miałem taką adrenalinę, że naprawdę niewiele brakowało, bym pociągnął za spust.

W końcu mnie uspokoili, ale ten stary był zesrany jak skurwysyn. Jak i cała zmiana zresztą. Kiedy przyszedłem na kompanię, to napierdalali mnie później przez całą noc. A potem dali mi święty spokój. Bo wiedzieli, że jak będzie następna taka sytuacja, to mogę coś odwalić.

A czemu cię gnębili w pierwszą noc po tej akcji? By zaznaczyć, kto rządzi?

Myślę, że musieli to po prostu odreagować.

Co dokładnie robili?

Biegałem w całym oporządzeniu, sprzątałem, pompki robiłem, przysiady i tak w kółko.

A jakbyś powiedział, że nie będziesz biegał, to co by zrobili?

Nie wiem, ale myślę, że mogliby mnie okaleczyć. Wydaje mi się jednak, że chcieli odreagować. Ewentualnie mnie zmiękczyć. Może sądzili, że po tym docieraniu będę ich błagał o litość, o przebaczenie. A ja się nie poddałem. No i potem miałem spokój. Byłem jedynym, który się nie skarżył. I właśnie to zdecydowało, że zwrócił na mnie uwagę kontrwywiad.

Jak to się stało?

Pewnego dnia wezwał mnie do siebie oficer kontrwywiadu i powiedział:

– Wiem, że masz najbardziej przejebane ze wszystkich młodych żołnierzy.

– Skąd obywatel porucznik wie? Ja nie narzekam na wojsko. Mnie się w wojsku podoba.

A ten zaczął mi wymieniać nazwiska tych, co mnie gnoili: że ten to chuj, a tamten jeszcze większy bydlak... Powiedziałem, że tak widocznie musi być, i wytłumaczyłem mu, że chcę być najlepszym zwiadowcą, dywersantem, że to moje marzenie. A on na to:

– Mam dla ciebie propozycję.

– Jaką?

– A nie chciałbyś współpracować z kontrwywiadem wojskowym?

Poczułem się, jakby mi ktoś dał gwiazdkę z nieba. Zapytałem go potem, dlaczego wybrał akurat mnie. Powiedział, że cały czas byłem pod obserwacją. Czyli dał mi do zrozumienia, że w całej kompanii znajdowali się ludzie, którzy musieli przekazywać informacje na mój temat: jak się zachowuję, jak znoszę stres, wszystkie szykany. Pokazałem, że jestem twardy psychicznie i radzę sobie z ciężką unitarką.

Na czym polegała praca kontrwywiadowcza?

Przede wszystkim na zbieraniu informacji. Wtedy nazywało się to WSW (Wojskowa Służba Wewnętrzna), a potem przekształciło w WSI (Wojskowe Służby Informacyjne). Na wstępie powiedziałem temu oficerowi, że nie będę się zajmował informowaniem, że szef kompanii zapierdolił parę butów i pięć par kalesonów albo że zawinął paliwo z czołgu. Bo takie rzeczy też się działy. Tym niech się zajmują inni. Mnie interesowała praca typowo kontrwywiadowcza.

Najpierw zaczęli mnie uczyć, jak się pisze meldunki, jak się organizuje spotkania, jak uniknąć obserwacji. Potem zacząłem dostawać proste zadania. Na przykład miałem sporządzić charakterystykę obywatela X. Wiedziałem tylko, że jest podejrzenie, że może współpracować z obcą służbą. No to zbierałem informacje na jego temat. Ale to nie było tak, że sobie potem po prostu przychodziłem i im o tym opowiadałem. Wszystko było tajne. Dlatego nauczyli mnie wyznaczać spotkania.

Polegało to na tym, że na konkretnym murze była narysowana kropka albo kreska. Dzięki temu wiedziałem, że spotkanie odbędzie się, powiedzmy, w piątek o dwudziestej drugiej. A wcześniej mieliśmy wyznaczone miejsce spotkań – przykładowo jakąś piwnicę. Oficera kontrwywiadu nie interesowało, że w tym samym czasie, kiedy miałem wyznaczone spotkanie, musiałem posprzątać rejon na kompanii.

Czyli nikt nie wiedział, że jesteś szkolony na kontrwywiadowcę?

Nie, o tym nie wiedział nikt. Musiałem więc sprzątać rejon, w międzyczasie myknąć przez płot, tak żeby mnie nikt nie złapał, pójść na spotkanie, sporządzić meldunek, wrócić ze spotkania i dalej sprzątać rejon.

A gdzie pisałeś te meldunki?

Przy tym oficerze. Bo jakbym pisał na jednostce, ktoś mógłby to zauważyć. Na początek oficer dawał mi różne proste zadania. Na przykład musiałem sprawdzić, czy kody alarmowe zostały zabezpieczone, czy w jednostce wojskowej warty są dobrze pełnione, jaki jest stan broni, czy na szkoleniach lecą sobie w kulki czy się przykładają... i tak dalej.

Czyli taka wewnętrzna kontrola.

Właśnie tak.

Co sprawdzałeś, robiąc charakterystykę jakiegoś człowieka?

Na przykład czy jest systematyczny, czy się obija na zajęciach, czy wychodzi z jakąś inicjatywą, czy jest prostakiem. Bo jak był inteligentny, to można było z nim porozmawiać, wyciągnąć od niego jakieś informacje. Wiesz, czasami znaczące są nawet takie szczegóły, że dany figurant ma jakieś pojęcie o historii, polityce, obronności.

W międzyczasie uczestniczyłem normalnie w różnego rodzaju szkoleniach wojskowych. Na przykład ogłaszano alarm, wyrzucano nas gdzieś w lesie i dawano dwa–trzy dni na dotarcie do jednostki wojskowej. WSW, Służby Ochrony Kolei i milicja były powiadamiane, że w danym rejonie działają dywersanci. A my po drodze musieliśmy wykonywać różne zadania wywiadowcze, takie jak rozpoznanie lotniska, rozpoznanie mostów, robienie zdjęć, zbieranie informacji o ludności.

Jak się robi takie rozpoznanie?

Opowiem ci na przykładzie. Mieliśmy zrobić rozpoznanie jednostki wojskowej w okolicach Rębiechowa. To znaczy wejść do tej jednostki, rozpoznać wartę, zobaczyć, jaki mają sprzęt, dostać się na kompanię w nocy i spisać plan szkolenia.

Jak to zrobiliście?

Ponieważ sami byliśmy żołnierzami, wiedzieliśmy, że najlepszy moment na spenetrowanie koszar jest między drugą a czwartą w nocy.

Czemu?

Bo wtedy następuje zmiana dyżurnych i z reguły ci nowi potem śpią. Siedzą przy stoliku i kimają. To jest najlepszy moment, żeby wejść. Owinęliśmy buty szmatami i weszliśmy do koszar. Po cichutku ominęliśmy rzeczywiście śpiącego dyżurnego, spisaliśmy plan szkoleniowy – i zadanie wykonane.

Tak to wyglądało. W końcu zbliżył się mój czas odejścia do cywila. Poszedłem do mojego oficera prowadzącego, żeby się dowiedzieć, co teraz będzie, bo chciałem w wojsku zostać. A on mi na to, żebym poszedł do cywila.

– Ale jak to? – zapytałem.

– Normalnie. Idź do cywila, znajdź sobie pracę. Może się coś wydarzy w twoim życiu.

No i odszedłem do cywila. Przed wojskiem pracowałem jako mechanik samochodowy w gdańskim Transbudzie, więc mogłem tam wrócić. Ale szybko się stamtąd zwolniłem, bo zapukał do mnie znajomy i powiedział: „Słyszałem, że szukasz pracy. Mam dla ciebie propozycję. Nie chciałbyś się zatrudnić w firmie polsko-zagranicznej?". W tamtym czasie taka praca była jak etat w Rafinerii Gdańskiej.

Firma zajmowała się produkcją szczotek do włosów i lusterek, w dodatku znajdowała się blisko mojego domu, więc z chęcią zacząłem tam pracować. Zarabiałem dobre pieniądze, a po godzinach trenowałem. I czekałem. Po pół roku oficer prowadzący z Lęborka nawiązał ze mną kontakt. Spytał mnie, czy wstąpiłbym do wojska jako żołnierz zawodowy. Powiedziałem, że tak. On na to:

– Dobra, pojedziesz do Krakowa, do 16. Batalionu Powietrznodesantowego, czyli czerwonych beretów. Dowódcą oddziału jest major Waniek. Zapytasz go, czy będzie miał dla ciebie etat.

– Okej, a co dalej?

– Na razie masz zrobić tyle.

No to pojechałem tam, zameldowałem się i dostałem etat. Przydzieli mnie do 1. Kompani Szturmowej. Powiem ci, że jak zobaczyłem, co się tam dzieje, jaki tam jest burdel w porównaniu do tego, co miałem w Lęborku, to się załamałem. Czerwone berety, kurwa. Taka otoczka, że elita, że takie przechuje, a jak zobaczyłem to od środka, to sobie pomyślałem: „Ale mnie wjebali".

Co tam się działo?

Opowiem ci na konkretnym przykładzie. Pojechaliśmy na szkolenia na poligon w Nowej Dębie. Był tam taki szef służby technicznej, samochodowej. Gdy po zajęciach wyjeżdżaliśmy z parku samochodowego na poligonie, to ten gość stał przy szlabanie i kazał nam trzepać gumowe chodniki z auta. Bo nanieśliśmy piachu. Czujesz? Albo jak wychodziliśmy z tych UAZ-ów, to mówił, żebyśmy otrzepywali buty. To było, kurwa, najważniejsze dla komandosów! To określało naszą zdolność bojową! Było takich sytuacji mnóstwo i strasznie nas to mierziło. Takie trepostwo.

Dowódcą mojej kompani był porucznik Kowalski. Gdy go poznałem, to sobie pomyślałem: „Ja pierdolę, co to za gostek?". Nie pasuje w ogóle do tej ekipy. Szkolić się chciał, wprowadzał różne zachodnie innowacje. Chodził na siłownię, biegał, na tor przeszkód nas brał, na boks. Chciał, żebyśmy byli komandosami z krwi i kości. A ja mu przypadłem do gustu.

Mija trochę czasu, w końcu wzywa mnie oficer kontrwywiadu tej jednostki. Robi to w sposób oficjalny, żeby wszyscy wiedzieli o tym, że u niego byłem. Bo generalnie to jest normalna procedura. Przychodzę do niego, a on zaczyna, że mamy wspólnego znajomego. To mówię:

– Wie pan co, pan mi tutaj się przedstawia, że jest z kontrwywiadu wojskowego… A ja poproszę pana legitymację.

No wiesz, ktoś mógł się na przykład podszywać. Ale okej, pokazał mi tę legitymację – oni mieli takie specjalne, charakterystyczne dokumenty. I dalej mówi:

– Jesteś w pierwszej kompanii u Kowalskiego. Słyszałem, że nieźle ci idzie. Słuchaj, przyjdzie taki moment, że już nie będę się z tobą kontaktował. Ktoś inny będzie się chciał z tobą kolegować.

I tyle.

Dał mi do zrozumienia jedną rzecz: że po tych wszystkich wcześniejszych szkoleniach byłem pod obserwacją i nieprzypadkowo mnie do tego oddziału skierowano.

Potem pojechałem do szkoły podoficerskiej do Legnicy. Pełno tam było ochlejusów. A ja robiłem swoje – szkoliłem się, trenowałem. Tam uczyłem się między innymi służby ruchu radio, czyli „titawy".

Co to jest?

Praca na radiostacjach. To nie jest łatwa sprawa, bo chodzi o to, że trzeba zapamiętywać, jakie znaki zostały ci wysłane przez radio. Na przykład *ti, ti, ta, ti, ti, ta, ti, ti, tit, ta*. Mieliśmy dwanaście grup takich znaków w ciągu minuty.

I musiałeś się tego ze słuchu uczyć?

Tak, ze słuchu. Powiem ci, jak to robiłem. Brałem sobie jakąś gazetę i całe teksty czytałem w ten sposób: *ta, ti, ta, ta, ta*. Jeden wykładowca powiedział, że nie podpisze nam świadectw ukończenia szkoły, jeżeli nie będziemy odbierali co najmniej piętnastu grup.

Czyli?

W jednej grupie jest pięć znaków. A trzeba było znać co najmniej piętnaście grup. Ten wykładowca miał zasadę, że jeżeli służba ruchu radio nie będzie opanowana przez adepta, to nie dostanie on świadectwa.

WOJNA ŚWIATÓW

Co było dalej?

Po szkole wróciłem znowu do Krakowa. Któregoś dnia poszedłem coś zjeść do restauracji. Nagle podszedł do mnie facet i rzucił:

– Plutonowy Pieczonka? Chciałbym z panem porozmawiać, ale nie tutaj.

Pojechaliśmy do mieszkania konspiracyjnego w Krakowie. Człowiek wyciągnął swoją blachę i kontynuował:

– Jestem z WSW z Warszawy, z kontrwywiadu wojskowego, i mam dla pana propozycję konkretnej pracy.

Miał na imię Jurek. Pomyślałem: „No kurwa, w końcu". A on powiedział:

– Dowódca pana kompanii Kowalski nawiązał kontakt z ambasadą libijską i chce z pomocą tej ambasady wyjechać do Libii, by zostać najemnikiem. Wiem, że jesteś blisko niego i bardzo się zżyliście. Czy podjąłbyś się zadania, żeby go rozpracować?

– A co z tego wyniknie? Czekam na to, żeby zostać kadrowym, a nie agentem.

– Co z tego wyniknie, zobaczymy. – A potem dodał: – Wiążemy z tobą plany na przyszłość. Pamiętaj, nie popełnij błędu i sobie nie myśl, że to jest jakiś nasz wymysł i jesteś sam przy tym Kowalskim. Bądź czujny i rób wszystko zgodnie z procedurami.

Żeby ci nie przyszło do głowy, że cię biorą pod włos z tym Kowalskim, tak?

Tak jest. Żebym nie pomyślał, że to jakieś kolejne sprawdzanie i że to nieprawda z tą ambasadą. Od razu sobie pomyślałem: „Może on nawiąże z tą ambasadą specjalny kontakt? Może z tego wyjdzie jakaś operacja, jakaś większa rzecz?".

Co się wydarzyło później?

W międzyczasie wyszła sprawa, która jeszcze bardziej zbudowała moją pozycję. Poszedłem na spacer po Krakowie i na Floriańskiej przyczepiło się do mnie jakichś dwóch zomowców. Chcieli mnie wylegitymować. Wkurzyłem się, bo nie będą mnie jacyś zomole ustawiać, więc powiedziałem im, że jestem żołnierzem i, chuj, nie dam im dokumentów. Doszło między nami do ostrej szarpaniny. Oni wezwali patrol i odstawili mnie do WSW. Ci myśleli, że byłem napity, więc zbadali mnie na trzeźwość. Wyszło, że nic nie wypiłem, więc się zdziwili. No to im powiedziałem, że jestem zawodowym żołnierzem. Zomowcy mnie zaczepili, więc się broniłem.

Na drugi dzień był apel. Po apelu została kadra. Major Waniek mówi:

– Plutonowy Pieczonka, wystąp! To jest przykład, jak się powinien zachowywać komandos, kurwa. Nie dać sobie w chuja walić. Prawidłowo postąpił z zomowcami, kurwa. Dobrze, panie Pieczonka, że pan im, kurwa, dopierdoliłeś.

[śmiech]

Kowalski z kolei cały czas badał, do czego jestem zdolny. Na przykład: czy mógłbym zabić człowieka.

Jak to robił?

Bardzo dużo ze mną rozmawiał. Wypuszczał mnie, rzucał różne tematy i patrzył, jak się zachowuję, czy się denerwuję. Obserwował, co robię w czasie służby, co w czasie wolnym, czy trenuję.

W końcu powiedział do mnie: „Przyjdzie taki dzień, że będę miał dla ciebie propozycję".

Kilka miesięcy później spaliśmy z Kowalskim w jednym namiocie na poligonie. W pewnej chwili powiedział do mnie, że zginął mu pistolet.

– Co ty pierdolisz? – zapytałem. Ale już wiedziałem na sto procent, że jestem sprawdzany, więc dodałem: – Ty, może się znajdzie, poszukajmy.

– Nie, ktoś mi go zwinął. Teraz będę miał przejebane. Zaraz mnie ktoś podpierdoli do tego gnojka z kontrwywiadu.

Rano zadzwonił do mnie i powiedział, że pistolet się znalazł. Chciał mnie po prostu sprawdzić, czy go nie wsypię. Po tej akcji powiedział: „Jarek, zapraszam cię do siebie". Kowalski był z dobrej rodziny, świetnie znał angielski, jego ojciec był pilotem LOT-u. Ten jego stary miał dom letniskowy w górach, w okolicach Nowego Targu. Kowalski mnie tam zaprosił. Narysował mapę, jak mam dojść. Przez lasy, góry. Trzeba było dojechać do Nowego Targu, a potem wrzucić plecak na plecy i zapierdalać niezły kawał.

Dotarłem w końcu, a na miejscu czekali już na mnie on, jego siostra i szwagier. Siedzieliśmy, gadaliśmy i można powiedzieć, że się zaprzyjaźniliśmy. W pewnym momencie Kowalski wziął mnie na spacer i zapytał:

– Chcesz być najemnikiem?

– Chcę.

– To słuchaj, porwiemy samolot.

Pomyślałem sobie: „O kurwa, no to grubo”. Po tym spotkaniu skontaktowałem się od razu z oficerem kontrwywiadu z Warszawy i powiedziałem mu, że padła propozycja porwania samolotu. On mi odpowiedział:

– Dobra, idź w tym kierunku i rozpracowuj Kowalskiego dalej.

Kiedy to było?

W roku 1987. Potem ponownie spotkałem się z Kowalskim. Powiedział mi tak:

– Słuchaj, do naszej ekipy dobiorę jeszcze dwóch oficerów, takich zdecydowanych, co też nie chcą już w tej komunie jebanej żyć.

No i wymienił ich z nazwiska. Potem zaczął rzucać tekstami w stylu „Kurwa, będziemy najemnikami” i bardzo się tym jarał.

Czyli facet był po prostu pasjonatem Zachodu, co się podniecił, że będzie jak Rambo?

Właśnie tak.

A to dziwne, bo przecież polskie służby wojskowe sprzedawały wtedy Kaddafiemu sprzęt i helikoptery.

Patryk, my mówimy o latach osiemdziesiątych! To były zupełnie inne realia. Skąd oficer z kompanii szturmowej miał wiedzieć, że nasze służby handlują z Libią? Nie wiedział.

Jego plan był taki, że porwiemy samolot wojskowy w trakcie skoków spadochronowych. Wykombinował sobie, że kiedy w czasie ćwiczeń wszyscy wyskoczą, nasza wtajemniczona czwórka zostanie i sterroryzuje pilotów. Ważne było to, że Kowalski znał się na pilotażu, więc wiedział, że piloci nie zrobią go w chuja.

Opowiedz ze szczegółami, jak to miało wyglądać.

Generalnie w wojsku skacze się na spadochronach z bronią, ale bez amunicji. Chodzi o względy bezpieczeństwa, bo to są tylko ćwiczenia, a nie warunki bojowe. W każdym razie Kowalski był instruktorem spadochronowym, więc miał rozeznanie, jakie skoki się odbywają i jak wygląda grafik. Mieliśmy lecieć samolotem An-22 – taką szybką desantową maszyną, do której wchodziło sześćdziesięciu skoczków. Chcieliśmy to zrobić w taki sposób, żeby wcześniej pochować sobie amunicję po kieszeniach. Oczywiście zdobycie jej nie było dla nas żadnym problemem.

Planowalismy wejść do samolotu jako pierwsi – aby nie być pierwszymi przy klapie desantowej. Następnie cała reszta wojska miała wyskoczyć, a my mieliśmy odpiąć się od liny desantowej i zostać w samolocie. Czyli pięćdziesięciu sześciu wyskakuje, a czterech zostaje – w tym Kowalski jako instruktor wyrzucający (taką miał mieć funkcję w trakcie lotu). W międzyczasie zamierzaliśmy załadować do magazynków amunicję. Gdy wszyscy wyskoczą, miało paść hasło: „Do pilotów".

Jak wspominałem wcześniej, kluczowa była rola Kowalskiego, który znał się na pilotażu i mógł kontrolować, czy piloci nas nie oszukują. Tym samolotem mieliśmy polecieć do Austrii – tam miały nas przejąć obce służby. Potem mieliśmy zadeklarować, że zostaniemy najemnikami, i spierdolić do Afryki do pułkownika Denarda, który miał tam swoją armię najemników.

Kim był pułkownik Denard?

Wojskowy z Francji, który szkolił najemników i za kasę robił w Afryce wszystkie przewroty. Ale słuchaj, co było dalej. Oczywiście o wszystkim meldowałem mojemu oficerowi z Warszawy. Raz nawet nagrałem całe spotkanie z Kowalskim i dwoma żołnierzami, bo dali mi kamizelkę z mikrofonami. A w pewnym momencie Kowalski powiedział, że pozna mnie z Amerykanami.

Z jakimi Amerykanami?

Po kolei. Najpierw zapytał: „Wiesz, skąd mam taką zajebistą kurtkę?". Bo on nosił wtedy taką kurtkę M65.

Co to jest?

Kurtka, którą nosili żołnierze w Wietnamie. Zielona, w plamy, ze stójką. W tamtych czasach nie do zdobycia. A on normalnie w niej po jednostce paradował...

– Bo wiesz, poznałem takich Amerykanów... – powiedział.

– Pierdolisz, jak to się stało?

– Któregoś dnia wychodzę z jednostki, a tu kręci się jakichś dwóch typów. Jeden z nich miał na sobie tę kurtkę. No to podszedłem do nich i zacząłem gadać. Potem ich na jednostkę wprowadziłem i pokazałem, jak tu wszystko u nas wygląda. Mówię ci, zajebiście goście. Musisz ich poznać.

To była podpucha CIA?

Oczywiście, kurwa, przecież na pierwszy rzut oka było widać, że to szpiedzy. Ale on twierdził, że to najemnicy.

Był taki głupi czy tak podjarany, że stracił czujność?

Tak podjarany! Po prostu, kurwa, komandos romantyk. Był świetnym dowódcą, znającym działania specjalne jednostek powietrznodesantowych. I właśnie przez tę swoją pasję dał się podejść.

Pojechałem z nim do hotelu na spotkanie z tymi Amerykanami. Jak ich zobaczyłem, od razu pomyślałem: „Jacy najemnicy? Przecież to jebana CIA!". Ale Kowalski im zaczął twardo tłumaczyć, że chcemy porwać samolot.

Oni z kolei zadeklarowali, że jak już uciekniemy, to nam pomogą zostać najemnikami. W pewnym momencie zapytałem:

– To na chuj mamy samolot porywać? Zorganizujcie nam wyjazd i przeszmuglujcie nas za granicę.

Ale nie, oni się uparli, że mamy porwać ten samolot do Austrii i dopiero wtedy nam pomogą.

Zaraz po spotkaniu dowiedziałem się, kiedy mamy to zrobić. Informację od razu przekazałem do Warszawy. Zacząłem się zastanawiać, dlaczego ci Amerykanie chcą nam pomóc i co zamierzają na tym ugrać. Potem się okazało, że szykowali wielką prowokację. Gdyby ten samolot został porwany przez oficerów 6. Pomorskiej Brygady Powietrznodesantowej, to taką aferę propagandową walącą w blok wschodni by rozkręcili na tym swoim Zachodzie, że byśmy się tu nie pozbierali.

Co by im to dało?

Patryk! Samolot wojskowy porwany przez polskich komandosów? To by pokazało, że w wojsku polskim panują defetyzm, syf i niskie morale. W dodatku w elitarnej jednostce. Pamiętaj, że to były czasy zimnej wojny.

Jak ta historia się skończyła?

Gdy dwa dni przed akcją wychodziłem z roboty, podjechał do mnie samochód. Kajdanki na rączki i zawożą mnie do siedziby WSW w Krakowie. Od razu skumałem, że Kowalskiego i resztę ekipy też musieli zawinąć. Pomyślałem sobie: „W co ja się wpierdoliłem?".

Kto was zatrzymał?

O całej akcji byli powiadomieni „misztalowcy". Nazwa pochodziła od nazwiska dowódcy – Edwarda Misztala. To była specjalna jednostka Milicji Obywatelskiej. Teraz to są brygady antyterrorystyczne, a wtedy mówiono na nich „misztalowcy". I oni mieli nas zatrzymać.

Kim był Misztal?

Major Misztal służył wcześniej w 6. Pomorskiej Dywizji Powietrznodesantowej. A potem stworzył milicyjnych komandosów. On, a nie Dziewulski, jak niektórzy myślą.

Co się wydarzyło po zatrzymaniu?

Przeszukali mnie i postawili mi zarzut: próba dezercji do krajów kapitalistycznych. Kara śmierci i chuj. Pomyślałem: „Pięknie. I co teraz?". Protokół wypisali i wywieźli mnie do pudła bezpieki. Zero gadki, nic, tylko od razu wpierdolili mnie do celi. To były takie emocje, że przez pierwszy dzień nie mogłem się odlać, mimo że mi się chciało.

Po dwóch dniach wzięli mnie na przesłuchanie. Przyszedł taki pułkownik, szef delegatury WSW, i rzucił:

– Niedługo wyjdziesz, twoi znajomi z Warszawy już tu są.

I jeszcze mi zupę przyniósł.

– Jacy znajomi z Warszawy? Nie wiem, o czym pan mówi.

Bo mnie uczono, że jest tylko jeden kontakt. I nikt więcej. Ten gość ewidentnie mnie próbował podpuścić, żeby się czegoś dowiedzieć. Ale nie puściłem pary. I zostałem w końcu zwolniony do domu.

A co z Kowalskim i resztą?

Też zostali zwolnieni. Ale toczyło się normalne postępowanie, zawieszono ich. Chciałem się spotkać z Kowalskim, ale on unikał kontaktu z kimkolwiek. Spotkałem się natomiast z moim oficerem z Warszawy. Spytał mnie:

– To co, dalej gramy? Dalej się bawimy?

– Oczywiście, że tak.

On na to:

– A chcesz zostać w wojsku?

Odpowiedziałem, że tak. No bo co miałem zrobić?

– To zwolnisz się z wojska – powiedział.

Zgłupiałem, bo nie wiedziałem, o co mu chodzi. A on ciągnął dalej:

– Pójdziesz normalnie do majora Wańka, napiszesz raport o zwolnienie i pójdziesz do cywila.

– A co będzie dalej z Kowalskim i chłopakami?

– Nie interesuj się. Krzywda się im nie stanie.

Poszedłem więc do majora Wańka i powiedziałem, że chcę się zwolnić. Ten zaczął prosić, żebym tego nie robił, ale mu odpowiedziałem: „Obywatelu majorze, ja już z tym wojskiem nie chcę mieć nic wspólnego. Wyobrażałem sobie zupełnie inne wojsko. Tak że się zwalniam".

Gdy poszedłem do hotelu się porozliczać, przyszedł do mnie szef sztabu brygady, wyciągnął flachę, jakieś wino i też mnie zaczął namawiać, żebym został. Ja na to: „Nie, panie pułkowniku, decyzję już podjąłem". A ten dalej, żebym nie odchodził, że się pozmienia, że jeszcze zobaczę. Ale powtórzyłem, że się zwalniam i tyle. Choć był to bardzo miły gest z ich strony.

BUDA

I znów trafiłeś do cywila?

Poszedłem do normalnej roboty, w Krakowie. Zatrudniłem się jako mechanik w Miejskim Przedsiębiorstwie Komunikacyjnym. Dostałem kwaterę w hotelu robotniczym i zasuwałem na trzy zmiany. Z pół roku w ogóle nie miałem kontaktu z oficerem kontrwywiadu z Warszawy. Przez pierwsze trzy miesiące było okej. Ale potem już zacząłem kurwicy dostawać. Myślałem sobie: „Ja pierdolę, co to za kontrwywiad?".

Jurek, oficer z Warszawy, przyjechał w końcu po sześciu miesiącach i powiedział, że mam się zwolnić z tego MPK i wrócić do Gdańska. Ja na to:

– Przecież mnie ojciec zapierdoli, że syna wychował na jakiegoś szpiega, co samoloty chciał porywać.

– Ojcu nic nie mów. Powiedz, że odszedłeś z wojska, bo ci się nie podobało. A od nas będziesz dostawał co miesiąc pieniądze i jeździł na szkolenia.

Wróciłem więc do Gdańska. Trzy razy w miesiącu jeździłem do Warszawy na szkolenia, do konspiracyjnego mieszkania – na takie konkretne szkolenia: z łączności, prowadzenia obserwacji, kontrobserwacji, tajnych opisów i tak dalej. Było też szkolenie z kontaktu: kontaktujesz się z kimś raz na pół roku tylko po to, żeby potwierdzić, że wszystko jest okej. Nie prowadzisz żadnej działalności wywiadowczej, tylko asymilujesz się z otoczeniem.

Po co? Żeby w określonym momencie to wykorzystać?

Tak. Oraz po to, żeby zrobić sobie naturalną legendę. Zatrudniasz się na przykład w restauracji i przenikasz do środowiska, ale nie wykonujesz żadnej pracy wywiadowczej. Ciężko jest taką osobę zdekonspirować. Bo wtedy jesteś „śpiochem". Dopiero po dwóch–trzech latach ktoś się do ciebie odzywa i daje ci zadanie.

Zresztą sprawa z Kowalskim też pomogła nam zbudować naturalną legendę, którą jak by co mogliśmy się posługiwać za żelazną kurtyną do działalności wywiadowczej. Obce służby mogły w ten sposób sprawdzić naszą wiarygodność i prawdziwość akcji w Krakowie. Służby wojskowe tak działały, że wykorzystywały prawdziwe sytuacje, aby z nich zbudować legendę dla agenta.

Uczono mnie również improwizacji, grania, udawania pijanego, zmartwionego albo zdenerwowanego. Byłem też poddawany różnym testom. Na przykład dostawałem paczkę, która była zabezpieczona (o czym nie wiedziałem), i sprawdzali, czy ją otworzę.

W jaki sposób zabezpieczona?

Jakbym ją odpakował, zostałby ślad, że się do niej dobierałem, bo chciałem zobaczyć, co jest w środku. Paczkę dostawałem od Jurka, który prosił mnie, żebym ją bezpiecznie zawiózł – na przykład z Warszawy do Krakowa – i przekazał łącznikowi. Był jakiś koleś na szkoleniu, który nie wytrzymał i do paczki z ciekawości zajrzał. Automatycznie go wyjebali. Bo istniało zagrożenie, że jeśli w tej paczce byłyby pieniądze, toby je zapierdolił.

Poza tym musiałem znać rozkłady jazdy, usytuowanie przystanków, wiedzieć, gdzie stoją taksówki, mieć zawsze przy sobie pieniądze.

Po co?

Na przykład po to, żeby zadzwonić z budki telefonicznej, gdy zobaczę za sobą obserwację, i zmienić miejsce spotkania.

Czyli musiałeś mieć drobniaki?

Tak, żebym nie tracił czasu na łażenie do sklepu i rozmienianie. Trzeba było mieć przy sobie także dwadzieścia–trzydzieści biletów na autobus czy tramwaj, żeby nie latać po kioskach. Mógłbym musieć wsiąść do tramwaju, żeby zerwać obserwację. W takiej sytuacji nie możesz stać w kolejce po bilet. Jeszcze gorzej by było, gdyby cię złapał kanar, zaczął legitymować i zwracać na ciebie uwagę.

Umiałem się szybko asymilować w nowym środowisku. Zlecone mi zadania wykonywałem więc w taki sposób, że wszystko wyglądało bardzo naturalnie. Pracowałem gdzieś, a nikt się nie domyślał, że oprócz tego wykonuję również zadania wywiadowcze. Pracując oficjalnie, nigdy nie zdradziłem swojej prawdziwej działalności. To jest trudne do opanowania. Trzeba mieć do tego predyspozycje.

Jakie?

Musisz psychicznie oddzielić od siebie te dwie rzeczy. Z jednej strony trzeba pracować jako mechanik i wieść zwyczajne, ułożone życie. Z drugiej strony – wykonywać pracę wywiadowczą i zdobywać informacje. Ale tak, żeby nikt z boku nie domyślił się, że zajmujesz się tą działalnością.

Najtrudniej jest być „śpiochem", bo jeżeli pracujesz jako „śpioch", to nie możesz codziennie oczekiwać, że przyjdzie do ciebie łącznik z centrali i da ci zadanie do wykonania. Łącznik może do ciebie przyjechać za rok, dwa albo trzy – a ty musisz cały czas normalnie funkcjonować w środowisku i nie dawać po sobie poznać, że coś z tobą nie tak. Dlatego kazali mi znaleźć pracę w Krakowie i czekać wiele miesięcy, aż się odezwą. Tak mnie ćwiczyli. W tym czasie obserwowali, jak się zachowuję i asymiluję w nowym otoczeniu. Mógłbym przecież zacząć latać po Krakowie i gadać: „Kurwa, jestem tu, ja, Jarek z kontrwywiadu, współpracuję. No, kutasy, gdzie wy jesteście? Dlaczego się do mnie nie odzywacie?".

Na co jeszcze zwracano uwagę w trakcie szkolenia? Na kulturę osobistą. Na sposób wypowiedzi. Prowadzenia się. Jak byłeś ochlapusem, nikt cię nie traktował poważnie. Wiedzieliśmy, że jesteśmy elitarni, ale tej elitarności nie okazywaliśmy na zewnątrz. Nie lataliśmy z blachami i nie mówiliśmy: „Jestem ze służby X, mam układy i róbcie, co mówię". Dla takich ludzi nie było tam miejsca. Byliśmy elitą nawet ponad bezpieką. Choć oni też mieli swoją agenturę.

Nigdy nie kusiło cię, żeby coś wygadać?

Nie. W tej służbie od początku układali mnie w taki sposób, żebym o niczym nie mówił. Oficer, który mnie wyłuskał, skrupulatnie mnie w tym zakresie przygotowywał. Wiedziałem, co mogę stracić, jeśli cokolwiek zdradzę. Poza tym jakbym odpierdolił jakiś numer, to po prostu zawiódłbym siebie. Byłem tak ułożony, że jak rozmawiałem z kimś z rodziny albo z kolegami, to nie miałem potrzeby udowadniania, że jestem lepszy od nich, ponieważ wiedziałem, po co to robię.

Co odpowiadałeś rodzinie, jak pytała, czym się zawodowo zajmujesz?

Zawsze miałem legendę – że pracuję w Wojewódzkim Przedsiębiorstwie Komunikacji albo pracowni architektonicznej. Nawet jak poszedłem do Gdyni, do kontrwywiadu wojskowego, to szef nie wiedział, że byłem przygotowywany do operacji zagranicznej. Nikt się tego nie doszukiwał, nie wnikał. I to miało sens. W WSW nie istniały żadne zażyłości czy przyjaźnie. To była profesjonalna służba.

Czego cię jeszcze nauczyli?

Miałem na przykład wyjść na miasto w godzinach 8.00–00.00 i podczas spaceru zwrócić uwagę, czy powtarzały się jakieś samochody lub osoby. Przy okazji musiałem wykonać konkretne zadania – na przykład „zdjęcia z kamuflażu", czyli „okiem" (w slangu kontrwywiadu: aparatem fotograficznym) ukrytym w specjalnej torebce. Wcześniej tłumaczono mi, na co mam zwracać uwagę, co obserwować.

Przychodziłem po całym dniu i pisałem, że byłem tu i tu, widziałem takiego gościa i zrobiłem takie zdjęcia, przeprowadziłem kontrobserwację.

O co chodziło z tą kontrobserwacją?

W danym dniu wykonywałem jakąś robotę wywiadowczą i na przykład musiałem odbyć spotkanie ze swoim agentem prowadzącym. Więc kilka godzin przed spotkaniem sprawdzałem, czy nie mam ogona. Mieliśmy różne sygnały alarmowe i miejsca kontaktowe. Kiedy na przykład siedzisz w konkretnej knajpie i masz uniesioną gazetę, to znaczy, że spotkania nie będzie. Bo zasada jest taka: jeśli wyczujesz, że coś jest nie tak, spotkanie odwołujesz. Nigdy nie ryzykujesz.

Były też inne procedury. Na przykład gdybym był za granicą, a ty byłbyś moim prowadzącym, to jadąc na spotkanie ze mną, miałbyś ze sobą ludzi od zabezpieczenia. Oni przyjeżdżają wtedy ze dwa-trzy dni wcześniej, meldują się w hotelu (każdy oddzielnie – udają, że się nie znają) i sprawdzają, czy wszystko jest okej, czy jest bezpiecznie.

Uczono mnie też, jak się robi BPM – czyli błyskawiczne przekazanie materiału. Masz na przykład gdzieś jakąś cegłę, w której umieszczasz rolkę filmu albo mikrokropkę.

Wyjaśnij, co to jest.

To taki punkcik na folii, w którym może być zebranych kilkadziesiąt różnych informacji.

Fotograficznych?

Tak – zdjęcia, raporty. Taka cegła jest gdzieś podłożona po prostu. BPM polegało właśnie na tym, że musiałeś szybko umieścić informacje w cegle i zniknąć.

A jak wyglądały struktury WSW?

Wywiad generalnie pracował za granicą, ale miał też liczne rezydentury w całej Polsce.

Po co?

Do spotkań, do zbierania informacji, do nawiązywania kontaktów.

Z cudzoziemcami?

Z Polakami, dziwkami, bramkarzami, taksówkarzami. Trzeba było zbierać informacje o ludziach, knajpach, firmach.

Przy tej okazji Jurek wyjaśnił mi, że w Kiejkutach nie szkoli się prawdziwych szpiegów. I miał rację. Bo prawdziwych szpiegów szkoliło się w mieszkaniach konspiracyjnych.

Jaka jest różnica?

Do Kiejkut przyjeżdża piętnastu gości i oni się wszyscy widzą, znają. A o mnie wiedział tylko prowadzący i szef służby. I to miało rację bytu.

Wcześniej myślałem, że wywiad jest nad wszystkimi innymi służbami. A to nieprawda, bo nad nim jest kontrwywiad. To on kontroluje wszystkie służby. Również agentów za granicą.

W końcu zacząłem rozumieć, po co było to wszystko, cała moja mrówcza, trwająca cztery lata praca. Chodziło o to, żeby sprawdzić mnie pod każdym kątem. Również pod tym, czy jestem systematyczny i konsekwentny.

W jakim celu?

W tym wszystkim chodzi o to, żeby wiarygodnie sprawdzić twoje cechy charakteru. Bo na przykład dostajesz zadanie: masz pójść do hotelu i spędzić tam cały dzień. Możesz iść do restauracji, na siłownię i do recepcji. Ale ty stwierdzasz, że pierdolisz i zrobisz to po swojemu. No i na przykład idziesz jeszcze zobaczyć Pałac Kultury. Komuś takiemu nie można już zaufać. Przełożeni muszą być w stu procentach pewni, że jak dadzą komuś zadanie, to on wykona je dokładnie tak, jak zostało to ustalone. Bo jeśli zdecydujesz się na samowolkę, to przy dużych akcjach możesz coś schrzanić. Rozumiesz?

Tak.

Musiałem znać rozkład wszystkich budek telefonicznych w danym rejonie. Żebym wiedział, skąd zadzwonić, jak będę miał coś ważnego do przekazania.

Budki były bezpieczne?

Nie. Ale rozmawiało się w ten sposób, że dzwoniłeś do konkretnej osoby, podawałeś swój pseudonim i mówiłeś, że musicie się spotkać w umówionym miejscu o osiemnastej. Koniec. Nic więcej. Jeszcze *à propos* ćwiczeń. Kazali mi łazić po mieście cały dzień. Po prostu. Po moim powrocie wyciągali dwadzieścia zdjęć i pytali, które ze sfotografowanych osób dzisiaj widziałem. Ale akurat mam pamięć fotograficzną, więc nie miałem z tym problemu.

Nie obciążało ci to psychiki? Nie wpadałeś w paranoję?

Nie, tego też mnie nauczono – jak nie wpadać w obsesję. Wiesz, z perspektywy czasu rozumiem, czemu mnie wybrano. Po pierwsze wychowywałem się w ciężkich warunkach – ojciec tłukł mnie strasznie. W związku z tym byłem bardzo systematyczny, robiłem to, co mi kazano. Po drugie chciałem iść do czerwonych beretów, trafiłem do niebieskich, ale i tak umiałem się realizować. Po trzecie gdy kazali mi odejść z mojego ukochanego wojska, to odszedłem.

Miałeś łatwość adaptowania się do różnych sytuacji.

Właśnie tak. Siedziałem te dwie doby w pudle i nie popadłem w paranoję. Ciągle mnie podpuszczali, ale się nie wysypałem. Do wszystkiego doszedłem normalnym trybem. Jako młody wojskowy byłem jebany na wszystkie strony. Nawet jako agent kontrwywiadu nie dostawałem przepustek. Musieli mnie wypatrzyć już wtedy, kiedy miałem dziewiętnaście lat. I cały czas sprawdzali, czekając, kiedy się załamię. A gdy się nie załamałem, więc pewnego dnia mnie wezwali.

Tego się nie da nauczyć. To kwestia predyspozycji psychicznych. Wielu przykrywkowców wysiadało, zapijali się, bo sobie nie radzili ze stresem. Dla mnie to nie był stres. Czułem się jak ryba w wodzie. Psychika w służbach jest najważniejsza. Komandosów do GROM-u wybiera się ze względu na ich określony profil psychologiczny, choć oczywiście są też superwyszkoleni. Ale oni działają jak automaty.

A mówiono ci coś na temat kobiet? Że mogą od ciebie wyłudzać informacje?

Tak, ostrzegano, że mogą podstawiać mi dupy, które będą świetne w łóżku i zaczną roztaczać opowieści o miłości. Zasady były takie: masz się takiej kobiecie poddawać, jeżeli czujesz, że chce wyłudzić od ciebie informacje. Masz ją też uświadamiać, że jest bystrzejsza od ciebie. W przypadku facetów ta zasada również obowiązywała.

Chodziło o to, żeby uśpić ich czujność?

Właśnie tak.

Jak wyglądała twoja dalsza działalność w kontrwywiadzie?

Któregoś dnia wezwali mnie do Warszawy do mieszkania konspiracyjnego. Wchodzę, a tam siedzi jakiś starszy pan z moim prowadzącym, czyli Jurkiem. No i mówią, że muszą mi zrobić badanie wykrywaczem kłamstw. Po tym już wiedziałem, że coś grubszego się kroi. Posadzili mnie na krześle, podłączyli aparaturę i zaczęli zadawać pytania – na zasadzie szybkie pytanie, szybka odpowiedź. Tak, żebym nie mógł patrzeć na te wykresy.

Jakie zadawali pytania?

Czy komukolwiek mówiłeś o współpracy z kontrwywiadem wojskowym? Czy masz kontakt z obcymi służbami wywiadowczymi, CIA, NATO i tak dalej? Czy byłeś w szkole? Czy dziś jest poniedziałek? Czy jest wtorek? Czy lubisz kwaśne? Czy współpracowałeś z kontrwywiadem? Czy komuś odmówiłeś współpracy? Czy to okno jest zielone? Czy ten pokój jest biały? Czy ten pokój jest zielony? I znowu: czy współpracowałeś z CIA? I tak kilkakrotnie. Zaliczyłem te badania.

Okazało się, że badał mnie był pułkownik z WSW. Bardzo rzadko się zdarzało, aby agenta zwerbowanego przez kontrwywiad zatrudniono potem jako kadrowego funkcjonariusza do tej służby kontrwywiadowczej. Ze mną tak postąpili, bo uznali, że byłem w tym dobry. Prowadzący i jego przełożeni z WSW mieli o mnie bardzo pozytywne zdanie, a – co najważniejsze – zaistniała perspektywa dalszego wykorzystania mnie w służbie. Po badaniach Jurek wyciągnął więc dwa piwa i powiedział:

– Jarek, słuchaj, będziesz zatrudniony u nas na etacie i pojedziesz za granicę, do Francji. Interesuje nas jedna z jednostek Legii Cudzoziemskiej, która jest podobna w strukturach i działaniach do rangersów. Są tam dywersanci, wśród nich Rosjanie i Polacy, którzy przenikają do krajów komunistycznych, legendują się i mają prowadzić dywersję na wypadek wojny. Ty przeszedłeś swoją unitarkę w Lęborku, dostałeś ostro w pizdę, to przeżyjesz i w Legii Cudzoziemskiej.

No i wytłumaczył mi, że dostanę dokumenty na inne nazwisko i dowiem się, jak się tam dostać.

– To będzie bardzo ciężka służba. Będziesz musiał przejść od podstaw całe ich szkolenie. Ale masz się tam przebijać – może zostaniesz sierżantem albo kapralem? No i wtedy będziesz musiał zacząć działać. Najprawdopodobniej ja już nie będę miał z tobą kontaktu. Przejmie cię Dwójka, czyli wywiad wojskowy.

Zarząd Drugi, tak?

Tak. Dodał jeszcze:

– Fajnie będzie, jeżeli będę mógł się z tobą spotkać raz na parę lat za granicą. Bo do Polski nie będziesz przyjeżdżał. Będziesz mógł raz na jakiś czas wysłać kartkę, ale napiszesz na niej, że pozdrawiasz na przykład z Hiszpanii, jest fajnie, wesoło, pracujesz. A pod tekstem tej informacji będzie się kryła prawdziwa treść.

A te słowa-kody skąd się brało? Były zapisane w jakiejś książce?

Nie. Myśmy między sobą to ustalali. Kiedy jechałem na przykład do Warszawy pociągiem, poznawaliśmy rozkład jazdy. Jeśli miałem być o dziewiątej, mówiłem przez telefon, że będę o jedenastej, co pasowało do rozkładu. Mój prowadzący odpowiadał, że gdy wysiądę z pociągu, będzie na mnie czekał przy kasie numer 4, co w rzeczywistości oznaczało kasę numer 1 w holu głównym Dworca Centralnego Musiałeś to wszystko zapamiętać. Odpytywali mnie z tego.

Nigdzie tego nie można było zapisać?

Nie. Wszystko musiałeś zapamiętać. Godziny, cyfry. Na przykład że dwudziesta to jest szósta. Mieszkanie numer osiem to mieszkanie numer dziesięć.

Wracając do Legii Cudzoziemskiej... Był rok 1988. Gdy któregoś dnia przyjechałem na spotkanie z Jurkiem, ten mi mówi, że jednak nigdzie nie pojadę, bo cała operacja wzięła w łeb. To była końcówka komuny. Oni już wtedy wiedzieli, że to wszystko pada. Jurek powiedział wtedy do mnie:

– Nie wiemy, co się, kurwa, wydarzy, ale od teraz będziesz zatrudniony na naszym etacie. Przenosimy cię do Zarządu IV Kontrwywiadu Wojskowej Służby Wewnętrznej przy Marynarce Wojennej w Gdyni. Będziesz się zajmował obserwacją i podsłuchami.

– Ale co się stało z misją we Francji? – zapytałem.

– Szef służby nie zatwierdził twojego wyjazdu. Może ci kiedyś powiem dlaczego. A może nie.

I tak wszedłem na etat kontrwywiadu wojskowego w Gdyni. Praca spokojna. Były na przykład takie wizyty kurtuazyjne, gdy jacyś angielscy dyplomaci przypływali do miasta. No to trzeba było za nimi prowadzić obserwację. Nie było innego wyboru – po prostu pracowałem tam i czekałem, aż coś się zmieni.

Co jeszcze robiłeś?

Mieliśmy jako kontrwywiad fikcyjne miejsce pracy – pracownię architektoniczną. Legendowaliśmy się w ten sposób, że zasuwaliśmy tam z tymi cyrklami, linijkami i projektami. Mieliśmy w tym biurze specjalną szafę, w której każdy trzymał kilka legitymacji: kontrwywiadu wojskowego, MSW, jakiegoś elektromontera, taksówkarza i tak dalej. Te legitymacje można było brać tylko na robotę.

Legitymacja kontrwywiadu wojskowego wyglądała jak legitymacja żołnierza, z jedną różnicą – znajdowała się tam strona, na której było napisane: „Okazicielowi niniejszej legitymacji należy okazać bezwzględną pomoc". No i jeździliśmy na różne obserwacje i ustalenia. Mieszkania się sprawdzało, zakładało podsłuchy.

Jak to dokładnie wyglądało?

Mieliśmy wtedy najlepszy z możliwych sprzęt łączności. Nawet bezpieka od nas go pożyczała. Te radiostacje nazywały się Storno – to jest bardzo dobra duńska firma. Do tej pory kupuje się je dla służb. Raz w miesiącu był dyżur w „Budzie".

Wytłumacz, czym była.

Buda w żargonie to willa czy budynek, gdzie stawiano się do pracy. Miejsce to funkcjonowało pod legendą, a znajdowały się tam samochody oraz wszystkie inne rzeczy potrzebne do służby kontrwywiadowczej. Na jednym piętrze znajdowała się grupa, która zakładała podsłuchy, a na drugim – obserwacja. Mieliśmy tam też różne blachy – żeby można je było podmienić na samochodzie. Woziliśmy takich tablic ze sobą z dziesięć. Do tego radiostacje w samochodach montowano tak, że nie byłeś w stanie niczego się domyślić. Nie było absolutnie żadnej wskazówki, że to samochód obserwacji. I raz w miesiącu każdy z nas miał służbę na Budzie jako dyżurny. Miał się wtedy pod sobą dokumenty legalizacyjne, radiostację, samochody, tablice, kody łączności i wszystkie tajne kontrwywiadowcze instrukcje. To była megaodpowiedzialność. Na dowódcę w Budzie mówiło się z kolei Kapelan.

A mieliście jakąś styczność z wojskiem mundurowym?

Nie. Wręcz niszczono w nas wszystkie nawyki wojskowe po to, żebyśmy byli bardziej wiarygodni na zewnątrz. Chodziliśmy cały czas w cywilnych ubraniach. Nawet nie robiliśmy czegoś takiego jak meldunki. Jak przychodził szef Zarządu Czwartego, to nie mogliśmy stawać na baczność. Nie było też typowo wojskowych odpraw, tylko każdy sobie luźno siedział przy stoliku, mógł pić kawę. Odprawy odbywały się jedynie wtedy, gdy mieliśmy dostać zadanie wywiadowcze, czyli na przykład trzeba było poprowadzić obserwację i pojawiły się jakieś nowe wytyczne.

Zabroniono nam nawet chodzić do kasyn wojskowych i tankować w jednostkach. Oczywiście nikt z rodziny też nie mógł wiedzieć, że pracujemy dla kontrwywiadu wojskowego. Za pracę dostawaliśmy dobre pensje i dwie mundurówki.

Co to są mundurówki?

Raz w roku wojsko dostawało mundurówkę: każdy żołnierz zawodowy otrzymywał pieniądze na doposażenie się w mundury – wyjściowe, spodnie, buty, rękawiczki, bo to się zużywało. A my dostawaliśmy dwie mundurówki. W tamtych czasach to był bardzo duży zastrzyk finansowy i można było sobie pozwolić na kupno niezłych ciuchów. Poza tym mieliśmy duże dodatki finansowe. Zarabiałem w tamtych czasach bardzo dobre pieniądze jak na żołnierza. Ale wyglądać musieliśmy po prostu jak cywile, czyli na przykład nosiliśmy długie włosy. Chodziło o to, żeby ciężko nas było „wyłapać" w tłumie.

Ilu was tam było?

W obserwacji ze dwadzieścia–trzydzieści osób, a w wydziale techniki, czyli fachowców od podsłuchów, z pięć. Wszyscy mieliśmy pełny kamuflaż w tej pracowni architektonicznej.

To normalnie funkcjonowało?

Tak. Zdarzało się, że przychodził do nas ktoś spoza firmy, na przykład kominiarz, gazownik. No to się go wpuszczało do takiego pomieszczenia, gdzie były porozkładane cyrkle, szkice i inne rzeczy kojarzone z tą pracą. Wszystko wyglądało bardzo wiarygodnie. Czasami działo się też tak, że przyszedł do pracowni architektonicznej zwykły Kowalski, który chciał, żeby mu coś zaprojektować.

I co wtedy?

Robiliśmy to. Byli do tego wyznaczeni ludzie, którzy się na tym znali.

Jeszcze ci powiem taką ciekawostkę *à propos* tych legitymacji, o których wcześniej wspominałem. Mieliśmy też przepustki „W". To była taka niebieska zafoliowana kartka papieru z literą „W".

Do czego służyła?

Gdy się jechało na robotę, brało się ze sobą cały komplet dokumentów – wszystkie legitymacje – bo nie wiadomo było, która akurat może ci się przydać.

Bardzo rzadko korzystało się z legitymacji kontrwywiadu wojskowego – najczęściej używało się tej MSW. No ale zdarzało się, że prowadziłeś za kimś obserwację i musiałeś bardzo szybko zapierdalać samochodem. Jak dojechała nas drogówka, to zwalniało się tak do pięciu kilometrów na godzinę, wyciągało legitymację „W" i przystawiało się do szyby, tak żeby mogli ją zobaczyć. Oni wiedzieli, co to oznacza, i nie mieli prawa wtedy zatrzymać.

Z kolei jak trzeba było przeprowadzić obserwację jakiegoś figuranta, który mieszkał w hotelu, to robiono wszelkie ustalenia dotyczące sąsiadów, tworzono punkty obserwacyjne, czyli wynajmowano mieszkania naprzeciwko. Wcześniej robiono też wywiad o tej rodzinie, od której wynajmowano mieszkanie. Normalnie płacono za wynajem, a sprzedawano legendę, że ten, który jest obserwowany, to przestępca.

Taka rodzina wiedziała, kogo dokładnie obserwujecie?

Nie, nie mogła wiedzieć. Mieli tylko wiedzę, że sprawa dotyczy kogoś w bloku naprzeciwko.

Czasami robiliśmy też wspólne ćwiczenia z agentami, którzy wyjeżdżali za granicę. Czyli obserwowaliśmy ich tak, żeby nie zauważyli, a ich zadaniem było nas rozpoznać.

Mało tego. Były i inne roboty. Przyjeżdżali na przykład agenci z zagranicy po zadaniu i wówczas też trafiali pod naszą osłonę kontrwywiadowczą. Zakładaliśmy im podsłuchy i prowadziliśmy obserwację.

Żeby sprawdzić, czy nie przeszli na drugą stronę?

Tak. Zabezpieczani kontrwywiadowczo byli też ministrowie z KDR-ów, czyli z krajów demokracji ludowej, gdy do nas przyjeżdżali. Ciekawe związane było z córką Jaruzelskiego Moniką. Jak wyjeżdżała na Hel, to Jaruzelski chciał wiedzieć, co ona tam robi. Nasi ludzie jechali więc na Hel, meldowali się w ośrodkach wczasowych i chodzili za nią – oczywiście udając zwykłych turystów.

A instrukcje, które dostawaliście, były jakoś specjalnie drukowane?

To były takie książki – jeśli jakaś miała czerwoną okładkę, to znaczy, że znajdowały się w niej informacje tajne, specjalnego znaczenia. Były tam między innymi wykazy ambasad, wykazy numerów rejestracyjnych, jakimi posługują się ambasady, numery telefonów do milicji, do SB, wykaz oficerów kontrwywiadów w jednostkach wojskowych, wykaz oficerów obiektowych Służb Bezpieczeństwa, sygnały alarmowe i tak dalej.

Powiem ci jeszcze, jak nasza sekcja techniki robiła tajne przeszukania. Polegało to na tym, że wcześniej opracowywało się mieszkanie i całą rodzinę figuranta. Potem tych figurantów się wystawiało – czyli na przykład dostawali wezwanie na milicję albo do urzędu skarbowego. No i od momentu, kiedy przyszło zlecenie, cała rodzina, całe mieszkanie, wszystko trafiało pod obserwację. Do tego nasi technicy potrafili podrabiać klucze – na bieżąco byli uczeni i doszkalani w zakresie zamków.

Mieliście jakichś wybitnych specjalistów w tej dziedzinie?

Tak, mówiliśmy na nich „kasiarze". Oni zajmowali się robieniem sejfów. Z reguły mieli swoje normalne firmy, ale byli zwerbowani i dla służb otwierali specjalistyczne zamki, na przykład właśnie w sejfach.

A ich firmy czym się zajmowały?

Produkcją kas i zamków. Montowali zabezpieczenia w bankach czy urzędach.

Wracając do obserwacji, zawsze trzeba się było liczyć z tym, że może wydarzyć się coś nieprzewidzianego. Na przykład dany figurant dostawał wezwanie na milicję, więc teoretycznie mieliśmy go z głowy na jakiś czas, ale okazywało się, że jednak musiał wrócić do mieszkania, bo czegoś zapomniał. Wtedy obserwacja miała za zadanie przeszkodzić figurantowi w wejściu do mieszkania, w którym zakładaliśmy podsłuchy, albo przynajmniej opóźnić to wejście.

Jak to się robiło?

No na przykład zaczepiało się, prowokowało w jakiś sposób, spuszczało powietrze z opon. To były drastyczne sytuacje, ponieważ wyszkolony agent po przeciwnej stronie mógł się zorientować, że coś jest nie tak. Jeśli chodzi o samą akcję, to technicy wchodzili do mieszkania i na początku robili zdjęcia. Bo jeśli w trakcie zakładania podsłuchu poprzestawiali jakieś rzeczy, to musieli wiedzieć, jak je potem z powrotem poukładać. A te podsłuchy montowali w różnych miejscach: w telefonie, pod podłogą...

Wyjaśnij, jak to możliwe.

Sklejki odklejali po prostu. Zawsze wybierali takie miejsce w mieszkaniu, gdzie był najlepszy zasięg i podłączenie do prądu. Chodziło też o to, żeby mikrofonu nie zakłócał na przykład włączony telewizor. Natomiast odsłuch znajdował się w oficjalnej części delegatury WSW, gdzie wszyscy mogli przyjść. Siedziały tam babki – pracownice kontrwywiadu wojskowego – które to odsłuchiwały i pisały z tego komunikaty.

Musiały wszystko przepisywać?

Tak, w chuj żmudna praca.

WSW miało swoje komórki we wszystkich większych miastach?

Tak. W Bydgoszczy, w Poznaniu, we Wrocławiu, w Krakowie, w Warszawie (tam była centrala), w Katowicach, Lublinie. Słuchaj, wszyscy wiedzieli, jacy cinkciarze, jacy taksówkarze są zwerbowani dla bezpieki. Ale jacy ludzie pracują dla kontrwywiadu wojskowego, tego nie wiedziała ani bezpieka, ani nikt. A kontrwywiad miał powerbowanych ludzi we wszystkich placówkach polskiej żeglugi, w kasynach wojskowych, w urzędach miejskich. Wszędzie.

Inwigilacja totalna?

Ale przeciwko szpiegostwu. My nie prowadziliśmy żadnych obserwacji politycznych, nie zajmowaliśmy się Solidarnością.

No, akurat wy się nie zajmowaliście.

A ja mówię o sobie tutaj. Jurek wpajał mi taką zasadę – jeśli człowiek konfabuluje albo chce ukryć jakąś informację, to musisz go wypytać kilka razy o tę samą historię i musisz zapamiętać, co ci mówił za pierwszym razem. Bo jeśli kłamie, to jak będzie opowiadał któryś raz to samo, w końcu pomyli się przy szczegółach.

Dalej, wpajał mi zasadę, że jeżeli jestem w jakimś środowisku, w jakiejś grupie i jest tam osoba dominująca, to żebym nie starał się jej zdominować i nie chciał być ponad nią. „Zawsze masz być trzeci albo czwarty w hierarchii" – mówił mi. Tłumaczył też: „Nigdy nie pokazuj nikomu, że jesteś mądrzejszy od niego. Podczas rozmów pytaj kilka razy o to samo, nawet w oczywistych sprawach. Rozmówca uzna cię wtedy za mało bystrego. Inni może będą się z ciebie śmiać, ale to twoja przewaga, ponieważ będą cię lekceważyć. Zapamiętaj sobie, że jeśli szef takiej grupy będzie cię lekceważył, to stanie się też przy tobie otwarty, będzie ci dużo rzeczy mówił, ponieważ nie poczuje z twojej strony żadnego zagrożenia. Zawsze musisz być dobry i uśmiechnięty".

Wtedy się nie wpierdolisz, tak?

Właśnie tak. Dzięki temu cię nie rozpracują, nie nabiorą wobec ciebie podejrzeń. Bądź systematyczny w tym, co robisz. Zaplanuj zawsze każdy dzień, ale nie bądź monotonny. Jak wychodzisz na zakupy, nie rób zawsze tej samej trasy, bo osoba, która będzie cię obserwowała, pozna twój schemat i będzie cię mogła sprofilować. Stosuj taką technikę, żebyś zawsze był nieprzewidywalny, ale rób to w taki sposób, żeby osoba, które cię rozpracowuje, nie wyczuła, że jesteś taki, bo się tego nauczyłeś.

Jeżeli wyczujesz obserwację, nie pokazuj, że o niej wiesz. Bo jeśli to pokażesz, to osoba, która cię obserwuje, od razu wydedukuje, że masz jakiś związek ze służbami specjalnymi. Osobnym przypadkiem jest „obserwacja po japońsku". Czyli obserwowanie polegające na jeżdżeniu i chodzeniu za figurantem, pokazywaniu w bezczelny sposób, że się jest z jakiejś służby X. Obserwowany nie może dać się wówczas sprowokować, bo taka obserwacja ma na celu wyprowadzenie człowieka z równowagi i zmuszenie go do podjęcia nerwowych ruchów. A jeżeli będzie się to po prostu zlewało i traktowało jak chleb powszedni, oni za dwa–trzy dni odpuszczą. Trzeba być jednak świadomym, że na pół roku odpuszczą, ale po pół roku znowu zaczną obserwować.

Jeśli jest się za granicą, to nie należy unikać kontaktów. Trzeba być towarzyskim, nie zamykać się w sobie. Być otwartym na środowisko. Nie prowadzi się żadnej pracy wywiadowczej, tylko normalnie wtapia się w otoczenie, uczestniczy w życiu miasta, sąsiadów. Trzeba tylko sobie tak wszystko poukładać, żeby nie myśleć o każdej porze dnia i nocy: „Kurwa, kiedy będzie ta robota?". Bo takie emocje mogą zostać przez kogoś wychwycone. Ma normalny dom, kasę, chodzi na siłownię, dyskoteki, ale jest w nim coś nienaturalnego. Fachowcy z obcej służby szybko coś takiego zauważą. Często wyłapywanie takich agentów polega właśnie między innymi na obserwacji, jacy oni są. Czym się interesują, w jakich kręgach bywają, jak rozmawiają z ludźmi, na jakie tematy.

Jurek wpajał mi jeszcze, by nie pędzić do sukcesu, nie szukać szpiega za wszelką cenę. Miałem robić swoje, cały czas się legendować. Bo są agenci, którzy są dobrze przykryci, ale mają takie parcie na złapanie szpiona, że po pewnym czasie nie wytrzymują i całe ich przykrycie po prostu bierze w łeb.

Co istotne, Jurek nigdy nie przeklinał. I zawsze zwracał mi uwagę na zachowanie wysokiej kultury osobistej. Inni przełożeni z kontrwywiadu również ostro nas wyczulali na zachowanie kultury. Jeżeli złapali kogoś na wielokrotnym przeklinaniu, obcinali premię przy wypłacie lub karali dodatkowymi służbami jako dyżurny. Zwracano uwagę na schludny ubiór, ostrzyżenie zgodnie z modą. Jurek i przełożeni uczulali nas, że mamy do czynienia zupełnie z innym modelem figuranta. Figuranci służb wojskowych to z reguły ludzie wykształceni, inteligentni, a co najważniejsze, dobrze wyszkoleni. Jurek wielokrotnie powtarzał: „Szpieg czy dywersant nie może być idiotą".

Jacy ludzie pracowali z tobą w Gdyni?

Młodsi chorążowie, po szkole w Mińsku Mazowieckim.

Jakiej szkole?

To była szkoła WSW imienia Feliksa Dzierżyńskiego. Tam dostawali ogólne przygotowanie i stamtąd werbowano żołnierzy do kontrwywiadu wojskowego. Nie było jako takiej szkoły kontrwywiadowczej. Jak ci wspominałem – takich ludzi jak ja szkoliło się w mieszkaniach konspiracyjnych. Mnie uczyli ci, którzy mieli doświadczenie, bo pracowali z agenturą, za granicą.

A zawiązywały się między wami jakieś przyjaźnie?

Generalna zasada na Budzie była taka, że nikt nikogo o nic nie pyta. Nikt się nie zwierzał ze spraw rodzinnych. Każdy żył na zasadzie, że rodzina to rodzina, a praca to praca. Wychodziłeś do domu, zapominałeś o robocie. Uważam, że to było zdrowe, profesjonalne podejście. W takich służbach nie ma miejsca na przyjaźń. Bo może zdarzyć się tak, że gdy będziemy mieli do zrobienia ważną akcję, a ja będę miał akurat słabszy dzień i nie będzie mi się chciało gdzieś podejść czy wyjść z samochodu, a mój przyjaciel będzie miał akurat kierownika zmiany, to przymknie na to oko. Stwierdzi: „Trudno, figurant niech idzie dalej". A tu nie było miejsca na taką fuszerkę.

Na przykład ile osób brało udział w obserwacji dziennie?

To zależy. Codziennie obserwacji nie było. Odbywały się raz na tydzień, dwa. To zależy oczywiście od tego, czego dotyczyła sprawa. Jeśli figurant nie był bystry, to w obserwacji brało udział dwanaście osób, czyli trzy zmiany po cztery samochody. A jeżeli był to poważny figurant, to w działaniach mogło brać udział nawet sto osób.

Sto osób do obserwacji jednego człowieka?

Tak.

Ja pierdolę, jakie to siły...

No, wtedy z całej Polski się zjeżdżali. Bo wiesz, jeśli to był wyszkolony szpion i obserwowałoby go dwanaście osób, łatwo by się w tym połapał. Zrobisz kilka kontrolnych ruchów, pójdziesz na przykład w ślepą uliczkę, staniesz na parkingu... Wystarczy, że obok ciebie przejedzie dwa razy ten sam samochód i już jest koniec. A jeśli zaangażowanych jest sto osób na trzydziestu samochodach w długich odstępach czasu, to nie da się ich zapamiętać.

Najważniejsze, żeby wiedzieć, w którym momencie odpuścić. Jak kogoś obserwowaliśmy i znaliśmy jego nawyki, to było proste. Wiedzieliśmy, jakimi trasami się porusza, więc kiedy znajdował się na drodze, która zazwyczaj była pusta, odpuszczaliśmy obserwację, żeby się nie zorientował, że go kontrolujemy.

W kontrwywiadzie nauczyłem się też, co to są „podstawki samochodowe". Czyli na przykład na codziennej trasie figuranta czy gdzieś pod jego mieszkaniem, ustawia się samochód z wmontowaną kamerą. W jakimś innym samochodzie lub mieszkaniu siedzi facet i obserwuje monitor. No i jak figurant wychodzi z domu, to się go od razu podejmuje.

Dowiedziałeś się w końcu, co się stało z Kowalskim?

Tak. Dowiedziałem się od Jurka w 1999 roku. Powiedział mi: „Kowalskiego zwerbowaliśmy i przygotowaliśmy do wyjazdu do USA w latach 1990–2005. Nie szukaj z nim kontaktu. Tak wszystko zaaranżowaliśmy, że tych dwóch dodatkowych oficerów, którzy byli z wami, wszystko nam powiedziało. Wyszło na to, że to oni zakapowali Kowalskiego, a ty jesteś czyściutki".

Po raz pierwszy o Kowalskim usłyszałem w nowej rzeczywistości, gdy robiłem operację specjalną w Nowym Sączu. Kupowałem tam broń i jeden z figurantów powiedział mi, że zna jednego komandosa w Nowym Targu, że ma z nim kontakt. No to powiedziałem swojemu szefowi, że musi mnie z tej operacji wycofać, bo jeżeli trafię na Kowalskiego, to będzie przypał niesamowity. Ale nie dawało mi to spokoju i w końcu w 2005 roku go znalazłem. Okazało się, że rozwiódł się z żoną i chajtnął z Japonką, a potem wrócił do Polski i otworzył w górach pensjonat dla Amerykanów.

Dlaczego dla Amerykanów?

Nie wiem - szkolił ich tam po prostu czy co. W tym pensjonacie dali mi w każdym razie numer do niego. Zadzwoniłem i mówię:

- Wiesz kto dzwoni?

- Nie.

- Jarek Pieczonka.

– Ja pierdolę. Przyjeżdżaj.

On miał wtedy dom w Warszawie. Jak przyjechałem do niego, to mnie wyściskał, wycałował i w ogóle. Opowiedział mi o Stanach, ja mu o przykrywkach. W końcu mówię do niego:

– Słuchaj, pracowałem w kontrwywiadzie wojskowym.

– Jarek, nie mam do ciebie żadnych pretensji. Ale odpowiedz mi tylko na jedno pytanie. Czy wchodząc do 16. Batalionu Powietrznodesantowego, byłeś już zwerbowany czy nie?

Skłamałem.

– Nie, wtedy jeszcze nie.

Wiesz, po prostu nie chciałem mu przykrości robić, że się tak dał podejść. On na to:

– To w porządku, bo myślałem, że byłem taki naiwny i taki głupi.

Do dzisiaj mamy kontakt ze sobą. Kowalski zachował znakomitą kondycję komandosa. Do dziś jest sprawny fizycznie i aktywny. Doskonały instruktor spadochronowy, alpinista działający w TOPR. Biorę też pod uwagę, że sprawa z samolotem mogła zostać specjalnie wykreowana przez kontrwywiad i Kowalski wszedł w to świadomie, aby stworzyć sobie naturalną legendę do dalszej działalności wywiadowczej w kraju i za żelazną kurtyną. Obce służby mogły sobie do woli sprawdzać wiarygodność naszej akcji w Krakowie. Wszystko było prawdziwe.

Nabrałem przekonania, że mogło tak być, gdy się z Kowalskim spotkałem po latach. Opowiedział mi wówczas, że po odejściu z wojska bywał w różnych krajach. Nie pytałem po co, bo w naszym obyczaju jest, by nie zadawać takich pytań.

Co się u was wydarzyło, gdy nastał rok 1989?

Jeszcze przed Okrągłym Stołem przyszedł do nas Kapelan, komandor, i powiedział:

– Słuchajcie, nie wiem, co teraz będzie. Może nas rozwiążą, może będziemy musieli iść patrolować dworce, a może płynnie przejdziemy do nowego ustroju. Każdy ma wolną rękę, może robić, co chce. Możecie się odkryć, możecie iść do normalnych jednostek albo po prostu przejść do cywila. Każdy może zrobić, co mu się podoba.

Dodał jeszcze, że są do rozdysponowania cztery mieszkania konspiracyjne. Potem się okazało, że dał je jakimś młodym żołnierzom. Więc polazłem do niego i zapytałem:

– A ja dlaczego mieszkania nie dostałem?

– Bo nie przyszedłeś i nie poprosiłeś.

– Panie komandorze, tamci mi nawet do pięt nie dorastają, a to mieszkanie należało mi się jak psu micha. Pana gryzie to, że pan nie wie, kim jestem i dlaczego tutaj przyszedłem.

Bo wiesz, ja Kapelanowi dupy nie lizałem, tylko robiłem swoją robotę, więc nie dał mi tego mieszkania ze złości.

Tak czy inaczej, nie wiedziałem, co ze sobą zrobić. Pojechałem więc do Jurka do Warszawy. Zaczęliśmy rozmawiać.

– Słuchaj – powiedział – jest jedna wielka rozpierducha i ta rozpierducha może trochę potrwać.

– A powiesz mi teraz, dlaczego nie pojechałem do Francji?

– Dlatego, że nie chciałem cię wystawić. Nie mogłem ryzykować, że pojedziesz za granicę i nie wiadomo, kto cię przejmie. Uwierz mi, chłopie, że mógłbyś się tam znaleźć w ciemnej dupie. Mógłby cię ktoś sprzedać, przehandlować. Nie mogłem na to pozwolić.

To pytam się, co mam teraz robić. Nie mam szkoły ani nic. A on na to:

– Wiesz, jest postanowione, że w nowej RP stworzą Wojskowe Służby Informacyjne i my przejdziemy do nich na miękko. W nowym kraju będziemy instalować naszych ludzi we wszystkich służbach, urzędach i spółkach Skarbu Państwa. Chcę, żebyś poszedł do policji.

– Jako kto?

– Jako śpioch. Idź i zalegenduj się w policji. Zacznij od zera i pnij się w hierarchii. Zrób karierę. I przez lata czekaj w hibernacji.

– Na co?

– Aż któregoś dnia to wykorzystamy. Jest niepisana umowa z policją, że ludzie, którzy odchodzą z wojska i nie mają średniego wykształcenia, mogą zostać tam przyjęci i w trakcie służby zrobić szkołę. Tak zrób. Umiesz czekać, nauczyłem cię tego. W odpowiednim momencie ktoś się do ciebie odezwie.

TYGRYS

Spora zmiana.

Z kontrwywiadu do policji wysłano ze mną jeszcze dwóch funkcjonariuszy. Byli to fachowcy od działań operacyjnych. Z jednym – od obserwacji – miałem kontakt do czasu przeniesienia mnie do komendy wojewódzkiej w Gdańsku. Był umieszczony w Komendzie Rejonowej Policji w Wydziale Kryminalnym. A drugi, z którym w ogóle nie miałem kontaktu, pracował w gdańskiej KWP w Wydziale Techniki Operacyjnej. Gdy przyjmowano nas do policji, w tamtejszych kadrach wiedziano tylko, że byliśmy funkcjonariuszami WSW, ale kojarzono nas ze zwykłymi żołnierzami, którzy chodzili na patrole i kontrolowali innych żołnierzy. Policja nie miała możliwości sprawdzenia przebiegu naszej prawdziwej służby w kontrwywiadzie wojskowym.

Jak wyglądał twój start w nowym miejscu pracy?

Na początku zostałem kierowcą nysy w komisariacie.

Od razu? Bez żadnego kursu?

Tak. Nie dostałem broni, tylko jeździłem jako kierowca w prewencji. Czyli na jakieś interwencje. Po pół roku pojechałem na kurs podstawowy i jak wróciłem, dalej robiłem w prewencji.

W Trójmieście działało w tamtym czasie wielu ludzi powiązanych z byłymi służbami specjalnymi. Na przykład taki facet o nazwisku Wolf. Perfidna świnia. Miał jakieś układy z bezpieką i przez to był nietykalny. A przy tym był jebanym dewiantem i sadystą – jak brał na bzykanie dziewczyny z miasta, to sikał na nie, lał je i jeszcze siano mu musiały płacić. Pojechaliśmy kiedyś pod taką dyskotekę Panorama w Gdyni, żeby zobaczyć, co się tam dzieje. Okazało się, że nie mogliśmy tam wjechać, bo przed samym wejściem ktoś zaparkował białego fiata. No to wyszedłem w mundurku i rzuciłem:

– Co to, kurwa, jest? Czyje to?

W odpowiedzi usłyszałem, że Wolfa. To sobie pomyślałem: „Jaki, kurwa, Wolf? Kto to jest?". A wiesz, tam jak padło hasło „Wolf", to był dygot. Spytałem:

– Gdzie on jest?

– W środku.

– To weźcie go wołajcie.

A tu chuj, każdy się bał. No to wiesz, co zrobiłem? Poszedłem w tej Panoramie do DJ-a, wziąłem mikrofon i powiedziałem:

– Proszę państwa. Przed dyskoteką stoi zaparkowany samochód, numer rejestracyjny taki i taki. Jeżeli właściciel tego auta nie wyjdzie w ciągu piętnastu minut, to jego samochód zostanie odholowany.

I wyszedł ten Wolf.

– Kurwa, co jest? – zaczyna.

– Dawaj dokumenty – ja na to.

No i zacząłem go legitymować.

– Coś słyszałem o tobie – odezwał się znów. – Ty jesteś z Wrzeszcza i znasz Gutka, nie?

Przytaknąłem. Bo Gutek to mój kumpel był – taki niezły kozak, bramkarz. Wolf mówił dalej:

– Bo ty go odwiedzałeś kiedyś w Sopocie na bramce. Ale nie wiedziałem, że jesteś policjantem.

Wiesz, taka grzeczna rozmowa się wywiązała. W końcu spytałem:

– Odjedziesz tym samochodem?

– Wiesz, nikt nie ma odwagi, żeby mi tak uwagę zwracać. Bo mam swoje układy. Jeżeli ty tak robisz, to zdajesz sobie sprawę, że jakieś układy naruszasz?

– Słuchaj, robię swoją robotę. Nie będę patrzył, czy czyjeś układy naruszam czy nie. Bo co? Mam helikopter wezwać, żeby ten samochód przestawili?

No i przestawił to auto. A ten Wolf to był strasznie brutalny typ. Nawet z twarzy wyglądał jak jebany Nosferatu.

Czy na początku służby były jakieś inne sytuacje, które mogły się źle dla ciebie skończyć?

Niedługo potem jechałem na nocną zmianę kolejką SKM z Gdańska-Wrzeszcza. Stałem sobie na peronie i zobaczyłem, jak jeden pijany facet zaczepia starszych ludzi i żąda od nich pieniędzy. Młodzi ludzie, którzy stali z boku, widzieli to i w ogóle nie reagowali. No to podszedłem do tego gościa i zacząłem go odganiać od innych. Nie miałem jeszcze doświadczenia jako funkcjonariusz policji, bo pracowałem tam dopiero miesiąc.

No i złapałem tego faceta za klapy i przesunąłem w kierunku torów SKM-ki. Tam zaczął się ze mną szarpać. W pewnym momencie poleciał na szyny i jak spadł, to już nie mógł wstać – choć był przytomny. To wskoczyłem na tory i zacząłem go wynosić na peron. Przerzuciłem mu jedną nogę, drugą, tułów. Jechał pociąg. Ludzie stali, patrzyli, ale w ogóle mi nie pomagali. Wziąłem później tego faceta, jak już był na peronie, i przeniosłem pod kiosk. Postawiłem go, a on zaczął się osuwać. Wtedy doskoczyli do mnie gapie i zaczęli krzyczeć: „Co ty mu zrobiłeś?!". Ale gdy podjechała kolejka, ja po prostu do niej wsiadłem i odjechałem.

Później zacząłem analizować na spokojnie tę sytuację i stwierdziłem, że po prostu powinienem zadzwonić po policję. Ale tego nie zrobiłem. Na drugi dzień kupowałem gazety i czytałem ogłoszenia o wypadkach. Szukałem, czy nie ma czegoś na temat tego zdarzenia na peronie. Na szczęście nic nie znalazłem. Ale chodziłem cały czas zdenerwowany, nie spałem przez parę nocy, bo cały czas myślałem o tej sytuacji. Nie widziałem, co robić. No i po paru dniach zobaczyłem tego gościa na peronie SKM-ki z zabandażowaną głową. Kamień spadł mi z serca. Facet po prostu był pijany, bezwładnie upadł na tory i nic mu się, na szczęście, nie stało. Pomyślałem, że w sumie dostał srogą nauczkę, i dobrze, bo już więcej ludzi nie zaczepiał.

Mój pierwszy prawdziwy konflikt w policji wyglądał inaczej.

Jak?

To było po pierwszych trzech miesiącach pracy w prewencji. Mieliśmy wtedy trzyzmianowy system roboty. Był poniedziałek, zawołał mnie do siebie komendant rejonowy i zapytał, co robiłem w sobotę. Powiedziałem, że miałem wtedy wolne i nie pamiętam dokładnie, co robiłem. On mi na to:

– To weź się przebierz w cywilne łachy i jedź do prokuratury do Sopotu. – I dodał, do którego konkretnie prokuratora mam się zgłosić.

– Ale po co?

– Pojedziesz, zobaczysz.

Okej, pojechałem do Prokuratury Rejonowej w Sopocie. Zapukałem do drzwi tego prokuratora. On wyszedł, sprawdził moje dokumenty, wrócił z jakąś dziewczyną. Pyta jej:

– To ten czy nie ten?

Ona tak patrzy na mnie i mówi:

– Nie, to nie ten.

Kazał jej wejść z powrotem do pokoju.

– Proszę pana, co to było? – zapytałem. – Co to w ogóle znaczy?

– No bo ta dziewczyna została zgwałcona w sobotę na dyskotece i policjanci z Wydziału Kryminalnego wytypowali pana jako sprawcę. Wszystko się zgadzało: Jarek, ciemne włosy, krępa sylwetka pasująca do pana, mieszkający na ulicy Lelewela.

– Ale pan to zrobił niezgodnie z prawem. Co by było, gdyby ona powiedziała, że to ja?

– Tobym pana zamknął.

– A zdaje pan sobie sprawę, że takich Jarków w rejonie tej ulicy jest jeszcze dwóch?

– No. Ale policjanci tak ustalili.

To mówię:

– Proszę pana, tylko że ja wiem, który Jarek to zrobił. – Bo od razu pomyślałem o takim Jarku DJ-u, który łaził i ogłaszał wszem i wobec, że on bajeruje babki, a potem je brutalnie zmusza do seksu.

Przekazałem temu prokuratorowi, co miałem przekazać, i pojechałem do domu. Na drugi dzień przychodzę do roboty i słyszę od dyżurnego, że komendant znowu mnie wzywa. Wszedłem do niego, zameldowałem się, a on z miejsca:

– I co, kurwa? Zięcia mi zamknąłeś!

– Co??

– Zięcia mi sprzedałeś, chuju. Przez ciebie będę musiał odejść z policji.

– Nie wiedziałem, że to pana zięć. Skąd miałem wiedzieć? Poza tym to jest pana problem, a nie mój. Miałem iść za niego siedzieć?

– Ale nie musiałeś mówić, że to on. Nie musiałeś pomagać prokuratorowi.

– Tylko że kim ja jestem? Policjantem, nie?

To też go nie przekonało.

– Odchodzę na emeryturę, ale ty będziesz miał za to przejebane.

Faktycznie nie miałeś lekko?

Niezupełnie. Bo naczelnik Wydziału Kryminalnego z Gdyni usłyszał o mnie, że jestem ostry policjant. A wiesz, on miał wtedy u siebie takich samych dziadów, ubeków, milicjantów. I jak jeden z nich odchodził na emeryturę, to wziął mnie do siebie. To była duża nobilitacja. Tyle że nie mógł mnie wciągnąć na etat kryminalnego, bo nie miałem skończonej szkoły podchorążych. No więc zostałem kierowcą w Wydziale Kryminalnym na etacie działu gospodarczego. I uczestniczyłem we wszelkiego rodzaju akcjach, bo po kursie podstawowym dostałem broń i byłem pełnoprawnym policjantem.

Jak wyglądała twoja pierwsza poważna akcja?

Szukaliśmy takiego dziesioniarza – miał ksywkę Nizioł. Ścigany za rozboje bandyta był postrachem śródmieścia Gdyni. No i pojechaliśmy go szukać. W pewnym momencie patrzę, a on idzie ulicą. To wyskoczyłem z samochodu i zacząłem go gonić. Sprzedałem mu kopa i gość wyłożył się ryjem w kamienną donicę. Zanim się te dziadki ubeki dowlokły, Nizioł leżał już skuty na glebie, a ludzie bili mi brawo.

Szybko poznałem całe gdyńskie środowisko przestępcze. Okazało się, że było dużo gorsze niż gdańskie, bo bardziej brutalne i hermetyczne. A z tymi dziadkami to było przejebane.

Dlaczego?

Bo oni się wszystkich bali. Wtedy było tak, że noszenie broni przy sobie było czymś nienaturalnym. Dziadki dopytywały się, dlaczego noszę przy sobie broń. Z dzisiejszej perspektywy może się to wydawać śmieszne.

Z czasem poznałem wszystkie sekcje i zobaczyłem, jak one funkcjonują. Będąc w środku, mogłem im się naturalnie przypatrywać.

A pamiętasz swojego pierwszego trupa?

Tak, pracowałem wtedy w Komisariacie I. Dostaliśmy zgłoszenie, że w jednym z mieszkań jakiś gość puka do swojego znajomego, ale ten nie otwiera i czuć straszny smród wydobywający się z wewnątrz. Pojechaliśmy tam. To była zima. Okazało się, że to mieszkanie położone przy kotłowni. Na miejsce przyjechał też prokurator, który miał nam asystować – taka jest procedura, żeby nikt potem nie powiedział, że coś na przykład zginęło. No i jak weszliśmy tam, to faktycznie był smród nie do zniesienia.

Doświadczony dzielnicowy, który był ze mną, powiedział od razu: „Ty, tam rzeczywiście musi być trup, i to niezły zgniłek". Prokurator zdecydował że musimy tam wejść. Jednak za cholerę nie mogliśmy otworzyć drzwi, więc wybiliśmy szybę i weszliśmy przez okno.

Człowieku, w życiu nie czułem takiego smrodu. To jest nie do opisania. W tym pomieszczeniu nie dało się wytrzymać dłużej niż trzy minuty. Jak odchyliliśmy kołdrę, to na łóżku leżał czarny trup. Klasyczny zgniłek. Mundur musiałem potem do czyszczenia oddać, bo nie sposób było pozbyć się tego smrodu. Coś strasznego.

Jeszcze jedną ci rzecz opowiem. Gdy pracowałem w tym Komisariacie I, to był taki zwyczaj, że nocą objeżdżało się swój rejon. Byłem w Śródmieściu, więc miałem pod sobą hotel Gdynia i parę knajp.

Ten hotel był wówczas luksusowy?

Tak. Dziwki z najwyższej półki i tak dalej. Często mieliśmy zgłoszenia, że na przykład jakiś pijak się tam awanturuje. No i jak jeździłem w tamten rejon – zarówno do hotelu, jak i knajp – to poznałem świat bramkarzy i prostytutek. A ci bramkarze mnie polubili, bo nie brałem od nich pieniędzy i rozwiązywałem problemy inaczej niż policjanci.

To znaczy?

Nie dyskutowałem z pijakiem, tylko brałem go za fraki, zakuwałem w kajdanki, prowadziłem do radiowozu i wywoziłem na izbę wytrzeźwień. A wiesz, na początku lat dziewięćdziesiątych to już się zaczęły dyskusje z policjantami. Jakieś prośby, tłumaczenia. Ale ze mną nie było marudzenia. Najpierw próba doprowadzenia do porządku, a jak to nie skutkowało, chwyty obezwładniające i do widzenia.

Czy dzięki temu zaczęli ci ufać i opowiadać o swoim świecie?

Powiem ci, jak to się zaczęło. Po robocie często chodziłem do dyskoteki Kaprys w Gdyni. No i kiedyś zagadał do mnie DJ, który tam grał. Mówi:

– Słuchaj, mam do ciebie taką prośbę. Czy nie mógłbyś mi pomóc?

– Ale jak?

– Jestem z babką, która chodzi w miasto. Jest prostytutką. No i ona chciałaby chodzić do tego hotelu Gdynia. Problem w tym, że jak tam była parę razy, to te stare prostytutki powiedziały jej, że nie chcą jej więcej widzieć i że coś jej zrobią. A słyszałem, że ty znasz bramkarzy z tego hotelu i że jesteś takim dynamicznym policjantem. Może mógłbyś się z nią tam kiedyś przejść? No bo czy tam trzeba mieć jakieś karty wstępu? Czy trzeba być namaszczonym przez te stare kurwiszony, żeby tam przychodzić? Przecież to jest hotel dla wszystkich, nie?

I pomyślałem, że w sumie facet ma rację. Przyszły nowe czasy, każdy może tam chodzić. Nie spodobało mi się to, że te stare prostytutki miały takie naleciałości. Przecież gdyby im się coś ujebało w głowie, równie dobrze mogłyby powiedzieć, że ja też nie mogę tam przychodzić.

Jak to się potoczyło dalej?

Poszedłem z nią kilka razy do tego hotelu, siedliśmy przy stoliku, wypiliśmy jakąś colę, pogadaliśmy. Chodziło po prostu o to, żeby pokazać tym starym kurwom, że ona jest ze mną. Ale zanim to zrobiłem, powiedziałem jej tak:

– Słuchaj, ja ci pomogę, ale chcę się dowiedzieć od ciebie, jak funkcjonuje ten biznes i cały ten świat. Nie zrobię z tego użytku i cię nie podkabluję. Ty sprzedajesz swoje ciało dla pieniędzy i to jest twoja sprawa. Chcę tylko wiedzieć, kto jest kim w tym środowisku.

I ona pierwsza zaczęła mi opowiadać o gdyńskim półświatku. Potem, jak zacząłem pracować jako kierowca w Wydziale Kryminalnym, nie byłem już laikiem, tylko człowiekiem, który znał te realia. Mogłem pomagać pracownikom sekcji, a nie tylko siedzieć za kółkiem.

A czego dowiedziałeś się o tym świecie od prostytutek?

Na przykład jakie pieniądze zarabiają, jak się zagaduje klienta. Nie chodzi tylko o to, żeby zaruchać. To jest złe wyobrażenie. W tych hotelach są elitarne prostytutki – bardzo ładne, wykształcone, znające języki. Chodzi o to, żeby jak najwięcej rozmawiać z klientem, obiecywać mu różne rzeczy, skasować od niego pieniądze, ale niekoniecznie pójść z nim do łóżka.

– Ty – mówię w końcu – ale ja bym się wkurwił na miejscu takiego klienta, gdybyśmy nie poszli do łóżka.

– Jest sposób, żeby to opanować. Żeby zarobić, ale się nie narobić. Na tym to polega.

I dała mi jeszcze taką radę:

– Pamiętaj, że jesteś policjantem. Nie zrób takiego numeru, że pójdziesz z którąś z tych dziewczyn do łóżka. Bo będziesz skończony jako funkcjonariusz.

Dlaczego?

Bo one to wykorzystają przeciwko tobie. Prędzej czy później. Pójście do łóżka z taką prostytutką było jak zapierdolenie samochodu albo pieniędzy przez policjanta. Nie do pomyślenia. I ja się tej zasady trzymałem.

Następna sprawa. Jak pracowałem w Komisariacie I, miałem jeszcze jedną akcję. Dostaliśmy w nocy informację, że facet, który dostał przepustkę z aresztu w Sztumie, po tej przepustce nie wrócił. Zabarykadował się w swoim mieszkaniu na Płycie Redłowskiej i zaczął wyrzucać z czwartego piętra różne przedmioty. Powiedział, że wysadzi w powietrze cały dom. Ewakuowaliśmy więc wszystkich z budynku i zaczęły się jakieś nieudolne negocjacje.

To był 1991 rok, zupełnie inne realia. W końcu zaczęliśmy ciąć drzwi piłami od strażaków. Skończyło się tak, że dostałem od niego w łeb takim słoikiem ze śrubami i nożem w rękę. Celował w pierś, ale się zasłoniłem. Wylądowałem na pogotowiu, musieli mnie pozszywać. To wszystko było kompletnie chaotycznie i nieprzemyślane. Chcieliśmy po prostu zrobić wszystko, żeby go wyciągnąć z tego mieszkania. A najlepsze jest to, że w końcu obezwładnił go policyjny pies.

Ten facet był zdrowy psychicznie?

Na pewno miał jakieś problemy. Jak go zawinęliśmy, to dostał swoje, wiadomo. Był konkretnie oprawiony i nawet papierosy na nim przypalaliśmy.

Nie uważasz, że to sadyzm? Gasić papierosy na psychicznie chorym?

Takie były wtedy czasy. Poza tym, kurwa, to był kryminalista. I może po prostu udawał psychicznie chorego, jak już wiedział, że zostanie dorwany. Nie ma co ukrywać, dla nas to też była jakaś forma odreagowania. Tak się postępowało wtedy z takimi ludźmi. Niestety, do dzisiejszego dnia uważam, że z bandytami można rozmawiać tylko z pozycji siły. Na ma innej rozmowy. Jeśli oni wyczują choćby najdrobniejszą słabość, wykorzystają ją przeciwko policjantowi.

Czyli co? Jak widzisz bandytę, to zakładasz, że od razu trzeba go jebać w łeb?

Tak, od razu w łeb, na glebę, komin – czyli broń – do głowy, ręce skute, kurwa, i wtedy jest rozmowa. Nie ma dyskusji z takimi ludźmi. Wiesz, jeśli na przykład zatrzymuję łysego karka, który przypomina mi ze zdjęcia jakiegoś podejrzanego, i on jest dla mnie miły i wykonuje wszystkie polecenia, to ja też z nim normalnie rozmawiam. Ale jeżeli tylko wyczuję z jego strony brak respektu i to, że ma na policję wyjebane, to automatycznie będzie reakcja: za łeb i do ziemi. To jest zawsze próba sił. A po paru takich akcjach te karki sobie informacje przekazują, że te psy są ostre, a te łagodne. Chodzi też o to, żeby był święty spokój w mieście. Czyli tak zwana prewencja. Bo zadaniem policji jest przede wszystkim przeciwdziałanie.

A czy zdarzało się, że policja współpracowała z jakimiś przestępcami po to, żeby rozbić inną grupę przestępczą?

Oczywiście, że tak. Pamiętam dobrze jedną taką akcję w Gdańsku. Była taka mocna grupa Puchalskiego, która robiła między innymi przy porwaniach. Facet był rzeczywiście niebezpieczny. Umiał zdobywać informacje i miał dużą charyzmę. Taki propagandzista jak Adolf Hitler. Prał mózgi tym swoim żołnierzom i w pewnym momencie była to jedna z najniebezpieczniejszych grup przestępczych w Polsce. No i z czasem inne grupy przestępcze zaczęły nam pomagać, żeby ich rozbić. Ale to też jest niebezpieczne, bo jeżeli policjanci za bardzo się zżyją z takimi – że tak powiem – pomagierami, to oni mogą to potem wykorzystać przeciwko nim.

A z przełożonymi nie miałeś pod górkę?

Nie. Pracując w Wydziale Kryminalnym w Gdyni, zdobyłem sobie zaufanie jednego z szefów. Przez to wiedziałem dużo tajnych rzeczy. Zresztą zapracowałem sobie na to zaufanie. Wszędzie z nim czy jego zastępcą jeździłem. Doceniali mnie za dyspozycyjność. A woziłem ich też w mniej oficjalnych celach – na przykład do knajp na chlanie z prokuratorami. Chcąc nie chcąc, uczestniczyłem w tych bibach – oczywiście nie pijąc. No i nasłuchałem się wtedy o układach i układzikach w policji i prokuraturze.

Patrzyłem na nich, jak się zachowują po alkoholu, co mówią, jakie gry prowadzą – kadrowe, personalne. Jeden drugiego nie lubił, wylewali jakieś swoje żale. Wtedy dobrze też poznałem ówczesnego prokuratora rejonowego, który potem zrobił niezłą karierę w służbach mundurowych. Miałem z nim raz taką dość śmieszną przygodę.

Zawiozłem go kiedyś do Liliputa na wódkę. Oczywiście nawalił się, bo on bardzo lubił sobie wypić. Na stoliku stał taki szklany dzbanek, a w nim była róża. No i on mi powiedział, żebym zapierdolił ten dzbanek z różą. Okej, wziąłem, schowałem. Jak się skończyła imprezka, zacząłem rozwozić ich do domów. A ten prokurator miał taką kochankę, która była sędzią. No i chciał, żebyśmy do niej podjechali.

Jak dotarliśmy na miejsce, powiedział do mnie:

– Widzisz tego błękitnego malucha?

Mówię, że tak.

– To weź ten dzbanek i postaw go na dachu. – Bo to był jej samochód.

Jak jej mąż się dowiedział, że ten prokurator sypia z jego żoną, to chciał mu wpierdolić. Zacząłem jeździć do niego i go uspokajać, żeby nie robił żadnej zadymy. W końcu się rozwiódł z tą sędzią. A ją też los w końcu pokarał. Po rozwodzie przejął ją inny prawnik. I jak wracali kiedyś z jakiejś imprezy, to przepierdolili w drzewo. Ten jej facet siedział za kółkiem, a był łyknięty. Tak się przestraszył, że wziął tę nieprzytomną, połamaną kobietę i przesadził na fotel kierowcy.

Jak już jesteśmy przy sędziach, to opowiem ci jeszcze historię o jeszcze jednym, dość wysoko postawionym. To był taki gamoń, którego strasznie trzeba było pilnować. Kiedyś zadzwonił do mnie z hotelu w Sopocie i poprosił, żebym tam do niego przyjechał. Wchodzę do pokoju, a on siedzi podpity z prostytutką z Bodegi. W dodatku okazało się, że wygadał jej, że jest sędzią. No to najpierw go opierdzieliłem, że wziął sobie prostytutkę, a potem mu powiedziałem, żeby nigdy nie gadał takich rzeczy, bo może mieć z tego powodu kłopoty – na przykład ktoś go nagra, a potem będzie szantażował. Załagodziłem jakoś sytuację, dogadałem się z prostytutką i zasugerowałem mu, że jak następnym razem będzie chciał jakąś dziewczynę, to żeby mi o tym wcześniej powiedział, a ja mu załatwię taką, która nie będzie wiedziała, kim jest, i wszystko będzie cacy.

Jak widzisz, jakich mamy sędziów, takie mamy sądy. Oczywiście nie dotyczy to wszystkich, ale wielu. Ja akurat poznałem takiego sędziego i byłem załamany, że ktoś taki w ogóle jest na wysokim stanowisku.

Był taki czas, kiedy przez robotę mieszkałeś na komendzie?

Tak, pół roku mieszkałem na komendzie w Gdyni, bo nie chciało mi się jeździć do domu. Wolałem cały czas być policjantem. No i zgodnie z poleceniem Jurka z kontrwywiadu wojskowego piąłem się po kolejnych szczeblach. W międzyczasie trafiłem do grupy samochodowej, a potem do jednostki „Tygrysów", która działała przy Komendzie Wojewódzkiej.

Jednym słowem: wyróżniałeś się.

Jak przyszedłem do policji w 1990 roku, zacząłem od razu stosować bardzo niekonwencjonalne metody. Wiesz, to były czasy, kiedy ludzie z milicji przechodzili do policji. No i łazili w takich ujebanych mundurach, koszulach... A ja zawsze w pracy elegancko, czysto ubrany. Jak była taka sytuacja, że trzeba było komuś mandat wystawić, często dawałem pouczenie. A ci starzy nie mogli się nadziwić. Wiesz, dla nich to było niepojęte, że pojawiłem się znikąd i od razu miałem takie wyniki. Wiedzieli, że zaczynałem jako zwykły „krawężnik". Byli też w szoku, że jak przeszedłem do Wydziału Kryminalnego, to stosowałem tylko metody typu rzucanie na maskę, wyciąganie pistoletu, hasła typu „Patrz mi w oczy!", „Ręce do góry!". Dla tych starych to był szok.

Skąd wiedziałeś, jak to robić? Z filmów? Miałeś instynkt?

Jedno i drugie. Dużo nauczyłem się także w wojsku. W komunistycznych służbach też nas przecież trenowali. Ale wiesz, to były ciężkie czasy. Ogromna korupcja w policji, w prokuraturze. No i gangsterzy, którzy ściągali haracze i wszystkich opłacali.

W Gdyni była taka ekipa policjantów z „samochodówki", którzy bardzo skumali się ze złodziejami aut. Tragedia po prostu. Tutaj, na Wybrzeżu, działał bardzo dobry złodziej samochodowy Antoni Golina, pseudonim Golin. Cała policja trójmiejska chciała go złapać na gorącym uczynku. Bo jak takiego delikwenta złapało się jedynie, gdy jechał kradzioną furą, to on zawsze mówił, że „chciał się tylko przejechać". Tak to zresztą interpretowali prokuratorzy – wiadomo dlaczego. Chodziło więc o to, by złapać go w trakcie kradzieży. W końcu policjanci zrobili zasadzkę na niego pod hotelem Gdynia i tam trzepnęli go na gorącym uczynku, jak walił jakąś furę.

Wszyscy myśleli, że będzie wielki sukces, ale jeden funkcjonariusz zeznał, że Golin nie siedział w aucie, tylko stał obok niego. Przypuszczam, że dostał od bandytów pieniądze za to, żeby tak powiedzieć. No i wszystko szlag trafił.

A te „Tygrysy", co to była za ekipa?

Jednostka wywiadowcza w Wydziale Kryminalnym Komendy Wojewódzkiej w Gdańsku. Wtedy najlepsza tego typu jednostka w Polsce. Pracowaliśmy na trzy zmiany: 6.00–14.00, 14.00–22.00, 22.00–6.00. Braliśmy udział w zatrzymywaniu niebezpiecznych przestępców, w ochronie VIP-ów i ochronie świadków.

Czyli byliście taką grupą interwencyjną?

Tak jak „Moskity". Tylko myśmy jeździli po cywilnemu. Wtedy udało mi się skończyć szkołę średnią. Wszystko dzięki temu, że mieliśmy właśnie takie zmiany. Czyli nie trzeba było zapierdalać po nie wiadomo ile godzin. No chyba że były jakieś poważniejsze akcje, to zostawało się na dwie zmiany.

A jaki był rejon waszych działań?

Całe Trójmiasto: Gdynia, Gdańsk i Sopot. Załogi były rozdzielane w różne miejsca. Wtedy już dobrze znałem środowisko, więc jak zobaczyłem na patrolu znany mi ryj, to od razu legitymowałem. Zatrzymywaliśmy też, kontrolowaliśmy – czysto prewencyjnie. Oczywiście pojawiły się od razu pod moim adresem teksty w stylu „A co ty taki, kurwa, jesteś aktywny?". Ale my się w tych „Tygrysach" nie pierdoliliśmy. Mieliśmy kiedyś zrobić zasadzkę na paliwiarzy.

Tych, co przemycali paliwo?

Nie, tych, co wiedzieli, gdzie biegną rurociągi z rafinerii. Kopali dziurę w ziemi, wbijali taki klin w rurociąg i jak zaczynało tryskać paliwo, to tankowali je do beczek i plastikowych zbiorników.

Dostaliśmy kiedyś informację, że jakaś tam ekipa będzie w nocy przewoziła żukiem to kradzione paliwo. Zrobiliśmy zasadzkę. Ale wiesz, tam, gdzie mieliśmy ich złapać, były jakieś pola, działki, generalnie teren na zasadzkę masakryczny. Druga ekipa obserwowała, jak robili odwiert. I ci policjanci dali nam cynk, że nie złapali tego, co robił odwiert, bo im spierdolił.

Czemu to było tak zorganizowane?

Bo jak prowadzisz podobną obserwację, to nie możesz podejść pod sam odwiert, tylko musisz to robić z dużej odległości. Chodzi o to, że jeżeli złapiesz kogoś na kopaniu samego dołu, to chuj z tego, bo on ci powie, że kopał, bo czegoś tam szukał. To nie jest przestępstwo. A jak walnie w rurociąg i już tryśnie paliwo, to jest przestępstwo.

I co z tymi paliwiarzami?

Zatrzymaliśmy żuka, który jechał z kradzionym paliwem. Ale jeden z gości zaczął uciekać. No to polecieliśmy za nim, ale on się nagle wyglebił do takiej rzeczki. I wiesz, wszyscy stanęli, patrzyli na siebie, nikt nie chciał się zmoczyć. A ja pomyślałem: „A, chuj". No i wjebałem się do tej rzeczki, i zacząłem go dalej gonić. Jak na złość, zaciął mi się jeszcze pistolet. A ten gość przelazł przez jakąś dziurę w płocie i uciekł.

Wróciłem więc, wziąłem jednego z kolesi, których zatrzymaliśmy w tym żuku, włożyłem mu łeb do piachu, przeładowałem swój pistolet i bum!, bum! – strzeliłem mu dwa razy koło głowy. Mówię: „Słuchaj, kurwo, masz mi powiedzieć, kim był ten kolega!". Ale nie powiedział.

Nie powiedział, mimo że strzeliłeś mu koło głowy?

Nie, bo wyczuł, że to taka popisówka. Ale wiesz, ci paliwiarze i tak byli w szoku. Bo do tej pory mieli układy w komendach rejonowych i wojewódzkiej, i dostawali zawsze cynk, że będzie jakaś zasadzka. A tu przyjechała ekipa jakichś „Tygrysów", co wskakuje do wody, strzela, no i generalnie się nie pierdoli.

Dużo mieliście takich akcji?

Całą masę. Kiedyś zrobiliśmy zasadzkę na haraczowników we Wrzeszczu. Jedna z ekip przestępczych miała tam podjechać do faceta, żeby ściągnąć długi. Wcześniej go straszyli i się nad nim znęcali. A facet po prostu zgłosił to na policję. Brałem udział w tej zasadzce.

Trzech ludków podjechało pod dom tego dłużnika. Podbiegłem do nich od strony pasażera, jeden kolega od strony kierowcy, a drugi od strony tego, który siedział z tyłu. Jak podbiegłem, to zauważyłem, że facet wkłada rękę pod kurtkę. Od razu pomyślałem, że może sięgać po broń, więc szybko wyciągnąłem go z samochodu i wsadziłem mu klamkę w gębę. To było P-83, mały pistolet, więc wszedł mu do ust pięknie.

Jak wszystkich obezwładniliśmy, to się im na spokojnie przyjrzałem. Jeden był rugbystą, a dwóch pozostałych kibolami. Kojarzyłem ich z miasta. Co ciekawe, ojciec tego kibola był prokuratorem. No ale zakuliśmy ich, wsadziliśmy do radiowozu i wzięliśmy dokumenty. Okazało się, że ten, którego nie znałem, nazywa się Pieczonka. Oczywiście przypadkowa zbieżność nazwisk. Ale jak to podaliśmy przez radio, to naczelnik kryminalnego zaczął robić aferę, że facet jest ze mną rodzinnie powiązany i że może mu wcześniej jakieś informacje przekazywałem. Oczywiście kumple mu powiedzieli, że to przypadek, ale później i tak już nikt tego nie odkręcił. Poszła plota, a ja miałem z tego tytułu różne kłopoty. Bo niektórzy koledzy w pracy zaczęli na mnie krzywo patrzeć.

Wracając do sprawy, tego kibola szybko wypuszczono – oczywiście załatwił mu to jego ojciec prokurator. Natomiast rugbysta był totalnie przestraszony. A niby taki kozak na mieście. Zresztą cała trójka była wystraszona. Jak ich zatrzymaliśmy, to ręce im się trzęsły i mówili, że już nigdy niczego takiego nie zrobią. Po prostu ich to przerosło. Mieli pecha, bo trafili akurat na naszą ekipę, która się nie patyczkowała. U nas panowały takie zasady, że z bandytami postępujemy po bandycku – czyli krótko, zwięźle i na temat. Pistoletu w gębę oczywiście wkładać nie można było, ale i tak to robiłem. Choć nigdy nie był załadowany, więc nikogo bym nie zabił. Ale tak trzeba było postępować z tymi pseudokozakami.

MAJAMI

A skąd się wzięła ksywa Majami?

Był w Gdyni taki „Wróbel" – znany gangster, który ściągał pełno haraczy. No i jego ekipa mocno gnębiła jednego restauratora z centrum miasta. Na przykład wpuścili mu raz do restauracji kota, a za nim pitbulla i zaryglowali drzwi. Możesz sobie wyobrazić, co się działo w lokalu pełnym ludzi. Po tym wkurwił się nawet sam komendant wojewódzki. Powiedział do nas:

– Słuchajcie, chłopaki, nie chcę za dwa dni na odprawie słyszeć, że są jakieś problemy z tymi chujami Wróblami. Macie tak zrobić, żeby był święty spokój.

No to pojechaliśmy do tego restauratora, żeby pogadać. Dowiedzieliśmy się, że „Wróbel" będzie tam niedługo wyprawiał urodziny – czyli przyjdzie cała jego ekipa. Idealnie! Ale mówimy do tego faceta, że trzeba to zrobić niekonwencjonalnie, czyli że mogą latać stoły i krzesła. No i pytamy, czy nas potem nie będzie skarżył za straty materialne w restauracji. A on na to: „Chcę mieć spokój. Róbcie, co musicie".

W dniu imprezy zamówiliśmy wcześniej „lodówę" do przewozu zatrzymanych, żeby ich tam później wszystkich zapakować. W lokalu była nasza wywiadowczyni, która meldowała nam, kto już jest i co się tam dzieje. Wziąłem ze sobą takiego krótkiego shotguna i mówię do chłopaków:

– Wchodzę pierwszy, wywalam w pizdu główny stół, wyciągam broń, napierdalam w sufit i kładę wszystkich na glebę. Zobaczycie, jak to na nich zadziała.

A oni:

– Kurwa, co ty odpierdalasz?

– Słuchajcie, poznałem ich mentalność. Trzeba działać tylko z pozycji siły. Żadnej dyskusji. Po gangstersku.

No i pytam się, który ze mną wchodzi? A tu wszyscy się, kurwa, boją!

– Dobrze – mówię – to tylko kryjcie tył, żeby mi ktoś w łeb nie walnął.

I wpadam do tej restauracji.

Muzyka gra, wszyscy naćpani – a ja buch, stół do góry, strzał w powietrze. Zaczęli się pod stoły chować, bo nie wiedzieli, co się dzieje. Jeden gość od nich, taki „Ciacho", tylko się jąkał:

– K...k...kurwa, co ty o...o...odpierdalasz?

A ja mu jeszcze do ust przystawiłem tego shotguna i powiedziałem:

– Jeszcze jeden ruch, kurwa.

Potem wszystkich zagarnęliśmy i jeszcze im w „lodówie" pogroziłem:

– Od dzisiaj będzie tu porządek. Żadnych skarg ani nic, kurwa.

Słuchaj, jak ręką odjął. Do dzisiaj policjanci mają tam darmowe wejście na zajebisty rosołek i schabowego.

To po tej akcji ci dali ksywę Majami?

Tak, gangsterzy, którzy tam byli, tak mnie zaczęli nazywać. A my po tej akcji zaczęliśmy robić porządki. Przekaz od komendanta był jasny – jak można walić, to mamy to robić. Żeby wszyscy wiedzieli, że trójmiejska policja się nie pierdoli. Przez to, co się tu wcześniej działo z haraczami, Trójmiasto to była masakra. Dlatego my potrzebowaliśmy naprawdę dobrego PR-u.

Zaczęliśmy więc robić różne rzeczy, na przykład „akcję gaśnica". Czyli zatrzymywaliśmy tych wszystkich zbójów i sprawdzaliśmy, czy mają ważne gaśnice w samochodach. Albo czy badania techniczne są aktualne, apteczka w odpowiednim miejscu i tak dalej. Strasznie ich to zaskoczyło. „Jak to? Ty mi dowód odbierasz?" – pytali.

Zacząłem też łazić po knajpach, co było ewenementem w tamtych czasach. Raz dostałem cynk, że jeden bandzior, poszukiwany listem gończym, będzie w sobotę w Maksie we Wrzeszczu. No to mówię do kumpla:

– Słuchaj, uzgodniliśmy z komendantem, że trzeba go pokazowo z tej knajpy wyciągnąć. Wiesz, żeby ludzie widzieli i nabrali zaufania do policji. Przy okazji nabijemy trochę punktów komendantowi.

– No dobra.

Przyjeżdżamy, tam dyskoteka, pełno ludzi. Nas była trójka plus jeszcze jedna ekipa. To mówię do chłopaków tak:

– Wchodzimy do środka, wy mnie asekurujecie i jak najszybciej wyprowadzamy poszukiwanego. A ten drugi radiowóz będzie nas osłaniał na zewnątrz. Wpierdalamy zbója do samochodu i odjeżdżamy jak najszybciej, bo jak te chamy wszystkie powychodzą, to będzie problem.

Wchodzimy do środka, patrzymy – nasz facet siedzi przy parkiecie z jakimś gościem w czerwonej bluzie. To drzemy ryje: „Policja!" i zbója w kajdanki. A tamci paraliż. „Co to, kurwa, jest? Policja? Jacyś pojebani! Kim wy w ogóle jesteście?"

Zakuliśmy go i wyprowadziliśmy na zewnątrz. Ale przy jednym z cywilnych radiowozów zaczęły się dyskusje. On zaczął się oporować, a jego kolesie wyszli z knajpy. Jeden z nich krzyczy do mnie:

– Pieczonka, ty skurwysynu jebany! My cię tu, kurwa, zajebiemy!

A tam zbiegowisko już się całe zebrało. Mówię:

– Panowie, spokojnie. Zrobicie jeszcze jeden krok i będziecie tego żałowali.

A ci podchodzą.

– Co, kurwa?

No to wyciągnąłem komin i załadowałem. Ci robią kolejny krok. Zacząłem strzelać w górę, w taki murek nad wejściem do lokalu Max, żeby było widać, gdzie pociski lecą, i żebym nikogo nie zabił. A ci kozacy, jak to zobaczyli, padli wszyscy na glebę. Zrobiło to na nich wrażenie. Zrozumieli, że nie ma żartów. Na drugi dzień gazety nawet napisały, że w końcu jest policja w mieście.

A co do samego „Wróbla", to z nim długo mieliśmy przeboje. Jeszcze przed tą akcją, po której zaczęli na mnie mówić Majami. Kiedyś jego matka próbowała mi wcisnąć łapówkę.

Opowiedz o tym.

Zrobiliśmy wtedy zasadzkę i zatrzymaliśmy ówczesną czołówkę złodziei samochodowych w Trójmieście: „Wróbla", „Łoskota", Rogowskiego i „Francuza". Zawieźliśmy ich do Gdyni. I okazało się, że przed komendą stała matka „Wróbla". Chciała mi wręczyć rulon banknotów – marek i dolarów. Nie wiem, ile tam tego było, ale pewnie dużo. W zamian za to oczekiwała, żebym przekazał „Wróblowi" parę informacji, a potem jej przekazał jakieś informacje od niego.

I co? Wziąłeś?

Nie. Powiedziałem, że nie ma w ogóle takiej możliwości. Ale paru moich kolegów skusiło się później i współpracowało z „Wróblem" – łącznie z gościem z policyjnej grupy samochodowej.

Jak zatrzymaliśmy wtedy tego „Wróbla", to on się po prostu rozpłakał. Taki twardziel, który napierdalał ludzi, haraczował wszystkich, po prostu beczał jak dziecko.

Aż tak nie chciał iść siedzieć?

Tak. Łzy mu leciały z oczu i mówił, że się boi pójść do więzienia.

Sprawa „Wróbla" wróciła ponownie po czterech latach. Właśnie w związku z tą akcją w knajpie, o której ci opowiadałem. „Wróbel" miał już wtedy naprawdę mocną ekipę. Haraczowali ludzi z miasta, złodziei samochodowych, restauratorów, właścicieli agencji towarzyskich. Potem, jak byłem już w AT, czyli jednostce bojowej, to zatrzymaliśmy część tej grupy w Borach Tucholskich, w takiej drewutni. Pamiętam dokładnie tę akcję.

Podeszliśmy pod drzwi, pierwszy stał młotkowy, a ja zaraz za nim. Miałem w rękach granaty hukowe. Wrzuciłem je przez okno. Okazało się, że przy oknie znajdowało się łóżko, na którym leżał jeden z tych haraczowników. Te granaty wybuchły mu na szyi. Miał potem tę szyję całą poparzoną.

Ogłuchł?

Tak, ale tylko chwilowo. W każdym razie należało mu się. Oni byli strasznie brutalną grupą.

Co robili?

Paznokcie wyrywali, obijali ludzi pałami i rurami. Komuś butelkę w dupę wsadzili. Katowali ich po prostu, znęcali się.

Ale naliczali głównie ludzi z miasta, czyli innych gangsterów?

Tak, i restauratorów. Podczas tej akcji w drewutni my ich wyciągnęliśmy stamtąd na golasa. I jeden z policjantów, którzy rozpracowywali tę grupę operacyjnie, powiedział do jednego z tych gangusów:

– Dalton, to ty? Co się stało?

Wiesz, po to, żeby go poniżyć w oczach bandytów z grupy i zasiać podejrzenie, że mają kreta. Sam „Wróbel" ukrywał się wtedy w Chełmie Lubelskim.

Złapaliście go?

Tak. Opowiem ci, jak wyglądała cała akcja. Komendantem wojewódzkim był wtedy bardzo dobry policjant, który stosował niekonwencjonalne metody – takie na pograniczu prawa. Ale wtedy był taki czas i taka bandytka, że nie dało się działać inaczej. To były andrzejki. Dostałem informację na pager, że mam się stawić do roboty. Tam dowódca AT poinformował nas, że namierzono „Wróbla" w Chełmie Lubelskim i my – jako grupa gdańska – będziemy brali udział w jego zatrzymaniu. I tak nieformalnie poinformowano nas, że jeżeli będzie można użyć broni zgodnie z literą prawa, to możemy go po prostu zabić.

Jak to się dalej potoczyło?

Gdy przyjechaliśmy na miejsce, okazało się, że jednak zatrzymywało go będzie miejscowe AT z Lublina. Policjanci mieli informację, że on może mieć przy sobie klamkę. Ale taki był z niego ekspert w tym temacie, że jak nasi chłopcy zatrzymywali go kilka lat wcześniej, to sam się postrzelił.

Jak to?

Miał załadowany pistolet w kieszeni i kiedy próbował go wyciągnąć, pociągnął za spust i postrzelił się w nogę. Takie miał obycie z bronią. Tym razem nie braliśmy udziału w jego zatrzymaniu. Co ciekawe, te chłopaki powiedziały nam potem, że jak on tylko zobaczył drabiny w oknach, to od razu się położył i pokazał, gdzie leży pistolet. Tak jakby wiedział, że może zostać odpierdolony. Dla tych antyterrorystów z Lublina to było duże zaskoczenie. Bo to były zupełnie inne czasy i jednostki antyterrorystyczne trochę inaczej działały.

Potem go konwojowaliśmy do Gdańska. Nie mieliśmy jednak na sobie kominiarek. Jak mnie zobaczył, powiedział:

– Kurwa, ciebie też tu przysłali? Miałeś mnie odpierdolić, tak?

– Jasne, jakby była taka okazja, to już dawno byłbyś trupem. Wiesz o tym, nie?

A on wiedział dokładnie, bo jak się potem okazało, współpracował z moimi kolegami policjantami, którzy go ostrzegli. Dodałem jeszcze:

– Gdybyś użył broni przeciwko nam, też byśmy cię zabili.

– Nawet jakbym jej nie użył, tobyś mnie odjebał.

– Interpretuj to sobie, jak chcesz. Twoja sprawa.

Później, w czasie rozpraw, pilnowaliśmy całej grupy „Wróbla". Kornatowski był oskarżycielem. Często do niego podchodziłem, żeby miał wsparcie psychologiczne. Wiadomo – antyterroryści mieli kominiarki, to robiło wrażenie. A Kornatowski wystawiał twarz. A to były takie czasy, że w sądzie też panowały układy i układziki. Różne rzeczy się działy.

Zdarzyło ci się kiedyś do kogoś strzelać?

Tak. Organizowaliśmy kiedyś zasadzkę na jednego figuranta. Nie powiedziano nam o nim żadnych szczegółów, tylko to, że jest poszukiwany od dziesięciu lat listem gończym i trzeba go zatrzymać. Pojechaliśmy we trzech pod jego blok i tam się zmienialiśmy – jeden siedział w samochodzie, drugi zajął miejsce przed blokiem, trzeci czekał jeszcze gdzieś indziej w rejonie. No i akurat jak siedziałem przed blokiem, figurant wyszedł z mieszkania.

Przez radio, które miałem zakamuflowane w siatce, powiedziałem dyskretnie, że jest klient. Chuj, nikt nie odpowiada. Mówię jeszcze raz, że jest klient i idzie w tamtym kierunku. Znów nie ma nikogo. No to ruszyłem za delikwentem i powtarzam przez radiostację: „Jestem sam, chodźcie tutaj do mnie". A wtedy samochód nie mógł zostać bez opieki, bo to były lata dziewięćdziesiąte i ktoś mógłby podejść i na przykład radio ukraść. No ale zaglądam w końcu przez szybę naszego wozu i widzę, że nie ma tam żadnego z kolegów. Nagle klient się obciął, że idę za nim, i zaczął spierdalać. A to był typ poszukiwany za napady, wysportowany kutas. Zacząłem go gonić i nagle zobaczyłem – w momencie, kiedy facet się obracał – że trzyma w ręku rewolwer. Zacząłem za nim krzyczeć: „Stój, policja! Stój, bo będę strzelał!". I zacząłem walić strzały ostrzegawcze. On się odwracał z tym rewolwerem, ale nie strzelał. W pewnym momencie stanąłem i zacząłem celować do niego od pasa w dół.

Zobaczyłem, że jeden z moich kumpli biegnie sporo za mną. W tym momencie zbieg wpadł w jakieś zarośla i spierdolił. Szukaliśmy go potem cały dzień. No i w końcu znaleźliśmy – okazało się, że trafiłem go w dupę. A on polazł do jakiegoś weterynarza, żeby go pozszywał. Taka sytuacja.

Miałeś w tym okresie kontakty z kontrwywiadem?

Tak, regularnie spotykałem się z Jurkiem, który zgodnie ze swoimi przewidywaniami przeszedł płynnie z PRL-owskich służb do nowo powstałych WSI (Wojskowych Służb Informacyjnych). Jurek był zadowolony z moich postępów i kazał mi kontynuować karierę w policji. Powiedział, że pewnego dnia na coś się to przyda. Piąłem się więc po szczeblach. Jak? Wiesz, generalnie nie bałem się sięgać po broń.

Raz jeden pojeb włamał się w nocy do galerii sztuki i prewencja bała się go zatrzymać, bo facet rzucał w nich różnymi przedmiotami. Wezwali nas. Jak przyjechaliśmy, to gościu siedział na takiej antresoli. Dowódca „Tygrysów" zaczął tam wchodzić po drabinie, żeby go zdjąć. Asekurowałem go wraz z dwoma innymi policjantami. No i ten pojeb zamachnął się taką kasetą metalową, żeby przypierdolić w łeb mojemu dowódcy. Wyciągnąłem broń i kilka razy strzeliłem mu nad głową. Facet się zesrał, zeszczał i go zatrzymaliśmy.

Jak on mnie potem w sądzie zobaczył, to powiedział:

– Kurwa, przecież to bandyta jest. To ten chuj do mnie strzelał! To bandzior jest, nie policjant!

A ja mówię:

– Wysoki sądzie, przecież on chciał okaleczyć mojego dowódcę. No i zapomniał powiedzieć sądowi o jednej rzeczy.

– O jakiej?

– Że taki z niego bandyta, że jak użyłem broni zgodnie z literą prawa, to się na miejscu posrał.

A wtedy ten sąd parsknął śmiechem.

Wtedy swojemu dowódcy uratowałem życie. Albo przynajmniej uchroniłem go od trwałego kalectwa.

PO GANGSTERSKU

A zdarzały ci się ciężkie przesłuchania?

Oczywiście, że tak. Opowiem ci o jednej takiej akcji. Facet był poszlakowo podejrzany o to, że zabił piętnastoletnią dziewczynkę i zgwałcił trupa. Ale nie było na niego żadnych dowodów. Prokurator powiedział, że musi go wypuścić. A gość był po prostu chorym dewiantem, niebezpiecznym dla otoczenia. Wyobraź sobie, co czują policjanci, którzy wiedzą, że facet to zrobił, a mimo to wyjdzie na wolność. Co w takiej sytuacji zrobić?

Zebraliśmy się we trójkę, poszliśmy do naczelnika i powiedzieliśmy:

– Panie naczelniku, przecież pan ma dzieci, ludzie mają dzieci, a on to znowu zrobi. Trzeba coś zadziałać – dla społeczeństwa. To nie może tak być.

– Co proponujecie?

To mówię:

– Przesłuchanie.

– Nie chcę nic wiedzieć. Róbcie tak, żeby on się przyznał, ale jak się coś stanie, to nie chcę mieć tego na garbie.

Wzięliśmy tego dewianta do pokoju. Ja grałem złego policjanta, mój kumpel dobrego. I zaczęliśmy go torturować – oczywiście w taki sposób, żeby nie zostawić śladów.

Czyli?

Ściskanie za jaja, uderzanie zawiniętą w ręcznik pałą po bebechach. Nie mógł tego wytrzymać – wystarczyło pół godziny. Gdybyśmy tego nie zrobili w taki sposób, to on by się nigdy nie przyznał. Jak go wcześniej normalnie przesłuchiwali, to się śmiał. Dawał do zrozumienia, że jesteśmy frajerami i chuja na niego mamy. W takiej sytuacji tylko odpowiednio zadany ból mógł sprawić, że gość się przyzna.

Co więcej – facet wskazał nam, gdzie ukrył plecak tej dziewczynki. Jak robiliśmy wizję lokalną z jego udziałem, to ludzie go tam chcieli rozszarpać. Wcale się im nie dziwiłem. To była zresztą głośna sprawa, prokurator generalny Janusz Kaczmarek wypowiadał się potem w telewizji, że to prokuratura spowodowała, że facet się przyznał. Po tym programie zadzwoniłem do niego i pytam: „Dlaczego pan nie wspomniał o policjantach, którzy się do tego przyczynili? Słowem pan nie wspomniał o tym, jak wyglądała ta sytuacja od środka, tylko pan teraz opowiada, jaki to wynik zrobiła prokuratura. A prokuratura nie zrobiłaby żadnego wyniku, gdyby policjanci w newralgicznym momencie nie nagięli prawa".

Uważam, że stosowanie takich metod w odpowiednich sytuacjach ma sens. Tylko muszą to robić odpowiednie osoby, które się na tym znają.

Ale najmocniej potraktowałem chyba gościa, który mi kiedyś w czasie pościgu przejechał po stopie.

Jak to się stało?

To się wydarzyło w nocy, kiedy pracowałem w Wydziale Kryminalnym. Dostaliśmy informację przez radio, że facet jedzie audi 100 pod prąd po estakadzie. Chyba z dziesięć radiowozów go goniło. My też włączyliśmy się do tego pościgu.

Zorganizowaliśmy pod estakadą blokadę. Facet, jak to zobaczył, wjechał na trawnik. Wybiegłem z samochodu i chciałem go złapać, wyciągnąć z tego auta. Ale w blokadzie była taka mała luka i on w tę lukę wjechał, przejeżdżając mi po stopie.

To boli?

Na adrenalinie tego nie czujesz. Był grząski teren i noga wbiła mi się w błoto. Ból poczułem dopiero po jakichś dziesięciu minutach. Ale wsiadłem do samochodu i popędziłem za nim dalej, razem z resztą chłopaków. Myślałem sobie: „A to chuj pierdolony, przecież mógł mnie okaleczyć!". Kolejną blokadę zrobiliśmy w Rumi i tam już go zatrzymaliśmy. Jak go wyciągnąłem z samochodu, to nie chcieli go potem przyjąć na izbę zatrzymań.

Dlaczego?

Taki był pobity. Okazało się, że facet był w ogóle polskim Niemcem. Powiedział nam, że on jest w swoim mieście – w Gdyni – i że ma w dupie polskie przepisy. Myśleliśmy, że jest pijany albo na jakichś prochach. Ale nie, facetowi po prostu odpierdoliło. A mógł przecież kogoś zabić na drodze. Myśmy go ścigali polonezami, a ten kutas miał audi 100. Złożył potem skargę w sądzie na to zatrzymanie. Jak mnie zobaczył na sali rozpraw, to powiedział, że nie chce mnie w ogóle widzieć, bo jestem bandytą, a nie policjantem. Ale jakoś się z tego wykaraskałem.

Tak mocno go pobiłeś?

Ja się nad nim znęcałem! Ciągałem go po ziemi, po tych kocich łbach, jakbym zamiatał kurz.

Za włosy go targałem, ściskałem za szyję i napierdalałem z nim po całej ulicy.

Po tym był tak zmasakrowany?

No, po tym zamiataniu.

To ty jego ryjem zamiatałeś po ziemi?

Tak. Był skuty, to ja go za nogi i paszczą po ziemi. A później łapałem go za głowę, i tak na zmianę. Co było najciekawsze – żaden z policjantów, a było ich tam z dziesięciu, mnie nie powstrzymał.

Tak byli wkurwieni?

Wszyscy tylko stali i patrzyli, co robię. Nawet mi nikt uwagi nie zwrócił.

Jeśli chodzi o takie „ciężkie" przesłuchania, to powiem ci jeszcze jedną historię. Dostaliśmy informację, że chłopaki z samochodówki zrobili zasadzkę i jeden facet uciekł, a podczas ucieczki strzelał do policjantów (potem okazało się, że z gazówki). Powiedzieli nam, że uciekł w kierunku bulwaru w Gdyni i myśmy włączyli się w poszukiwania.

W końcu go znaleźliśmy i zawinęliśmy. Pytam się go na przesłuchaniu, kim on jest. Z jakiej grupy? Nic, facet miał totalnie wyjebane. Typowy gangster.

To wzięliśmy go na rozpytanie nad morze. To była jesień, noc. Nie było już turystów. Poszliśmy na bulwar, tam znajdowały się schody, które prowadziły prosto do morza. I zaczęliśmy go topić. To znaczy on był skuty, a my położyliśmy go na brzuchu, za łeb i do wody. Pytanie, odpowiedź, pytanie, odpowiedź.

Byłeś prekursorem waterboardingu.

Ale wyobraź sobie, że był taki twardy, że i tak nie mogliśmy wyciągnąć od niego żadnej informacji. No to zabraliśmy go z powrotem na komendę. I tam podłączyliśmy pod prąd.

Jak?

Pod wieszakiem był kontakt. Powiesiliśmy go na tym wieszaku, wzięliśmy kabel, obcięliśmy nożem dwie końcówki i potraktowaliśmy faceta prądem. Wtedy powiedział nam już wszystko.

A gdzie go tym prądem raziliście, w łeb?

Nie, w cymbał nie. Po rękach, po nogach. W takie miejsca.

I to tak jebie, to dwieście dwadzieścia?

Nie jebie, tylko smyra. A on był jeszcze mokry. Mówił nam, że to są metody SS i że to nie humanitarne, że zachowujemy się jak ubecja, a nie policja. A ja mówię do niego: „Ty skurwysynu, ale do policjanta to mogłeś strzelać?". Bo wiesz, jakby mu przy oku strzelił na przykład, to człowiek by oślepł.

W każdym razie fama się rozeszła, że jak kogoś zatrzymam, to lepiej się przyznawać, bo inaczej będzie istna masakra.

Wydział tortur.

Tak jest. Ale tylko dla gangsterów. I powiem ci, że to działało. Tak jak ci cały czas powtarzam – tylko z pozycji siły. Bo takie były czasy. Oni mogli chodzić z kominami, strzelać do nas, gangsterzyć, a policja nie? Policja się bała? Oczywiście do czasu.

Takie metody przesłuchań zawsze się sprawdzały?

W większości przypadków. Opowiem ci, jak jeden z policjantów CBŚ prowadził sprawę operacyjną o haracz. Chodziło o to, że poza Gdańskiem, na jakichś wsiach, działał facet, który terroryzował rolników. Dzwonił do nich i ściągał haracze. Rolnicy tak się przestraszyli, że wzięli kredyty z banków, żeby złożyć się tej kurwie na okup.

Jeden facet tak ich zaszczuł?

Tak. Brałem udział w jego zatrzymaniu. Mieliśmy przyjechać tam, gdzie powinna zostać przekazana kasa. Przebraliśmy się za śmieciarzy i wynajęliśmy śmieciarkę. Bo ten gość wybrał sobie taki punkt na jednej ze wsi, że wszystko było widać jak na widelcu. W dodatku to był wieczór, mały ruch. Dlatego myśmy podjechali tą śmieciarką.

Zagarnęliśmy faceta i pojechaliśmy z nim na komendę. Okazało się, że to był student. Wpadł na taki pomysł. Swoimi telefonami i różnymi tam gierkami tak sterroryzował tych rolników. Jak zacząłem z nim rozmawiać, to wszyscy uciekli z komendy, bo tak się darł.

Co mu robiłeś?

Tortury. Na przykład uciskałem mu żuchwę, wkładałem długopis do ucha. Zakładałem mu plastikowy worek na głowę i go podduszałem. Tylko oczywiście trzeba było wszystko – jak zwykle – robić umiejętnie.

Nie bałeś się, że gość ci zejdzie?

No nie, tak jak ci mówiłem, to trzeba robić z głową. Wystarczyło, że mu ten worek tylko lekko zacisnąłeś na szyi, a facet wpadał w panikę. Tak działa ludzka psychika. Jak gość widzi, że policjant decyduje się na coś takiego, to boi się, że zaraz ktoś może sfingować jego śmierć. A poza tym, wiesz – to był student. Wiedziałem, że on ma słabą psychikę. Jego metoda działania polegała na zastraszaniu rolników, czyli biednych ludzi. No więc miał w głowie to, że może zrobić krzywdę tylko słabszym od siebie. Jego działalność przestępcza polegała na wykorzystywaniu słabej psychiki, czyli sam też musiał być słaby psychicznie.

Potem robiliśmy już tak, że wchodził do niego mój kolega Pąk, który odegra ważną rolę w przyszłości, gdy wspólnie trafimy do CBŚ, No i ten Pąk mówił do zatrzymanego:

– Mam go zawołać? – I jak wchodziłem do pokoju, to zatrzymany pękał.

– Nie, nie, nie, ja już wszystko powiem.

Na tej zasadzie. I faktycznie, potem już sam mówił.

– Ja pierdolę, wszystko ci powiem, tylko go już nie wołaj...

Czyli zły policjant i dobry policjant. A gościu wtedy tak się darł, że komendant nawet uciekł. Powiedział tylko:

– Ja pierdolę, róbta, co chceta, ale jak tak dalej pójdzie, to nas pozamykają.

To mówię:

– Komendant, to w słusznej sprawie. Wszystko będzie dobrze, ty się nie denerwuj. Będzie klient tak oprawiony, że się do wszystkiego przyzna.

No i się przyznał. A ci rolnicy nam później imprezę wyprawili. Byli szczęśliwi, bo pieniądze zostały im zwrócone i spadła presja psychiczna. A wiesz, to były jeszcze te czasy, kiedy ludzie nie ufali tak policji. Bali się mówić o pewnych rzeczach, zgłaszać je gdziekolwiek.

Stosowałeś tylko tortury czy rozpracowywałeś zatrzymanych gości również bardziej psychologicznie?

Psychologicznie też. Opowiem ci na przykładzie. Przychodzi do mnie kiedyś naczelnik CBŚ i mówi:

– Słuchaj, bo jest taka sprawa. Komendant wojewódzki ma znajomych cukierników. Oni mają syna. Dobry chłopak, który się uczy. No i ten dzieciak od paru lat co miesiąc płaci haracz jednemu pajacowi z Wrzeszcza. Jest tak sterroryzowany i tak się boi, że przez parę lat nic nie powiedział rodzicom. Oni nie chcą tego oficjalnie zgłaszać na protokół, bo to dla nich wstyd. No i chodzi o to, żeby to prywatnie zrobić. Wiesz, żeby ten gość z Wrzeszcza dostał taką nauczkę, że da ich synowi spokój.

– Jakie mam uprawnienia? – pytam.

– Nieograniczone.

Okej.

To wziąłem ze sobą takiego młodego oficera, który zaszedł potem bardzo wysoko w CBŚ, a następnie CBA w Gdańsku. On się strasznie ucieszył. Powiedział do mnie:

– Zajebiście, Majami, z tobą na akcję pojadę! Jedziemy na akcję!

– Robimy przysługę generałowi tak naprawdę – wyjaśniłem.

Jurek z kontrwywiadu uprzedzał mnie, że „czasami będą takie sytuacje w służbie, że będziesz musiał działać niekonwencjonalnie i na pograniczu prawa, ale wszystko dla dobra ludzi". I to była jedna z takich sytuacji.

A kim był ten szkolny haraczownik?

Taki chłopak z miasta. Kibol, ode mnie z dzielnicy.

Czemu akurat się uparł na tego gościa?

Bo syn przyjaciół komendanta to był frajer. Ten miastowy wiedział, że łatwo go zastraszy. Ale chłopak w końcu nie wytrzymał i powiedział wszystko rodzicom.

Jak to się dalej potoczyło?

Pojechaliśmy do tego haraczownika do domu o szóstej rano. Otworzyła nam jego matka – oczywiście zaskoczona. Wyjęliśmy blaszki, a ja powiedziałem szeptem:

– Niech pani nie budzi syna, ja go obudzę, bo chcemy z nim tylko porozmawiać.

Ona zaskoczona, że my tacy mili.

– Dobrze – przytaknęła. – To idźcie panowie sobie z nim porozmawiać.

– Tylko niech nam pani nie przeszkadza, bo my chcieliśmy grzecznie dwa słowa zamienić. Pani syn to jest naprawdę fajny facet.

Wskazała nam jego pokój. Otworzyliśmy po cichu drzwi, nawet nie zapalaliśmy światła. Delikwent spał jak zabity. Wyciągnąłem komin, przeładowałem i budzę gościa:

– Słuchaj, kurwo.

Jak otworzył oczy i mnie zobaczył, myślałem, że zawału dostanie. Mówię:

– Jestem tu od tego i od tego. Jak jeszcze raz będziesz nękał tego chłopaka, to takie wizyty będziesz miał codziennie. I cię tu, kurwo, zajebię.

Ten nie wiedział, co się dzieje. Pyta mnie:

– Co to jest w ogóle?

– Ciesz się, że nie ma zgłoszenia i załatwiamy to w ten sposób. Mało tego, masz go, kurwa, znaleźć i przeprosić. Masz też pójść do cukierni jego rodziców i powiedzieć, że to była pomyłka.

Słuchaj, jak on mnie później widział, to normalnie uciekał. A komendant z naczelnikiem byli cali uhahani. Mówię potem do naczelnika:

– Szefie, postawiliby chociaż jakieś pączki za tę robotę.

– Jasne, pogadam z generałem, żebyście sobie tam na jakieś ciastka poszli.

Wiesz, chodziło mi o takie zwykłe „dziękuję". No i poszliśmy do tej cukierni, a ta matka do nas:

– No ale jak to? Przecież wy jesteście podwładnymi mojego znajomego. To wy jakieś pączki chcecie?

To nie wytrzymałem:

– A pierdol się. Zeżryj sobie te pączki i tę kawę.

Po jakimś czasie, na bankiecie u biznesmena spotkałem tego syna. Miał tam takie stoiska z kawą. Podchodzę do niego i mówię:

– Co, kurwa? Nie wstyd wam? Co wyście myśleli? Że macie nas na zawołanie?

No i taka była sytuacja.

Często się zdarzało, że załatwiałeś takie półprywatne sprawy?

Czasami się zdarzało. Mój kolega Pąk, oprócz tego, że pracował w policji, to stał też na bramce w lokalu Big John. Stał tam z nim też taki funkcjonariusz UOP. No i do tego lokalu przychodził często koleś o ksywce Tygrys, który robił tam straszne burdy. Mówię do nich: „To wy, funkcjonariusze, stoicie tam na bramce i pozwalacie sobie takie rzeczy robić? To jest po prostu karygodne". No i doszło do tego, że ten Tygrys przyjechał kiedyś do tego lokalu naćpany i zaczął strzelać.

Ale gdzie? Do ludzi, po sufitach?

Strzelił nad barem w ścianę. Potem wyszedł. Właściciel lokalu znalazł jakieś dojście do mnie, opowiedział mi o tym i poprosił, żebyśmy zaglądali do niego, jak będziemy mieli służbę. Mówił, że wie, że my jesteśmy skuteczni, postawi nam jakieś napoje, da grosza na benzynę, bylebyśmy się u niego pokazywali. Ale doszedłem do wniosku, że trzeba jakoś skarcić tego Tygrysa za podobną akcję.

Pewnego dnia dostałem informację, że będzie razem z kolegami w Big Johnie. Tam tańczyły dziewczyny, które oni potem zabierali do hotelu, żeby sobie pobrykać. Uznaliśmy, że trzeba będzie ich zatrzymać, jak będą w drodze do tego lokalu. A dowiedzieliśmy się, że facet może mieć klamkę. W ogóle – jak się później dowiedziałem – ochraniał go wysoki rangą funkcjonariusz Wydziału Kryminalnego w Gdańsku. Dlatego miał wszystko w dupie i robił, co chciał. W każdym razie chcieliśmy go zatrzymać z daleka od Big Johna, żeby nie było żadnych podejrzeń, że ktoś z lokalu go wystawił. No i zatrzymaliśmy go kawałek dalej. Razem ze mną był między innymi Pąk.

Ja wyciągam za łeb Tygrysa z samochodu i rozglądam się, gdzie zniknął ten Pąk. Okazało się, że schował się za drzewem, bo bał się, że go ten zbój rozpozna. Trzeci partner był przy mnie, dojechał jeszcze jeden radiowóz.

Tygrysa przeczołgałem po ziemi, zgodnie z całym moim policyjnym rytuałem. Gość był w szoku. Nie wiedział, co powiedzieć. Na drugi dzień poszedłem do Heweliusza, bo wiedziałem, że on tam zawsze przychodzi na kawę. Specjalnie, żeby mu pokazać ostentacyjnie, że się go nie boję. Jak mnie zobaczył, to się zaczął kłaniać w pas i powiedział: „Ty masz, kurwa, jaja. Ty jedyny z tych policjantów masz jaja. Że ty się odważyłeś – pełen szacun". No i potem był już spokój w Big Johnie.

Ale później była z nim następna akcja. Dostałem informację od innego kolegi policjanta – takiego Samary – że facet z jego dzielnicy jechał kradzionym samochodem i on chce, żeby mu ten samochód zatrzymać. Zgodziłem się. Tylko mi nie powiedział, że dostał zlecenie od swoich, kurwa, złodziei z dzielnicy, żeby po złości zabrać innemu złodziejowi samochód. Samara sam bał się to zrobić, więc poprosił mnie.

No i zatrzymałem ten samochód, nie wiedząc, że złodziej w nim był prawą ręką Tygrysa. Potem na mieście usłyszałem, że Tygrys będzie się chciał odegrać i zrobić mi jakąś krzywdę. Żebym był bardzo czujny, bo on nie będzie się ze mną pierdolił. Raz poszedłem do takiego lokalu we Wrzeszczu. Byłem już poza służbą. Jak bramkarze mnie zobaczyli w środku, od razu do mnie podeszli. Strasznie Tygrysa nie lubili, bo on wszędzie robił takie burdy, że masakra. Ludzie się bali do lokalów przychodzić. No i ci bramkarze mówią do mnie:

– Kurwa, Majami, Tygrys znów przyjechał.

– Okej. Dzięki za info.

– Jak będzie coś się działo, to ci pomożemy.

– Nie. Dzięki. Nie wpierdalajcie się.

– Nie, kurwa, pomożemy.

– Spokojnie, mam klamkę.

I mówię do nich, że nie wyjdę z knajpy, bo jak mnie Tygrys przyuważy, to powie, że uciekam. Zobaczymy, co się będzie działo.

Stanąłem sobie przy barze i Tygrys faktycznie mnie zobaczył. Wszedł za bar. Jebany wszędzie czuł się jak u siebie, bo wszyscy się go bali. Wziął taką tacę ze szklankami, kieliszkami i wyjebał do góry. Oczywiście był najebany i naćpany. Dookoła stały jego przydupasy i go podjudzały. A ja mówię do niego:

– Słuchaj, Jasiu. Na mnie to żadnego wrażenia nie zrobiło, że wypierdoliłeś tę tacę. Na twoich sługusach może tak. Na tych ludziach, co ich trzaskałeś najebany i naćpany ze swoją bandą... może na nich też wrażenie zrobiłeś. Ale na mnie, kurwa, żadnego wrażenia nie zrobiłeś. I albo ty stąd wyjdziesz pierwszy, albo zostaniemy tu wszyscy.

Co to miało znaczyć?

Że albo się spokojnie rozejdą, albo tu zostaniemy i będziemy się napierdalać. Ci bramkarze jeszcze stanęli za mną. A Tygrys coś tam zaczął mówić:

– Nie, Majami. No co ty? Dobra, wiesz. – I wymiękł po prostu.

To kolejny przykład psychologicznej próby sił. On wykonał pierwszy ruch, bo wypierdolił tę tacę i jeszcze przydupasy go podjudzały. Ale zobaczył, że na mnie nie zrobiło to wrażenia. A to był stary wyga, więc wiedział, do jakiego momentu może się posunąć. Wyczuł, że jak posunie się dalej, to się to źle skończy.

A nie bałeś się nosić tej klamki ze sobą?

Nie. Chociaż broń należało wtedy trzymać po służbie w sejfie. Niby mnie tam karcono za używanie broni, ale nie spotkały mnie nigdy z tego powodu poważniejsze konsekwencje. Te bandziory na początku składały skargi, że strzelałem, czołgałem ich i tak dalej. Ale zobaczyli, że nic z tego nie wynika. Dlatego się mnie bali jeszcze bardziej.

Pamiętasz inne sprawy dotyczące prywaty?

Kiedyś poznałem znanego dealera samochodów w Gdańsku. No i ten dealer miał kochankę, która była właścicielką jadłodajni na Pomorzu. Zatrudniała tam ludzi bez umów. I przyszedł kiedyś do mnie i mówi tak:

– Słuchaj, moja znajoma ma problem z Czeczenami, bo chcą ją haraczować i w ogóle, ale boi się to zgłosić. Może mógłbyś tam do niej pojechać i jakoś pomóc?

– Okej.

Podskoczyłem do tego baru i się z nią spotkałem. Okazało się, że kobita zatrudniała wcześniej jakąś Rosjankę bez umowy, ale pożegnała się z nią, oczywiście całkowicie się rozliczając. A teraz ta dziewczyna nasłała na nią Czeczenów, którzy chcieli kasy i straszyli, że coś jej zrobią.

Wziąłem adres do tej Rosjanki i do niej pojechałem. Kochanka dealera uprzedziła mnie tylko, że ta dziewczyna mieszka z jednym z Czeczenów. Zapukałem do drzwi, przedstawiłem się i poprosiłem, żeby mi opowiedziała swoją wersję.

– Pracowałam na czarno – zaczęła – bo nie miałam innej możliwości, a ona mnie pognała z pracy i nie zapłaciła za tydzień. Wymyśliła sobie jakiś pretekst i jeszcze mi groziła, że ma układy w CBŚ.

Ten Czeczen po prostu się wkurzył, poszedł do właścicielki i powiedział jej parę słów. Tak że miałem dobrego nosa, że właścicielka nie do końca mówi prawdę.

Powiedziałem Czeczenowi, żeby się nie obawiał i że właścicielka jadłodajni zwróci kasę jego kobiecie. Wróciłem do dealera i mówię mu:

– Słuchaj, ta twoja kochanica to nie do końca mówi prawdę, bo nie zapłaciła dziewczynie za tydzień pracy. Niech jej odda te trzysta czy czterysta złotych i będzie spokój. A to, że się powołała na kontakty w CBŚ, to było nieeleganckie.

Posłuchał mnie. Po tej akcji zaczął się w ogóle przede mną otwierać. Opowiadał o różnych układach – bo miał dobre rozeznanie wśród sędziów. *Notabene* w tym czasie pracował u niego nawet były komendant wojewódzki, który musiał odejść na emeryturę po tym, jak go nagrali, gdy ostrzegał gangstera „Nikosia" przed zasadzką.

Nie miał poważniejszych konsekwencji z tego powodu?

Nie, bo nie chciano robić z tego afery. Po prostu poszedł na wcześniejszą emeryturę. No i dostał pracę u tego dealera. Czemu akurat tam? Bo dealer znał się z „Nikosiem" – kiedyś robili jakieś wspólne interesy samochodowe. Mówiąc konkretnie – przez warsztat tego dealera przechodziły kradzione samochody. Z tym sprzedawcą wiąże się zresztą jeszcze jedna historia.

Jaka?

Starłem się kiedyś z takim gościem, znanym rugbystą. Bardzo charyzmatyczny człowiek z dużymi wpływami. Co jest warte podkreślenia – przez całe lata dziewięćdziesiąte rugbyści to była taka elita tego miasta. Oni stali na bramkach i zajmowali się ściąganiem długów. Bardzo dobry kontakt miał z nimi zresztą „Nikoś". Dostał on nawet kiedyś medal dla zasłużonego obywatela Gdańska właśnie za działalność dla Lechii. No ale wracając do tego rugbisty... Facet zarabiał wtedy duże pieniądze – w pewnym momencie trudnił się nawet przemytem narkotyków. W związku z tym, że pracowałem już wtedy w CBŚ, miałem różne informacje na jego temat. Dokumentowałem je i rozdzielałem do różnych rozpracowań wielu osób. Pewnego dnia przychodzę sobie do lokalu Morenka w Gdańsku-Wrzeszczu. Siedział tam właśnie ten koleś razem z jakimiś babeczkami i koleżkami.

Jak mnie tylko zobaczył, wskoczył na stół i zaczął:

– Słuchaj, kurwo, psie jebany, wiem, że zbierasz na mój temat jakieś informacje!

– Weź się uspokój – tłumaczę. – Przyjdzie taki czas, że twoja buta i bezczelność będą sprawiedliwie osądzone. Zobaczysz, że jeszcze los nas zetknie. Wtedy ty będziesz leżał, a ja będę stał. – No i tyle. Bo to naprawdę bezczelny typ był, nikogo nie szanował, nie liczył się z ludźmi i wszystkich traktował jak pionki na szachownicy.

Jakieś dwa lata później przyszedł do mnie kolega z wydziału narkotykowego CBŚ i zapytał, czy wiem, jak wygląda ten facet. Powiedziałem, że tak. On mi na to:

– Bo mamy zlecenie z prokuratury w Szczecinie, żeby go zatrzymać, tylko potrzebujemy jakiejś pewnej osoby, która w momencie zatrzymania potwierdzi nam, że to on.

– Dobra, ja wam potwierdzę, że to jest ten człowiek, ale pod jednym warunkiem: chcę go po tym zatrzymaniu zobaczyć.

Oczywiście zgodził się na to. Tym bardziej że opowiedziałem mu, jakie miałem stosunki z rugbystą.

Zasadzkę zorganizowano następnego dnia o jedenastej. Poszukiwany miał taką swoją pizzerię w Trójmieście i tam mieliśmy go zatrzymać. Byłem po drugiej stronie ulicy w RPZ-ecie, czyli ruchomym punkcie zakrytym.

A konkretniej?

To była taka podstawka, czyli zakamuflowany samochód. Prowadziłem stamtąd obserwację i jak zobaczyłem, że wchodzi do tej pizzerii, wskazałem, że to jest on. No i wtedy padło hasło: „Atak, atak, atak!". Oczywiście zglebowali go tam na ostro. Spokojnie wysiadłem sobie z samochodu, podszedłem do niego i mówię:

– No i co, kurwa? Mówiłem ci, że jeszcze się spotkamy? Ty, kurwa, leżysz, a ja stoję. – Nie wiedział, co ze sobą zrobić, tak był zaskoczony.

Potem nasze drogi przecięły się raz jeszcze. To było w momencie, kiedy rugbysta wyszedł z więzienia. Zadzwonił wtedy do mnie ten znajomy dealer samochodowy z prośbą o pomoc. Powiedział, że ten gość szantażuje jego sprzedawcę, po podobno ten źle skonfigurował mu samochód. No i sportowiec żądał odszkodowania, a także odgrażał się, że jeżeli nie dostanie kasy, to sprzedawca zapłaci za jego straty moralne. Czyli mieliśmy do czynienia z ewidentną próbą wyłudzenia, bazującą na strachu.

Powiedziałem dealerowi, żeby umówił się z szantażującym w salonie w konkretny dzień o konkretnej godzinie. Zaznaczyłem tylko, żeby nikogo już tam wtedy nie było. Ten sportowiec przy odsiadce rozpierdolił się i zaczął sypać na kolegów, więc jak tam przyszedłem, rozdarłem się na cały salon, wyzywając go od „konfidenckich kurew" i strasząc go innym kolesiem, na którego sypał. A ten nasz gość po prostu się wystraszył i uciekł. Tak to załatwiłem.

Namawiałem tego dealera, żeby to zgłosił na policję. On jednak nie chciał. W sumie było mi to na rękę, bo dealer coraz bardziej wpuszczał mnie w swoje środowisko. Mówił o różnych sprawach, o ludziach, z którymi miał kontakt, a to był czas, kiedy brał kredyty w banku i rozbudowywał swój salon. A wiesz, to działało na zasadzie różnych układów, nie do końca legalnych.

Dobre miałeś rozeznanie wśród miastowych schabów?

Najlepsze. Pamiętam dobrze taką sytuację. Jestem któregoś dnia w CBŚ, przychodzi do mnie szef dochodzeniówki i mówi:

– Słuchaj, Majami, bo ty masz zawsze aktualne zdjęcia tych ludzi z miasta...

Faktycznie, jeśli chodzi o dokumenty, fotografie, to miałem wszystko na bieżąco uzupełniane, bo jeździłem po mieście i stale robiłem im nowe zdjęcia. No to pytam go:

– A co jest?

– Zgłoszenie o haracz. Czterech miśków.

I facet mi ich opisuje. Pokazuję mu zdjęcia jakichś schabów, a on mówi:

– Kuźwa, żaden nie tego...

Opisuje mi ich i opisuje, ale żaden na moich zdjęciach nie pasuje, chociaż każdy podobny do opisu: łysy, wysoki, wielki. No to mówię, że pojadę na miasto. Miałem wtedy pieniądze od Bauma, więc kupiłem sobie dobry aparat fotograficzny. I kolejny raz miałem w tej robocie niewiarygodnego farta. Wchodzę sobie do Klifu, a na mnie idzie czterech misków. Mówię:

– O, Roki! Siemano.

– Siemano.

– Czekaj, czekaj, moment. – I pstryk.

– A co ty, kurwa, robisz?

– Tych trzech nie znam. Ciebie znam. To musiałem zrobić.

– Ty jesteś jebnięty, kurwa! Na chuj te zdjęcia robisz?!

– Roki, ciebie znam, ich nie znam. A muszę mieć komplet w dokumentach. Dziękuję.

Oni w szoku, że w ogóle, kurwa, wyciągam aparat i robię im zdjęcia. Policja tak nie działała. Ale wywołałem wszystkie i pojechałem do CBŚ. Mówię do tego gościa z dochodzeniówki:

– Maniek, ty weź tę fotę, może facet pozna na tym zdjęciu, kto go haraczuje. To jest świeże zdjęcie, a ja nie znam tych misków.

– Ale ty masz zajebiste zdjęcia. Jakie wyraźne – stwierdził koleś z zazdrością.

– Maniek, to za moje pieniądze – uprzedziłem ewentualne podejrzenia.

Wziął. Przychodzi po dziesięciu minutach.

– Ty, rozpoznał czterech, cały komplet. Ja pierdolę, skąd ty to masz?

No i ich zatrzymali.

Taki fart świadczy, że naprawdę byłeś urodzony do tej roboty. Często proponowali ci łapówki?

Pierwszą łapówkę zaproponowano mi w 1995 albo 1996 roku, już po tym, jak mnie przenieśli z Gdyni do Gdańska, z Wydziału Kryminalnego do „Tygrysów". Kiedy pracowałem w Gdyni, nabrałem dużego doświadczenia, jeśli chodzi o rozpoznanie środowiska przestępczego. A jak wspominałem – w tamtym czasie przestępczość gdyńska była dużo brutalniejsza niż ta gdańska.

Dlaczego?

To wynikało z dzielnic, w których mieszkali, z układów, jakie mieli – to byli między innymi dawni cinkciarze, którzy stali pod Baltoną i Pewexem, poukładani ze służbami, z esbecją.

Jeśli chodzi o propozycje łapówek, to opowiem ci jedną historię. Po zatrzymaniu dwóch groźnych gangsterów – Juranda N. i Konstantinosa T., pseudonim Grek, dostaliśmy informację, że „Nikoś", który był wtedy poszukiwany, ukrywa się na terenie Trójmiasta w konkretnym miejscu wraz z inną ekipą, w której byli między innymi tacy bandyci jak „Kostek" i „Porszawka". Zorganizowaliśmy zasadzkę, ale Wydział Kryminalny z Gdańska kazał nam ją odpuścić. Dziś już wiemy, że to dlatego że „Nikoś" był ich informatorem. Ale wtedy strasznie się wkurwiliśmy.

To była jakaś piętnasta czy szesnasta i mieliśmy odprawę. Naczelnik mówi nam, że mamy sobie tę zasadzkę odpuścić. No to go pytam:

– Panie naczelniku, „Nikoś" i „Kostek" są poszukiwani, tak? Czy w takim razie, jak będę szedł ulicą i ich zobaczę, powinienem ich zatrzymać?

– Jakbyś ich zobaczył, to tak, masz obowiązek ich zatrzymać.

Kurwa, kolejny absurd. Koniec odprawy, z komendy kieruję się na garaż odstawić samochód, patrzę – a tu jedzie „Kostek" z „Porszawką". To łapię za radio i daję znać, że widzę jeepa grand cherokee, a w środku są delikwenci.

– Jadę za nimi dotąd, dopóki się nie zorientują. Jak się zorientują i będą uciekali, to lipa. Dawajcie tutaj posiłki. Już.

I akurat się zdarzyło, że zbóje wjechali w ulicę Władysława IV – to była korkowa pora – i stanęli, rozumiesz, parę samochodów przede mną. W końcu dojechała też ekipa. Mówię tak:

– Robimy pokazówę, żeby ludzie zobaczyli, że tu jest policja.

Kolejny raz w latach dziewięćdziesiątych ludzie bili brawo policji na ulicy. Wiesz, była pełna jazda – darcie ryja, broń, gleba, kajdanki. Wtedy też ten „Kostek" chciał mi dać dziesięć tysięcy marek łapówki.

A kim on był?

Taki gruby handlarz narkotyków. Wciskał mi to, a ja mu powiedziałem, żeby wypierdalał. Jak ich wprowadziliśmy do windy w komendzie, to oczywiście zaczęli się odgrażać, że mnie zajebią. Dobra, to porozsadzaliśmy ich po pokojach. Naczelnik zaczął wzywać pracowników do wydziału, bo to było już po południu. W jednym z pokojów „Kostek" siedział z policjantem, który był z tej grupy samochodowej, co brała łapówy. Tylko wtedy o tym oczywiście jeszcze nie wiedzieliśmy.

Wchodzę do tego pokoju, a „Kostek" miał w ręku słuchawkę i szybko ją odłożył, jak mnie zobaczył (to były jeszcze te takie stare telefony). Mówię do tego policjanta, co z nim siedział:

– Kurwa, Zbyszek, co ty odpierdalasz? Pozwoliłeś mu zadzwonić?

Ten się zaczął głupio tłumaczyć, że nie widział, jak „Kostek" złapał za telefon, on go już za to niby opierdolił. Ale, kurwa, podejrzana sprawa.

Poszedłem do naczelnika.

– Szefie – mówię – coś mi tu nie pasuje.

Bo wcześniej już dochodziły do nas sygnały, że się gangsterzy skumali z tymi samochodziarzami. Ale dobra: pakujemy się, jedziemy na chatę, gdzie nas odwołali z tej zasadzki. Oczywiście, wcześniej zostawiliśmy samochody i po cichutku podchodzimy, żeby jednak zrobić zasadzkę. A oni mieli przed chatą takie sznurki z puszkami, o których myśmy wiedzieli.

Sygnał alarmowy?

Tak. Taki prosty, zwykły mechanizm, ale skuteczny. Kurwa, my się tam czołgamy, rozumiesz, a ten Zbyszek z samochodówki o te puszki zahaczył. Chociaż o nich wiedział.

– Ty, pojebało cię? Co ty odpierdalasz? Dajesz im znać, że policja nadchodzi?

W końcu weszliśmy na chatę, nie było nikogo, więc zaczekaliśmy. Dojechała tam tylko jedna osoba z miasta – taki paser samochodowy, którego zawinęliśmy.

Z tymi samochodziarzami miałem potem pewną przygodę. Oni często obstawiali totolotka. Dwóch z nich umówiło się, że jak któryś wygra, to drugiemu kupi cinquecento. Wydali ostatnie pieniądze, bo to było tuż przed wypłatą. Minęło parę dni, wszyscy się zastanawiali, gdzie są chłopaki. Powinni być w pracy, ale ich nie było. Okazało się, że jeden z nich wygrał trzysta koła! No i zgodnie z umową jeden kupił koledze samochód, a sam postawił sobie dom. Ale tuż po tej wygranej obaj postanowili zrobić imprezę dla wszystkich i to opić.

A każda impreza wydziałowa wyglądała tak, że robiło się objazd po knajpach. Bo trzeba się było, kurwa, miastu pokazać. No i siedzimy w którymś lokalu, a tu nagle wchodzi „Szwarceneger" – czyli gruby gangus. Był z nim też wspomniany wcześniej „Wróbel". Patrzę, a Zbyszek, ten, co go wcześniej przyłapałem na telefonie, podchodzi do nich i coś sobie zaczynają gadać. No, generalnie jakiś *deal* dogrywali. A wiesz, wtedy oficjalnie nie można było z nimi rozmawiać.

Podchodzę później do tego Zbyszka i mówię:

– Kurwa, co ty wyczyniasz? Czemu z tymi chujami gadasz?

A ten usiadł przy barze, odpalił jointa (wtedy jeszcze nie wiedziałem, jak pachnie marihuana) i mówi do mnie:

– Słuchaj, kurwa, tak być nie może. Latasz tu, ganiasz, psujesz nam całą robotę. Wiesz, to są dwa życia. Jedno jest oficjalne, a drugie jest nieoficjalne.

– Ty, ale o co ci chodzi?

– Zobacz, chodzisz, kurwa, w trampkach, ubrany jak lump. A nie chciałbyś zarobić dodatkowo parę złotych? Chodzić tak, jak my chodzimy? – Bo faktycznie, oni wtedy chodzili dobrze ubrani, wiesz, fajne dresy (które były wtedy modne), adidasy, skóry.

– Jak mi przyjdzie ochota, to sobie pożyczkę wezmę i sobie kupię.

– Ale po co ty tak ganiasz? Tu są tacy, co ganiają, i tacy, co pieniądze zarabiają. Nie chciałbyś być z nami w grupie i zarabiać kasę?

– Nie. Daj mi, kurwa, spokój.

Jak odchodziłem do „Tygrysów", to powiedziałem o całej sytuacji naczelnikowi.

– Szefie, nie wiem, może to wszystko nadinterpretuję. Ale mi się to, kurwa, nie podoba. Tu jest coś nie tak.

Minęły jakieś trzy miesiące – byłem już wtedy w Gdańsku – i wybuchła afera. Bo okazało się, że ten Zbyszek jeździł kradzionymi samochodami.

Jak to?

No bo jak ci policjanci z samochodówki znajdowali jakieś kradzione samochody, to odstawiali je na parking. A okazało się, że Zbyszek sobie je potem brał z tego parkingu i nimi jeździł. No i raz wziął takie białe audi. Zobaczył go na mieście pokrzywdzony, czyli gość, któremu ten samochód ukradli.

I ten pokrzywdzony zadzwonił na policję, żeby to zgłosić. Wtedy zaczęła się afera.

Nasi wjechali na mieszkanie do Zbyszka. A tam skład, kurwa, samochodowych odbiorników radiowych, magnetofonów, gaśnic, apteczek i tak dalej.

Co z tym robił?

Sprzedawał to. Tak jak ci tłumaczyłem – mechanizm wyglądał tak, że jak ci policjanci z samochodówki odzyskiwali jakieś auto, to zawsze coś z niego zajebali. No i potem tym handlowali. Mało tego, wyszło na jaw, że jak namierzyli jakiś samochód w dziupli, to go nie zabezpieczali, tylko sprzedawali temu złodziejowi „Wróblowi". Czyli jednego złodzieja okradli, a drugiemu sprzedawali. No i oczywiście zaraz pojawiły się głosy, że ta cała afera zaczęła się od Majamiego, bo to on tych policjantów posprzedawał.

A wracając do sprawy poszukiwanych gości, na których zrobiliśmy obławę w tej chacie. Jednym z tych, których nie udało nam się wtedy złapać, był niejaki „Jodko". Posłali nas na zasadzkę do Kielna. Pojechaliśmy na rzecz Sopotu, bo od nich przyszła informacja, że Rosjanie przyjadą po kradzione fury. Jako że to Ruscy, czyli chuj wie, co się wydarzy, to wzięli nas, czyli „Tygrysów". No i zasadzka trwała bite trzy dni. Już ci z kryminalnego zaczęli gadać:

– Chuj, ktoś nas sprzedał, nikt nie przyjedzie, bo trzeci dzień zasadzki. – Ale zostaliśmy.

Ja miałem kolejną zmianę 22.00–06.00, no i tak już koło 05.00 kumple mówią:

– Nikt nie przyjedzie.

– Kurwa, zobaczycie, oni wiedzą, jakie mamy zmiany. Przyjadą.

6.10, jadą dwie fury. No to się porozstawialiśmy – ja miałem ze sobą RAK-a, taki pistolet maszynowy. Oni wjechali na posesję, a my jazda – biegniemy do nich.

Pierwszy gość, w mercedesie, spanikował, samochód mu zgasł i nie mógł odpalić. Drugi, w takiej mazdzie, zaczął uciekać. To najpierw tym RAK-iem strzeliłem po ziemi, a potem do niego. Ale facet uciekł. Potem porzucił samochód, bo był przestrzelany. A z tego mercedesa wyciągnęliśmy gościa i przykuliśmy do drzewa.

Robimy przeszukanie, a tam czterdzieści koła papieru. Wtedy można było bliźniaka za to kupić. I ten gość mówi do mnie tak:

– Słuchaj, ja cię znam. Weźcie tę kasę i nikogo nie powiadamiajcie. Że niby żeście mnie, kurwa, gonili, a ja uciekłem.

No to od razu dostał w ryja. Takiego strzała, że chuj. Dobra, sprawdzam jego dokumenty. Paszport miał przy sobie. Facet ze Szczecina. Zdziwiłem się.

– Ze Szczecina?

A on wcześniej do mnie mówił:

– Bo ty chodzisz do Bałtyku, do knajpy, ty jesteś ten Majami, ciebie tu wszyscy znają.

Więc skoro zbój jest ze Szczecina, to skąd o tym wie? Ale nic, zawieźliśmy go na komendę do Sopotu. A tam był naczelnikiem taki ubek pierdolony. Jak usłyszałem, że on chce powiadamiać Wydział Kryminalny w Gdańsku – bo mu podlegali – że on rozpoznał tego zatrzymanego jako złodzieja, to mu powiedziałem:

– Kurwa, gdzie dzwonisz? Myśmy go zatrzymali, a nie ty. Czym się chwalisz? Nawet nie wiesz kto to jest. Poczekaj, nie spiesz się.

No i siadam, piszę protokół. Ten zatrzymany siedzi naprzeciwko mnie i mi tam pierdoli za uszami. Patrzę na niego, i nagle mnie olśniło.

– Ty jesteś „Jodko" – mówię. Zapamiętałem twarz tego klienta z jednej fotografii.

On zbladł, bo miejscowi by go pewnie puścili.

– W dupę jebana mać, znowu ty...

Miałeś niezłego farta. Gdybym pokazał to w filmie, nikt by w coś takiego nie uwierzył.

Byłem szkolony przez wojskowy kontrwywiad. Miałem intuicję i fotograficzną pamięć. No i nie bałem się zbójów. Wiesz, że ja chodziłem na siłownię tam, gdzie oni trenują? Wpierdalałem się centralnie, a w torbie miałem klamkę i dwa magazynki.

Przychodzę raz na salę, a tam „Szwarceneger". Podszedł do mnie i mówi:

– Będziesz miał przepierdolone za „Jodka". Rozjebiemy cię, kurwa. Zakopiemy cię, psie.

– Tak? No to już, kurwa, dawaj. – I wyciągam klamkę. On ochujał. I tego typu sytuacje.

Opowiem ci, jak zatrzymaliśmy Siergieja Sienkiwa, bo to też dobra historia. On był podejrzewany o zabójstwo Papały i jeszcze kilka innych. Dostaliśmy krótką informację na odprawie w Gdańsku. Jest poszukiwany zabójca z Ukrainy, wzrost sto sześćdziesiąt centymetrów, szczupłej budowy ciała. I tyle. Nic więcej, żadnego zdjęcia. Okej. Po odprawie miałem jechać do Sopotu do restauracji Fantom, w której pracował mój znajomy DJ. Miał mi nagrać kasetę, żebym mógł sobie muzyki w aucie posłuchać. To było już po sezonie. Wchodzę do tego Fantomu, patrzę, siedzi tam dwóch gości. Jednego znałem z miasta, a drugiego nigdy nie widziałem. Zacząłem to sobie szybko analizować, skoro pokazała się jakaś nowa twarz przy miastowym. Nie chciałem się przed nimi ujawnić, a że było pusto na sali, stanąłem przy szatni i zacząłem gadać z szatniarzem.

W pewnym momencie oni wyszli do kibla i jeden – ten, którego znałem – powiedział „coś tam Siergiej". A ja już wiedziałem. „Mam cię, kurwo".

Tylko co teraz robić? Wiesz, w takiej chwili przychodzi ci do głowy sto myśli na sekundę.

Złapałem za telefon, dzwonię do szefa i mówię:

– Kurwa, w Fantomie jest Siergiej.

– Ty se jaja robisz?

– Nie. Przyjeżdżajcie tu, bo jak nie zdążycie, to go sam będę musiał zawinąć.

A wiesz, to AT powinno robić, bo to zawodowy zabójca był. A szef do mnie:

– Majami, weź sobie jaj nie rób.

– Kurwa, przyjeżdżajcie szybko.

Sprężyli się, przyjechali i trafili ich, jak wychodzili z knajpy. Ten Ukrainiec przyznał się już w samochodzie, że nazywa się Siergiej Sienkiw. Jeszcze powiedział: „Gdybyście mnie nie zawinęli, to miałem następnego dnia odebrać sfałszowane dokumenty i wypierdalać na Ukrainę. A tam to, wiesz, szukaj, kurwa, wiatru w polu. Potem nawet komendant wojewódzki z flaszką do nas przyjechał, bo taki sukces był.

Piękna akcja.

Prawda. A opowiem ci jeszcze historię z czasów, gdy pracowałem w Wydziale Kryminalnym. Dostaliśmy zgłoszenie, że była jakaś strzelanina na ulicy Komandorskiej w Gdyni. Podjeżdżamy tam, patrzymy – jakieś zbiegowisko ludzi i facet leżący na ziemi. Trup. Z tego co pamiętam, to nazywał się Saakaszwili – Gruzin z Gdyni, który trząsł tam samochodami. Generalnie facet z pozycją. Patrzymy, wśród tego zbiegowiska stoi dwóch chłopaków z miasta: Henio „Anioł" i Henio „Gliniarz".

„Gliniarz"?

Miał taką ksywkę, bo kiedyś jeździł w milicji jako kierowca, ale odszedł. W każdym razie od razu ich zgarnęliśmy. Co się okazało: między nimi a tym Gruzinem wywiązała się kłótnia. No i Henio Anioł chciał postraszyć faceta bronią. Ale niefortunnie mu wystrzeliła i go zabił. Co ciekawe, Heniek „Gliniarz" wziął to wszystko na siebie i poszedł siedzieć na jakieś piętnaście lat.

Czemu?

Taki charakter. Tak kiedyś było. Pamiętam, że potem pojechaliśmy do dziewczyny tego Gruzina, żeby ją poinformować o jego śmierci. To była taka ładna kobieta, Polka. Jak się dowiedziała, wpadła w histerię. Potem oszalała i spała nawet w jego ubraniach. A jak był pogrzeb tego Saakaszwilego, to przyjechała cała jego rodzina z Gruzji. Pojawił się też jeden „wor w zakonie" z całą ekipą. „Wor w zakonie" w dosłownym tłumaczeniu oznacza złodzieja w prawie.

To ktoś jak ojciec chrzestny w świecie przestępczym za wschodnią granicą. I ten wor chciał tu, kurwa, porządek robić.

Razem z innymi policjantami uczestniczyłem potem w rozmowach z nim. Uspokajaliśmy go, że to był wypadek, że nikt nie zabił Gruzina celowo, i wszystko rozeszło się pokojowo. Po pogrzebie pojechali. Był spokój. Słyszeliśmy, że już na stypie wor powiedział, że nie będzie żadnej zadymy, bo to był wypadek.

Kiedyś ochranialiście też dom Kornatowskiego.

To prawda. Po zatrzymaniu „Juranda" i „Kostka", padło zlecenie na zabójstwo Kornatowskiego. To znaczy Niemcy przekazali nam taką informację, że albo będzie zabójstwo, albo mu zrobią jakąś krzywdę. To zlecił niejaki „Szakal". Gość, który organizował potem całe odbicie „Juranda" z Wejherowa. Razem z nim mieli to zrobić niejaki „Dziekan" z Hamburga i „Ciacho". No ale zrobiliśmy zasadzkę.

Cały czas obserwowaliśmy dom Kornatowskiego i w końcu ich zatrzymaliśmy. Nie doszło do żadnej strzelaniny. Podjechali pod dom, a my ich na ostro zatrzymaliśmy. Chodziło wyłącznie o to, żeby po prostu temu zapobiec. Zadziałać prewencyjnie.

ZESPÓŁ BLISKIEGO ZABEZPIECZENIA

W pewnym momencie trafiłeś do ZBZ, czyli Zespołu Bliskiego Zabezpieczenia.

Tak, to jest taka formacja, którą stworzyli Polacy, bo inne policje i służby świata mają po prostu agenta, który na przykład prowadzi negocjacje finansowe albo zbiera informacje – zależy, co ma do wykonania. ZBZ wziął się z tego, że jak taki operator pod przykrywką kupował na przykład prochy w Stanach i handlarze go rozkminili, to został odjebany. Na szkoleniach pokazywali nam filmy operacyjne FBI, na których operator umawia się na przykład w hotelu z handlarzami narkotyków na transakcję, wszystko jest okej, super, oni przynoszą towar, ten przynosi pieniądze, idzie git, a potem wchodzi jakaś druga ekipa do pokoju i odpierdala policjanta, bo on nie ma zabezpieczenia. Czyli Zespół Bliskiego Zabezpieczenia to zespół, który zabezpiecza takich operatorów. A nad nimi jest prowadzący, czyli *coverman*.

To muszą być odpowiednio wyszkoleni policjanci, umiejący wtapiać się w tłum, znający schemat operacji. Muszą też umieć działać niekonwencjonalnie. A operator pod przykrywką może poprosić ich o ochronę nawet wtedy, gdy idzie na banalne spotkanie z figurantem. Nie wspomnę o transakcji, gdzie już obowiązkowo musi działać ZBZ.

I my – jako ochrona – musieliśmy działać w tłumie i wbijać się w różnego rodzaju sytuacje.

Jak ZBZ komunikuje się z operatorem?

Różnie, na przykład gestami ciała. To się wcześniej umawia. Ale ty jako operator musisz mieć idealne wyczucie i nie możesz za wcześnie zgłaszać zagrożenia, bo możesz spierdolić całą operację. Jak dajesz sygnał, że jest niebezpieczeństwo, to wtedy jest masakra.

No i dostałem propozycję działania w takim ZBZ-ecie. Szkolenie trwało miesiąc – było bardzo wyczerpujące. Fizycznie i psychicznie. Wiesz – bieganie w nocy, ostrzelania, scenki imitujące prawdziwą akcję, prawdziwe bójki między policjantami, podczas których naprawdę lała się krew. A wszystko pod okiem specjalistów z Zachodu, którzy budowali w Polsce CBŚ. Nas szkolił na przykład jeden Angol.

W tej robocie też chodziło o to, żeby być systematycznym. Co trzy miesiące były sprawdziany. I nikt nie mówił, że masz po kursie iść dwa razy w tygodniu na siłownię, a raz masz pobiegać. Musiałeś sobie sam określić harmonogram treningu, a oprócz tego normalnie chodzić do roboty. Jak przyjeżdżałeś na sprawdzian z WF-u, to nie było tak, że coś ci przejdzie bokiem. Nie istniała taka opcja. Po pierwszym razie, jak nie zaliczyłeś sprawdzianu, dostawałeś drugą szansę. Nie zdałeś drugi raz – won. To była ZBZ-etowska licencja. Później dostałem też licencję operatorską. Wtedy brałem już udział w operacjach.

Jakich?

Na przykład byłem w Hiszpanii i namierzałem tam Andrzeja Z., „Słowika".

Ty go namierzyłeś?

To było w związku z operacją dotycząca zakupu narkotyków. Założenie było takie, że agent manewrowy miał mi umożliwić dotarcie do figuranta, który zna człowieka, który z kolei ma kontakt z poszukiwanym wówczas „Słowikiem".

Cała operacja zaczęła się w Bydgoszczy. Miałem informację, że do burdelu X przyjeżdża facet z Torunia, który grubo handluje prochami i zna właśnie faceta, który ma kontakt ze „Słowikiem". Wiedziałem też, że ten gość z Torunia szuka nowych sposobów na zbycie swoich prochów – chodziło konkretnie o amfetaminę. No to zacząłem przyjeżdżać do tego burdelu i prowadzić dostatnie życie – czyli drinki, baby i szastanie pieniędzmi. Jak jakaś dziewczyna tańczyła dla mnie, to robiłem na przykład „flash money" – to określenie na obnoszenie się z pieniędzmi podczas operacji pod przykryciem. Chodziło o to, że nie trzymałem kasy cały czas w portfelu, tylko na przykład udawałem, że gdzieś mi wypadły jakieś banknoty, ale tak, żeby ta dziewczyna to widziała.

Po co?

Żeby widziała, że mam dużo siana. No i chwaliłem się, że zajmuje się handlem narkotykami. Robiliśmy też takie scenki w burdelu, że przyjeżdżało do mnie dwóch operatorów i udawaliśmy, że jestem ich szefem i robimy tam jakieś interesy prochowe. Wiesz, chodziło o to, żeby ten facet z Torunia w pewnym momencie sam się do mnie zgłosił.

Trwało to ze trzy miesiące. Aż pojawiam się tam pewnego dnia, a bramkarz do mnie mówi: „Słuchaj, kolega chciałby z tobą pogadać". No i wtedy właśnie poznałem się z tym gościem.

On mi zaczął tłumaczyć, że handluje prochami i że moglibyśmy jakiś interes wspólnie zrobić. Problem był tylko taki, że trudno było się z kolei wbić do tego kolesia, który znał „Słowika", ponieważ on już raz zaliczył wtopę z operacją specjalną i był totalnie elektryczny. Ale próbowaliśmy ciągnąć to dalej. Zacząłem jeździć do Torunia, ze dwa razy kupiłem od tego gościa amfetaminę – wszystko oczywiście było nagrywane, bo transakcje odbywały się w samochodzie.

Jak to się dokładnie odbywało?

Spotykaliśmy się na parkingu, podchodziliśmy do mojego samochodu i ładowaliśmy towar do bagażnika – i jak się otwierało klapę, to tam były zamontowane kamery.

Legenda była taka, że my ten towar rozprowadzamy na dyskotekach w Czechach. Dlatego jeździliśmy też do Pragi, żeby się pokazać.

Jak pokazać?

Tak, żeby zapamiętali, że wydawaliśmy tam kasę. Przyjeżdżaliśmy drogimi furami, dawaliśmy duże napiwki i zamawialiśmy na przykład pięć szampanów.

Czyli, jak widzisz, najpierw trzeba było w tę operację zainwestować.

A braliście na to jakieś faktury czy coś?

Nie, to się wszystko opierało na zaufaniu. Bo jak na przykład wziąć rachunek za napiwek?

W końcu gość z Torunia poznał nas z tym kolegą Arkadiuszem, który miał kontakt ze „Słowikiem". Wtedy dotarł do mnie drugi przykrywkowiec – Pąk, który miał pseudonim Hiszpan. Sprzedaliśmy Arkadiuszowi taką legendę, że chcemy sprowadzać hasz z Hiszpanii. Mieliśmy tam pojechać razem, ale Arkadiuszowi spalił się jakiś magazyn meblowy, więc polecieliśmy tam we dwóch – tylko ja i Pąk. Na miejscu odebrał nas łącznik Arkadiusza – taki „Słowak". Gość nam wszystko o sobie opowiedział – że jest poszukiwany listem gończym przez Interpol i tak dalej. Co ważne – potwierdził nam dokładnie, gdzie ukrywa się „Słowik".

Niestety, jeśli chodzi o samą operację, plany się nam trochę pokrzyżowały, bo hiszpański sąd nie wydał zgody na zakup haszu. Musieliśmy z tego jakoś wybrnąć, więc powiedzieliśmy, że będziemy handlować tylko z Arkadiuszem, bo do niego mamy zaufanie, a nie z jakimś Słowakiem, bo kto to w ogóle, kurwa, jest…

Tego Arkadiusza w końcu dojechaliście?

Tak. Stwierdziłem w pewnym momencie, że trzeba go związać bardziej dowodowo. No i zamiast kupować po dwa kilogramy amfetaminy, zamówiłem u niego aż dziesięć kilosów. Był na tyle zachłanny, że się zgodził.

Umówiliśmy się na transakcję, ale się spóźniałem. No więc on, pomny swoich wcześniejszych doświadczeń, wyczuł, że coś jest nie tak, i zaczął do mnie dzwonić.

– Gdzie ty, kurwa, jesteś?

– Sorry, coś mi wypadło po drodze i mój kolega przyjedzie za mnie.

– Chuj, ostatni raz z wami handluję.

– Arkadiusz, spokojnie, chłopak ma pieniądze, zaraz będzie.

– Dobra, to dawaj go. Gdzie on jest? No, gdzie on, kurwa, jest?

I w pewnym momencie usłyszałem w telefonie: „O kurwa, policja!". Zgarnęli go razem z tym towarem. A „Słowika" zatrzymała w końcu grupa „Enigma" z CBŚ.

Swoją drogą, to my o nich nawet nie wiedzieliśmy, a oni nie wiedzieli o nas.

Jak to się stało, że zacząłeś pracować pod przykrywką w CBŚ?

To był rok 1996. Byłem akurat na zmianie od 22.00 do 06.00. I dowiedziałem się, że mam uczestniczyć w zasadzce w mieszkaniu w Trójmieście. Chodziło o to, że pracownik kantoru miał rano lecieć do Warszawy z gotówką. Bo w Warszawie były lepsze kursy i dlatego oni tam jeździli z pieniędzmi. Ktoś ze znajomych go jednak wystawił (potem okazało się, że brat kochanki właściciela kantoru) i miało dojść do napadu. A chodziło o to, żeby sprawców tego napadu złapać na gorącym uczynku. W trakcie całej zasadzki poznałem właścicieli kantoru - braci Grzegorza oraz Piotra. Pogadaliśmy sobie na różne tematy. A ten Grzegorz miał nawet glocka - co w tamtych latach robiło wrażenie. Trochę jakbyś zobaczył dobry samochód albo motocykl. W każdym razie nawiązaliśmy dobry kontakt.

Przed szóstą dostaliśmy informację z zewnątrz, że ktoś się czai w krzakach przy klatce schodowej. Akcja miała być przeprowadzona w taki sposób, że mieliśmy wypaść na nich z każdej strony. Ja bezpośrednio z klatki, druga ekipa od czoła budynku, a trzecia z boku. Powiedziałem temu Piotrkowi, żeby, broń Panie Boże, nie wychodził z mieszkania. Ale jak dostaliśmy sygnał, żeby atakować, to wybiegłem, a Piotruś wyleciał za mną z coltem uniesionym w powietrzu (bo on miał z kolei colta). Nie było już czasu, żeby go powstrzymać.

W chwili, gdy dopadłem jednego z tych sprawców, kątem oka dostrzegłem, jak Piotr strzelił w powietrze. Po zatrzymaniu oczywiście wszyscy mówili, że szalony Majami niepotrzebnie strzelał i że jest nieodpowiedzialny. A tak naprawdę szalony Piotruś zrobił mi wtedy pod górkę, bo chciał być jak Chuck Norris.

Parę dni po tej akcji gadałem z kolegą, który wcześniej też pracował w „Tygrysach". Mówię mu, że nawiązałem dobre relacje z właścicielami kantoru, a on mi na to:

– Kurwa, przecież w tym kantorze pierze kasę „Nikoś", wszystkie białe kołnierzyki, które robiły wałki, przemytnicy narkotyków, alkoholu – cała wierchuszka.

No i wyobraź sobie, że parę dni później spotkałem w jednej knajpie Piotra z kantoru i on zapytał mnie, czy nie chciałbym popracować u niego jako ochroniarz. Odpowiedziałem, że nie wiem, muszę się zastanowić, bo to przecież nielegalne. Poszedłem znowu do Jurka z kontrwywiadu i mówię mu:

– Słuchaj, to jest idealna okazja, żeby wejść tam do środka, bo on mnie sam zaprasza.

I Jurek przytaknął, żeby w to wchodzić. Tak zrobiłem. Dostałem zgodę od komendanta i naczelnika CBŚ, a nawet ówczesnego szefa MSW Andrzeja Milczanowskiego.

KOMBINACJA OPERACYJNA

Jak przestępcy reagowali na twoją obecność w kantorze?

Ten kantor był położony na głównej ulicy Trójmiasta i faktycznie przychodzili do niego wszyscy ważni gangsterzy. Puchalski, Zachar, „Nikoś" i tak dalej. I jeszcze mnie do mnie mówili: „Wiesz, ty pilnujesz naszych pieniędzy". Bo ten właściciel kantoru brał od nich kasę i ją przepierał. Nie wiedziałem, jak to dokładnie działało, ale on tam miał cztery kasy – trzy legalne i jedną nielegalną.

Po co mu był ktoś taki jak ty?

Wtedy działały tam dwie silne grupy – gdańska i gdyńska. Po tej akcji, w której brałem z nim udział, bał się, że ktoś może do niego przyjść. Bo bandyci przychodzili już po kasę do wszystkich. A ja działałem odstraszająco. Widział mnie w akcji, poza tym wówczas już wszyscy się mnie bali. Do tego właściciel kantoru chciał pokazać, że ma policję po swojej stronie, czytaj: że ma układy. Wielokrotnie było tak, że woziłem pieniądze z kantoru – na przykład do „Nikosia". I to był trochę taki zabieg wizerunkowy.

Ale oni byli tacy naiwni, że sądzili, że policja o tym nie wie?

Tak. Oni byli po prostu tacy naiwni. Poza tym ja też dobrze udawałem i grałem przed nimi.

Stałeś tam też normalnie w dzień?

Tak.

To przecież każdy cię tam mógł zobaczyć.

No tak, ale nie stałem oficjalnie w drzwiach, tylko byłem na zapleczu. Nikt mnie nie kontrolował, nie przychodził i nie pytał, czy ja tam pracuję czy nie.

To do pracy w policji w ogóle nie chodziłeś?

Nie, chodziłem. To wyglądało tak, że pracowałem w systemie trzyzmianowym. Jak miałem na przykład od 07.00 do 14.00 pracę w policji, to od 14.00 do 20.00 działałem w kantorze. Właściciel miał takiego białego poloneza diesla. Jeszcze na warszawskich numerach. No i dawał mi go czasami, żebym jeździł nim do domu po skończonej robocie. A ja lubiłem od czasu do czasu wprowadzać trochę dezinformacji w środowisku gdyńskiej mafii. No więc jeździłem sobie tym polonezem. A te gangusy mówiły: „Kurwa jebana, do Warszawy go przenieśli. Co on teraz w tej Warszawie robi?".

Mała robótka operacyjna przy okazji...

Właśnie tak. Ale trzeba było wiedzieć, jak to robić. Nie mogło być tak, że ja im wprost przekażę taką „dezinformację", bo to by nie zadziałało. Po prostu zajechałem to na siłownię, to pod knajpę, tak żeby oni mnie sami zobaczyli i między sobą zaczęli gadać.

Kiedyś podjechałem tym polonezem pod knajpę Bałtyk. No i tutaj niestety straciłem czujność. Bo wiesz, wtedy stosowało się takie ustne zaczepki po to, żeby wyciągnąć jakieś informacje. Ja o tym wiedziałem i na ich zaczepki reagowałem w taki sposób, że też ich dezinformowałem. No i wdałem się w tej knajpie w gadkę z takim Meją. On nagle mówi:

– Majami, ty masz tego białego poloneza? Weź ty, zobacz, co się tam dzieje.

Wychodzę, patrzę, a tam trylinka wpierdolona do środka przez przednią szybę.

Co to jest trylinka?

Taki sześciokątny blok betonowy do budowy dróg. Wszedłem z powrotem do knajpy i mówię:

– Wy, kurwy. To wy się na samochodzie wyżywacie? Ja wam, kurwa, nigdy tego nie zapomnę. Meja, to ty mnie tu, kurwa, zwabiłeś specjalnie? Okej. Mój błąd. Brak czujności. Ale, panowie, ja i pięć lat poczekam. Bo ja umiem czekać. A jak się dowiem, kto to zrobił, przyjdzie na niego pora. Dziękuję. Do widzenia.

No i wyszedłem. Wiesz, oni myśleli, że to jest służbowy samochód. A musiałem za to zapłacić z własnej kieszeni. I oprócz tego musiałem się jakoś Piotrkowi z kantoru wytłumaczyć.

I co, odegrałeś się jakoś?

Tak, parę lat później. To już było, jak stałem na bramce jako cywil. Ten Meja miał kochankę – panią prokurator. No i przyszli kiedyś do knajpy, w której pracowałem, a ja do nich tak:

– Skończyły się wasze czasy. Wypierdalać stąd. Nie wejdziecie tu.

– Ale co ty, kurwa, Majami? Znamy się z miasta tyle lat.

– Pamiętasz trylinkę, kutasie? Mówiłem ci, że przyjdzie taki czas? Kurwy, won mi stąd.

– No przecież to jest prokurator...

– Ty, kurwo, też mi stąd wypierdalaj. Następna, bladzio, się z nimi zadajesz?! Won mi stąd. Skończyły się wasze czasy. Mało tego, wasze czasy nie wrócą, póki ja tu jestem. I koniec.

I ten Meja, jak wsiadał do taksówki, to mi jeszcze powiedział:

– To wezmę snajpera wynajmę i cię, kurwa, odpierdoli.

Zacząłem gonić za tą taksówką, ale uciekli. Pomyślałem: „Przecież ten gnój pójdzie zaraz w miasto i powie, że mi tutaj naciupał". Bo to był taki krzykacz. Więc sobie ustaliłem, w jakich miejscach on bywa. Wziąłem wolne w pracy i pojechałem do Gdyni.

Szedłem w dół Świętojańskiej i nagle zobaczyłem, że on zmierza prosto w moim kierunku. Jak mnie dostrzegł, zaczął coś tam krzyczeć i uciekać. Tylko miał pecha, bo jak się odwrócił, trafił w śmietnik. No i złapałem go, pizdnąłem o glebę, za łeb chwyciłem i do ziemi. Ludzie zaczęli się obruszać, to powiedziałem: „Proszę państwa, to jest bandyta, złodziej, a ja jestem emerytowanym policjantem". I dalej go do gleby. Jeszcze mu kopa w dupę wyjebałem, mówiąc: „Wypierdalaj stąd, śmieciu. Won, kurwa, koniec twoich rządów".

Czyli poniżyłem go totalnie. Za tę trylinkę.

Postąpiłeś dalekowzrocznie.

Wyszło koncertowo. Jak pracowałem w tym kantorze, właściciel zatrudnił jakiegoś ochroniarza z polecenia. Byłem w ogóle zdziwiony, że on zatrudnia niesprawdzonego człowieka. Nasza robota polegała na przykład na tym, że braliśmy pakiet pieniędzy w worku, zawinięty taśmą, i wieźliśmy go do banku albo do drugiego kantoru. Wszystko działało na zasadzie zaufania, bo nie wiedziało się nawet, ile ma się w tym worku pieniędzy.

No i ten ochroniarz – ksywa Misiu – miał zawieźć kasę do kantoru X. Pod koniec dnia dzwonią do właściciela naszego kantoru i mówią, że brakuje dziesięciu tysięcy złotych. Nigdy do tej pory taka sytuacja się nie zdarzyła. No to on wziął tego Misia na rozmowę, a ten mu powiedział, że to, co miał, zawiózł. Piotrek zaczął rozkminiać, czy się przypadkiem kasjerka nie pomyliła, ale mówię do niego:

– Słuchaj, te pieniądze na pewno zapierdolił Misiu. Widziałem, że był jakiś nerwowy tego dnia.

I zaraz potem się okazało, że Misiu chce się nagle zwolnić z kantoru. A potem jeszcze zaczął dzwonić anonimowo i szantażować właściciela, że wyjawi jakieś sekrety. Na domiar złego okazało się, że on był spokrewniony z kimś wysoko postawionym w Komendzie Wojewódzkiej. No to zrobiliśmy następującą akcję.

Właściciel złożył pieniądze w takim kontenerze koło jego domu, a myśmy ten kontener obserwowali. Oczywiście Misiu przyszedł w końcu po te pieniądze i myśmy go tam, kurwa, dopadli. Potem go wywieźliśmy do lasu i odpowiednio oprawiliśmy.

Czyli?

Dostał po ryju po prostu. Nie było jakiegoś wielkiego znęcania się nad nim. Kazaliśmy mu kopać dół i takie tam. Bardziej psychologicznie chcieliśmy zadziałać. Wrażenie robiło już samo to, że wywieźliśmy go w nocy do lasu.

A jak pracowałeś pod przykrywką, miałeś żonę, dzieci?

Nie. Tylko narzeczoną.

Przetrzymała to?

Tak... bo to kasjerka z tego kantoru była.

Aha.

Ale później się z nią rozstałem. Więc jeśli chodzi o godziny pracy, to przez te dwa lata zapierdalałem non-stop, na zmianę w policji i w tym kantorze.

Prawie system dwudziestoczterogodzinny.

Tak. Rozstałem się z tą kasjerką pół roku przed całą akcją uderzenia w kantorowców. No bo wiesz – pytanie brzmiało, jak mnie wyprowadzić z kombinacji operacyjnej, żeby przestępcy dali wiarę, że nie ja ich rozpracowywałem.

A jaki był główny cel tej operacji? Chcieliście tam kogoś złapać na gorącym uczynku?

Nie, chodziło o to, żeby tam wjechać w momencie, kiedy tych brudnych pieniędzy będzie jak najwięcej. Bo tam raz znajdowało się sto tysięcy dolarów, a innym razem milion. Musieliśmy mieć zebrany cały materiał procesowy. Czyli chodziło o to, żeby zgarnąć i ludzi, i pieniądze.

Pisałeś jakieś raporty?

Tak. Oprócz rozpracowywania samego kantoru robiłem też dla Jurka z kontrwywiadu rozpoznanie osobowe. Czyli kto się z kim spotyka, kiedy, o czym rozmawiają. Wcześniej zbierano jakieś informacje o poszczególnych figurantach, ale teraz byłem w środku razem z nimi i dzięki temu mogłem dowiedzieć się nieporównywalnie więcej. Jakie kto ma słabości, problemy, marzenia. Czyli mogłem stworzyć profile psychologiczne tych osób. Oni po prostu czuli się przy mnie bezpiecznie, a ja – zgodnie z naukami Jurka – udawałem przed nimi niezbyt lotnego policjanta, takiego przygłupiego Majamiego, co to nie lubi bandytów i chce ich pozamykać. A to były niby białe kołnierzyki. Ale nawet do nich pukali haraczownicy i robiły się zgrzyty.

„Nikoś" też był krawaciarzem?

Przez pewien czas tak. On zaczynał w latach siedemdziesiątych jako bramkarz. Później zajmował się „wajchą".

Czyli?

To działało na tej zasadzie, że – powiedzmy – ja jestem Polakiem, a ty obcokrajowcem. Masz do wymiany, dajmy na to, marki albo dolary. To cię tak zakręcę, że za dwa tysiące marek zapłacę ci jak za sto. Czyli po prostu cię oszukam w transakcji finansowej. Ci, którzy się tym zajmowali, jeździli nawet na Węgry i tam okradali obcokrajowców. Umawiali się na jakąś transakcję. Gdy wiedzieli, że ludzie, z którymi rozmawiają, mają przy sobie gotówkę, napadali ich i zabierali im tę kasę. Tak było w latach siedemdziesiątych i osiemdziesiątych.

Później „Nikoś" zajął się kradzieżą samochodów w Niemczech. I to dlatego nazywali go królem polskiej mafii samochodowej. Został paserem, czyli kupował od złodziei skradzione auta. A potem stał się bardzo medialnym facetem. Otrzymał nawet tytuł honorowego obywatela Gdańska.

Za co?

Bo był fanem Lechii Gdańsk i się tam mocno udzielał. Później, w latach dziewięćdziesiątych, przez cały czas kręcił samochodami. Miał za to przerąbane u Pruszkowa, bo uznawali go za konfidenta. Słusznie zresztą, bo współpracował z cywilnymi służbami. Wtedy o tym jeszcze nie wiedziałem.

Ale z kim?

Z bezpieką. Trzeba by do IPN pójść. Jakbyś tam sobie pogrzebał, tobyś coś ciekawego znalazł.

Ale jeszcze przed 1989 rokiem?

Tak. Z kolei pod koniec lat dziewięćdziesiątych „Nikoś" skumał się z takim Zacharem z Gdańska. No i zaczął ćpać i bawić się w porwania, czym się wcześniej nie parał.

Co oni wtedy ćpali? Koks? Czy coś innego?

Koks. No i 24 kwietnia 1998 roku „Nikosia" zastrzelili.

Okej, ale wróćmy do sprawy kantoru. Jak się to skończyło?

Sytuacja była trudna, bo nikt nie miał pomysłu na to, jak mnie operacyjnie stamtąd wyprowadzić. W dodatku mój kolega (nazywał się Wacławczyk), który prowadził rozpracowanie i miał kwity na pranie brudnych pieniędzy, chciał mnie zostawić ze wszystkim i wyjechać w pizdu na misję do Jugosławii. Powiedział mi: „Nie przejmuj się, wszystko będzie dobrze, jak coś, to pójdziesz do szefa PZ (Wydziału ds. Przestępczości Zorganizowanej) i wszystko załatwicie".

Pomyślałem: „Ja pierdolę, nikt mi nic nie mówi, wszyscy tylko klepią mnie po plecach, a tu trzeba wykombinować, w jaki sposób wyjść z kantoru". Na szczęście los mi pomógł, bo zacząłem się kłócić z tą narzeczoną kasjerką. I pod koniec już specjalnie wywoływałem kłótnie w pracy.

W końcu powiedziałem do właściciela:

– Piotrek, słuchaj, widzisz, jak jest, muszę chyba stąd odejść.

– Faktycznie, masz rację. Nie może tak być, bo to psuje wizerunek kantoru, a tu goście przychodzą, klienci.

No i dzięki temu odszedłem.

To nie łatwiej mu było kasjerkę wyjebać?

Nie, bo kasjerka była umoczona we wszystkie transakcje. Poza tym on ją znał dłużej ode mnie.

Okazało się, że do czasu zatrzymania ten mój kolega nie mógł wyjechać na misję do Jugosławii. Dostał taki warunek, że najpierw musi zamknąć sprawę kantoru. Zaczął się więc bardzo spieszyć z realizacją. A wiesz, jak się spieszysz z taką poważną sprawą, to zaczynasz robić różne babole.

I co się w końcu wydarzyło?

AT wjechało do kantoru, zrobili wielką aferę, a okazało się, że kasy nie ma.

Jak to?

Wacławczyk miał na bieżąco informacje, ile pieniędzy jest w kantorze, bo mu mówiłem, jakie przebiegają transakcje. Że cześć pieniędzy zostawia się w banku – na przykład dolary, a w kantorze zostają tylko złotówki. Do tego był układ między bankiem a kantorem, że nie trzeba odbierać forsy na przykład o osiemnastej, tylko można podjąć ją na drugi dzień. Czyli takie techniczne sprawy, na które mu zwracałem uwagę.

Tymczasem on do mnie dzwoni po zatrzymaniu i mówi:

– Kurwa, brakuje pół miliona dolarów. Czyli co, Majami, wiedziałeś, że będziemy wjeżdżać o szóstej, i w nocy ostrzegłeś właściciela, żeby zabrał pieniądze z kantoru?!

– Słuchaj, ja się tam pierdoliłem dwa lata z tym wszystkim, więc jak ty w ogóle śmiesz mnie o takie rzeczy podejrzewać? Jak możesz coś takiego robić, kurwa? A gdzie była wasza obserwacja? Przecież mieliście prowadzić za Piotrem obserwację. Wtedy by wyszło, czy ja się z nim spotkałem czy nie.

Policja była wściekła, bo choć mieli na całe towarzystwo dowody, chodziło im o to, żeby stuknąć bandytów na jak największą sumę dolarów. Przyjechałem do domu i pomyślałem: „Kuźwa, żeby mnie się udało wbić teraz w to grono z kantoru. Może wtedy czegoś się dowiem”. I tak zrobiłem.

Oczywiście od razu poszły gadki między ochroniarzami i kasjerkami, że pies, czyli ja, wystawił ich i tak dalej. No ale zaprosili mnie na spotkanie. Udawałem tam, że teraz będę miał przejebane, że wyjdzie na jaw, że tam pracowałem. A szefowa kasjerek mówi:

– Kurwa, zobacz, jacy to są debile, ci policjanci. Jak oni nas rozpracowywali? Przecież nic nie skumali.

O co jej chodziło?

O dziewiętnastej zamykali kantor, a ich dolary były zostawione w banku w Sopocie. Bo zadzwonili tam w ciągu dnia i powiedzieli do jakiejś przełożonej od tych transakcji: „Pani Krysiu, niech te dolary zostaną w banku do jutra, a o dziewiątej czy dziesiątej przyjedzie chłopak i je odbierze. A stało się tak, bo wszystkie złotówki zabrał z kantoru ochroniarz i zawiózł je do banku, ale dolarów z powrotem nie wziął, bo była już dziewiętnasta, więc stwierdzili, że niech te dolary zostaną, a jutro ktoś po nie przyjedzie. Rozumiesz, o co mi chodzi?

Tak.

No i o dziesiątej w Sopocie jeden z ochroniarzy miał odebrać te dolary. To zadzwoniłem do Wacławczyka i mu powiedziałem, że w piątek o dziesiątej na Bema w Sopocie ochroniarz będzie odbierał pieniądze z kantoru – bańkę dolarów. No i dzielni policjanci pojechali i go w końcu jebli, i zabrali te pieniądze.

Dostałeś jakiś medal, nagrodę za to?

Pieniądze. Kasy miałem w chuj, bo dali mi premię. Ale medalu żadnego nie dostałem.

A właściciel kantoru poszedł siedzieć?

Tak.

Ile dostał?

Sześć miesięcy.

Tylko?

Dostał sankcję. Wiesz, moim celem było zbieranie dla Jurka charakterystyk osobowych na temat ludzi, którzy znajdowali się w jego otoczeniu. Jakie robił z nimi interesy, jak wozili pieniądze, kiedy. A rozpracowanie całego systemu prania brudnych pieniędzy należało do Wacławczyka z policji, który to wszystko nadzorował operacyjnie. On miał za zadanie udowodnić wszystko procesowo. Gdybym wiedział, że on to zrobi na szybko, bo chce czym prędzej wyjebać do Jugosławii, to w życiu bym się tego nie podjął. Mało tego, gdyby dzisiaj służby badały taką sprawę, to właściciel kantoru już by siedział w więzieniu. Bo dzisiaj służby nie pozwoliłyby, żeby tak to poprowadzić. Po prostu gość miał szczęście, że Wacławczyk popełnił tak karygodne błędy. Dlatego wygrał w sądzie.

A tam faktycznie była pralnia brudnych pieniędzy?

Tak, tylko robiona w taki niedbały, mało profesjonalny sposób. Co ciekawe, z Piotrem znał się jeden komendant, który zresztą przychodził do tego kantoru. Pożyczył nawet od niego pieniądze na meble. Nie powiedziałem o tym, bo uważałem, że „to dobry komendant". I faktycznie był bardzo dobrym policjantem. Pozwalał nam pracować, lubił niekonwencjonalne metody, dawał premie. No ale pożyczył pieniądze z tego kantoru. A dzięki temu, że o tym nie powiedziałem, to on mi potem załatwił pracę w AT. Nie zostałem na lodzie.

Natomiast właściciel po tej sprawie zrobił się jeszcze większą szychą. Jak wyszedł, wszyscy zaczęli dla niego pracować. Wysoki funkcjonariusz brygady antyterrorystycznej, niektórzy antyterroryści, jeden policjant kryminalny, a nawet komendant. Gość wyszedł z powodu policyjnych niedoróbek i serii proceduralnych błędów. Ale na mieście zaczął robić z siebie człowieka, który zna w służbach wszystkich. A to nie koniec tej historii.

On miał jeszcze takiego wspólnika Adama. Powiedziałem chłopakom w policji, że właściciel kantoru nie pęknie, ale zrobi to ten Adam: „Musicie go, kurwa, zatrzymać za wszelką cenę. On wszystko powie, wyjaśni, jak cały ten mechanizm funkcjonował". I oni to spieprzyli, bo tego Adama nie zatrzymali. Uciekł. A potem okazało się, że adwokaci Piotra obalili cały materiał dowodowy, jaki udało nam się zgromadzić. Tak że ich klient został w końcu uniewinniony. Mało tego, jeszcze zapłacono mu odszkodowanie.

A cała kasa z kantoru, która została zdeponowana, wyparowała. Ktoś ją zajebał z sądu, bo jakiś sekretarz podrobił zgodę i wydał lewy kwit. Sprawa ucichła, a jak Piotrka spotkałem po roku, to przywitał mnie serdecznie, jakby wszystko było super.

A jeszcze ci taką ciekawostkę powiem. Po tym jak skończyła się już ta operacja, Wacławczyk kazał mi pojechać do Warszawy i tam poznałem ówczesnego dyrektora PZ-etu (czyli Biura do Walki z Przestępczością Zorganizowaną Komendy Głównej Policji) Adama Rapackiego, przyszłego współtwórcę CBŚ. To był rok 1996. Myślałem, że Rapacki coś wie na temat mojej roli w tej operacji. Ale nie wiedział nic. Okazało się, że Wacławczyk nic mu nie przekazał.

Opowiadał wyłącznie, że to jego zasługa, jego pomysły, że on wszystko rozpracowuje.

Grał na siebie.

Tak jest. Wytłumaczyłem Rapackiemu, jaką rolę odgrywam w tej operacji, ale on to zlał. Po prostu. Kilka lat później, jak został już szefem CBŚ, to chciał doprowadzić do mojego odejścia. Wszystko przez to, że Wacławczyk czuł się zagrożony, więc celowo wprowadził go w błąd i nagadał mu negatywnych rzeczy na mój temat. Ale dziwię się Rapackiemu, że sobie tego nie zweryfikował w żaden sposób, tylko uwierzył mu bezdyskusyjnie.

Potem Rapacki musiał odejść z policji i przeszedł do prywatnego biznesu. Wtedy założył stowarzyszenie byłych CBŚ-owców. Pojechałem kiedyś na ich spotkanie i jak on mnie zobaczył, to mu się głupio zrobiło. Mówię do niego: „No, panie generale, a jak pan teraz patrzy na mnie i na tę całą sprawę?". Więc mi odpowiedział, że gdyby dzisiaj była taka sytuacja, to by z tym Wacławczykiem postąpił zupełnie inaczej. I to mnie zadowoliło. Nie rozkminiałem tego dłużej. Wystarczyło mi, że generał poczuł się po prostu głupio.

Co się z tobą stało po akcji w kantorze?

Zrobiło się nieciekawie. Byłem prekursorem operacji pod przykryciem w tym kraju, ale ludzie nie wiedzieli, jak to działa, więc zaczęły się pojawiać domysły, że współpracowałem z gangsterami. Nagonka zrobiła się tak duża, że powstał nawet projekt, żeby mnie przenieść do Warszawy, gdzie akurat powstał wydział operacji specjalnych. Ale nic z tego nie wyszło.

W końcu zostałem przeniesiony do gdańskiego oddziału antyterrorystów, czyli pod dowódcę prewencji.

PRZESTĘPCZOŚĆ ZORGANIZOWANA

Jak cię tam przyjęli?

Oczywiście dowódca prewencji też myślał, że mam jakieś konszachty z gangsterami. Na dzień dobry usłyszałem: „Słuchaj, jest polecenie, żeby ci zabrać broń. Dowódca nie chce mieć tutaj takiego pracownika, bo się boi, że ty możesz coś odpierdolić, bo strzelasz, latasz i biegasz, kurwa. Zostajesz więc przeniesiony rozkazem do brygady remontowo-budowlanej".

Jakiś dramat. [śmiech]

Bo wiesz, w AT jest tak, że zbiera się rada starszych i decyduje, czy możesz z nimi pracować czy nie. Tak przynajmniej było wtedy w tym środowisku.

Ale pomyślałem: „Chuj, w tej sytuacji idę do komendanta". Poszedłem do niego, a ten pyta:

– Co tam słychać, Majami?

– Komendancie, przenieśli mnie do brygady remontowo-budowlanej…

– Gdzie cię, kurwa, przenieśli?

No i tego, co było dalej, nigdy nie zapomnę.

– Czekaj. – Złapał za słuchawkę, dzwoni do tego dowódcy prewencji i mówi do niego: – Kurwa, jeżeli przenoszę policjanta rozkazem, to na chuj się wpierdalasz w te klocki? Daj chłopakowi pracować spokojnie, niech się zajmuje robotą i masz się od niego odpierdolić.

Jebnął tą słuchawką i pyta mnie:

– Zadowolony?

– Zadowolony.

– To idź tam teraz z powrotem.

Poszedłem i miałem spokój. Ale żeby zaistnieć w AT, znowu trzeba było wszystko, kurwa, zaliczać – ćwiczenia i unitarki.

Na czym polegały te unitarki?

Chodzi o to, że jak przychodzisz taki całkiem świeży, to musisz pozaliczać rzeczy typu biegi, tor z przeszkodami. Do tego jest takie szkolenie, że cię jeszcze dojeżdżają psychicznie. Jak tego nie zaliczysz, to nie wyjedziesz do pracy bojowej.

Byłeś wysportowany wtedy?

No, teraz też jestem.

Miałeś czas, żeby ćwiczyć, jak zapierdalałeś dwadzieścia cztery godziny na dobę w policji i kantorze?

Jak już wiedziałem, że zostanę tam przeniesiony, to zacząłem się przygotowywać. Oczywiście nie byłem aż tak sprawny jak po roku, od kiedy zacząłem trenować. Ale oni zobaczyli, że zacząłem biegać, chodzić na siłownię, czyli po prostu się starać. Im się to spodobało i zaczęli mnie tolerować.

Na początku miałem opinię oszołoma, który, kurwa, łazi i strzela. A u nich jest cała masa przepisów – to wolno, tego nie wolno, na strzelanie trzeba mieć zgodę i tak dalej. Takie były wtedy procedury w AT. Ale zobaczyli w końcu, że nie jestem wariatem, do tego zapierdalam i nie potrzebuję żadnego wsparcia. Zaczęli mnie więc zabierać na szkolenia, poligony i wyjazdy.

W pewnym momencie przyszła do mnie rada starszych i mówią:

– Słuchaj, Pieczona – tak na mnie tam mówili – bo ty znasz wszystkich z miasta, a my tu mamy taki problem. Znamy właściciela pubu FM w Sopocie, a do niego ciągle jacyś haraczownicy przychodzą i awantury robią.

– Przecież jesteście policjantami. Nie wiecie, co robić?

– Chodź tam z nami, to ci powiemy, który to jest.

Przychodzimy do knajpy, poznałem właściciela i ten mi mówi, który to haraczownik go męczy. Wskazał mi nawet palcem, bo gość akurat tam siedział. No to podszedłem do niego, strzeliłem mu z liścia i mówię:

– Słuchaj, kurwo, ostatni raz byłeś w tym pubie. Zapamiętaj.

A ci stoją i pytają:

– Kurwa, to tak można?

Od tamtej pory już mnie traktowali jak swojego.

Potem zaproponowali mi, żebym stał z nimi na bramce na Helu. To była dobra robota, bo wiesz – znałem chłopaków z miasta, jak zobaczyli, że my tam we Władysławowie stoimy, to mieliśmy święty spokój. Z tym jest zresztą związana jedna historia.

Kupiłem sobie golfa jedynkę, wyremontowałem go i odpicowałem. Ostatni dzień sezonu, rano zasuwamy z bramki do roboty do AT. W pewnym momencie mi się przysnęło i uderzyłem w inny samochód. No i cała robota przy golfie poszła w pizdu.

Ubezpieczeń wtedy nikt nie robił, nie?

Co ty? W ogóle takich rzeczy nie robiłem, nawet jak były.

Jarosław Pieczonka (siedzi pośrodku) w Podoficerskiej Szkole Zawodowej Wojsk Łączności w Legnicy, Służba Ruchu Radio, 1987 rok.

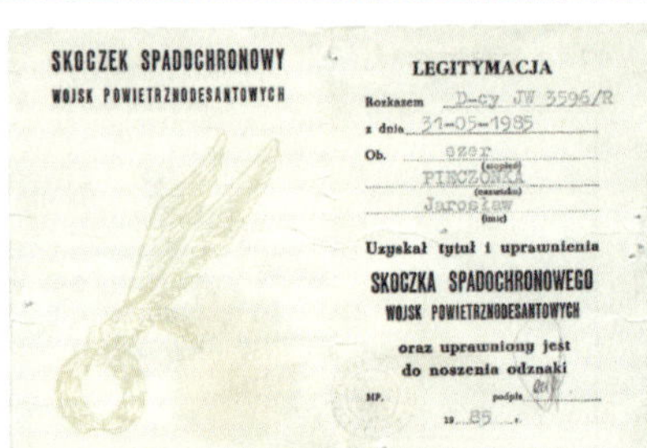

SKOCZEK SPADOCHRONOWY
WOJSK POWIETRZNODESANTOWYCH

LEGITYMACJA

Rozkazem D-cy JW 3596/R
z dnia 31-05-1985
Ob. szer
(stopień)
PIECZONKA
(nazwisko)
Jarosław
(imię)

Uzyskał tytuł i uprawnienia
SKOCZKA SPADOCHRONOWEGO
WOJSK POWIETRZNODESANTOWYCH
oraz uprawniony jest
do noszenia odznaki

MP. podpis

19 85 r.

Szkolenie strzeleckie Samodzielnego Pododdziału Antyterrorystycznego Policji (SPAP) Gdańsk, poligon Strzepcz, 1997 rok.

Na sąsiedniej stronie:
Jarosław Pieczonka w jednostce wojskowej JW 35-96/R, pluton specjalny. Przygotowanie do wyjazdu na poligon Jaworze, Lębork, 1986 rok. W wyposażeniu spadochron D-5.

Zdjęcie w mundurze wyjściowym, 1985 rok.

Legitymacja Skoczka Spadochronowego Wojsk Powietrznodesantowych (WPD), uprawniająca do noszenia odznaki skoczka spadochronowego WPD, tzw. gapy. Dokumentuje 15 oddanych skoków w latach 1985–1986.

Obóz wysokogórski SPAP Gdańsk w Karłowie, zjazd na linie w wodospadzie, 1996 rok.

Szkolenie płetwonurków III klasy, SPAP Gdańsk, 1987 rok.

Szkolenie SPAP Gdańsk na poligonie Wędrzyn, 1987 rok.
W tle miasteczko wybudowane specjalnie w celu szkolenia jednostek specjalnych.

Szkolenie Zespołu Bliskiego Zabezpieczenia (ZBZ) w Legionowie, 2001 rok.

Doskonalenie umiejętności jeździeckich w wolnym czasie.

Jarosław Pieczonka jako operator ZBZ. Liczenie pieniędzy przed transakcją w trakcie operacji specjalnej dotyczącej zakupu nielegalnych papierosów, 2000 rok.

Operacja specjalna przed wyjazdem do Hiszpanii mającym na celu m.in. ustalenie miejsca pobytu Andrzeja Z. – „Słowika". Obsługa sprzętu nagrywającego po zakończonym spotkaniu z figurantem.

Po operacji specjalnej – operator ZBZ z bronią i sprzętem łączności.

A miałeś jakieś ciekawe akcje, pracując w AT?

Pewnie. Pamiętam szczególnie jedną. Kryminalni wzięli nas na zatrzymanie do Rumii. Chodziło o takiego haraczownika. No i walimy do drzwi jego mieszkania, a on nas zaczął wyzywać. „Wy, kurwy, spierdalajcie, wypierdalajcie!" i tak dalej. Powiedział, że ma wyjebane i drzwi nie otworzy.

A ja znałem tego typa. To był gość z grupy „Wróbla". No więc mówię do tych kryminalnych, że może z nim pogadam. Bo po co wszystko rozpierdalać. Oni się zgodzili. To mówię:

– Maciek, otwórz te drzwi.

– O ty, kurwo jebana! Ciebie też tu przysłali? Wypierdalaj stąd!

No to już wiedziałem, że skoro tak bardzo nie chce otworzyć tych drzwi, to znaczy, że po prostu coś tam ma – na przykład prochy – i potrzebuje czasu, żeby je skitrać.

W końcu rozwaliliśmy te drzwi i weszliśmy do środka. Ten do mnie znowu:

– Kurwo jebana! Jak wyjdę, to cię rozjebię!

Dostał parę liści na ochłodę i mówię do niego:

– Maciek, przecież wiem, dlaczego tych drzwi nie otwierałeś. Ty masz tu gdzieś klamkę schowaną. Na sto procent.

– No to, kurwo, szukaj.

Ale widzę, że ci kryminalni z Gdyni w ogóle nie potrafią sobie z tym poradzić. To sam zacząłem łazić po domu i się rozglądać.

Wchodzę do łazienki i widzę komin wentylacyjny. Włożyłem w niego rękę, ujebałem się cały, ale wyciągnąłem takie zawiniątko. W środku była tetetka. Podchodzę do tego Maćka i mówię:

– No i widzisz? Na chuj mnie wyzywałeś? To twoja klamka, nie?

– Pierdol się!

A wiesz, jako człowiek z AT nie powinienem brać w ogóle udziału w przeszukaniu. My robiliśmy tylko za asystę. Ale ten mnie zaczął znowu wyzywać:

– Ty, kurwo jebana! Zajebię cię!

Więc wsadziłem mu tę klamkę do ręki, bo wcześniej wyczyścił odciski, i powiedziałem:

– Teraz jest już twoja.

On uchodził za twardziela, ale potem zaczął mięknąć. Parę lat później, jak już nie pracowałem w policji, doradziłem szefowi CBŚ, żeby go zwerbowali. Powiedziałem:

– Słuchaj, gość wyszedł z pudła, jest do zwerbowania. On jest przygotowany. Weź go, bo ma jeszcze jakiś stary wyrok do odsiadki. – Dałem mu całą charakterystykę. I ten gość potem sprzedał „Wróbla". Czyli miałem dobre oko.

W AT zdarzały się też śmieszne sytuacje.

To znaczy?

To było bardzo specyficzne środowisko. Ciągle się tam sprawdzało czyjś charakter – czy jesteś twardy czy miękki. Robiliśmy też sobie różne psikusy. Opowiem ci o jednej sytuacji.

Zawsze na koniec zmiany była zbiórka na korytarzu. Przychodził dowódca, mówił, co będziemy robili na drugi dzień, odczytywał rozkazy. Na sam koniec pytał, czy są jakieś uwagi, pytania. No i raz mój kolega z sekcji bojowej, ksywa Żagiel, powiedział:

– Proszę dowódcy, mam taką uwagę.

– Słucham.

– Chciałem zauważyć, dowódco, że od jakiegoś czasu na kompanii są rozdawane środki czystości: mydło, proszek, płyn do czyszczenia szyb. Problem w tym, że tych środków to na drugi dzień już nie ma.

– Co w związku z tym?

– No ktoś po prostu wynosi te środki czystości. W dniu dzisiejszym, o godzinie jedenastej, środki czystości zostały przydzielone na nasz pokój i wszystkie od razu zginęły.

– Nie ma innego wyjścia. Trzeba wszystkie torby otworzyć, przeszukać i sprawdzić. Tak że proszę, niech każdy podchodzi z torbą i ją otwiera.

Ja patrzę do swojej, a tam, kurwa, proszek Ixi, wybielacz Ace i tak dalej. I od razu zaczęły się jaja – to jest, kurwa, ten złodziej. „Co, Pieczona, nie masz proszku w domu?", „Kurwa, trzeba środki czystości chować przed Pieczoną". Takie jaja sobie robiliśmy.

Z AT przeszedłeś do gdańskiego PZ-etu. Jak to się odbyło?

Jurek z kontrwywiadu powiedział mi, że już przyszła pora, żebym szedł dalej, bo przycichła sprawa z tamtym kantorem. Uderzyłem więc do przestępczości zorganizowanej i na wejściu dostałem inwigilację „Nikosia". Stwierdzili, że skoro znam kantorowe środowisko, najlepiej się do tego nadaję.

Na czym ta inwigilacja miała polegać?

Miałem się dowiedzieć wszystkiego na temat „Nikosia". Gdzie chodzi, z kim chodzi, jakie ma kochanki, gdzie sra, po prostu wszystko. No i oczywiście kwity, kwity i jeszcze raz kwity. Czyli inwigilacja totalna.

Ale jeździłeś za nim czy wynajmowało się do tego „betkę", technikę operacyjną?

Nie musiałem, bo znałem całe środowisko po akcji w kantorze. Jak się chciałem czegoś dowiedzieć, szedłem do jednej czy drugiej knajpy. W marcu bodajże dostałem szyfrówkę z Warszawy, że chcą

„Nikosia" zabić – informacja pochodziła od Jarosława Sokołowskiego, pseudonim „Masa". Więc policja miała obowiązek „Nikosia" ostrzec.

Ty też w tym uczestniczyłeś?

Tak.

Ale jak to? Pojechaliście po prostu do niego, tak na legalu?

Na legalu. Spotkaliśmy się z nim na mieście i powiedzieliśmy, że mamy obowiązek go o tym poinformować. On nam odpowiedział, że wie, że dostał już wcześniej taką informację. Tak naprawdę kompletnie to zbagatelizował, nie wierzył, że ktoś to zrobi. My oczywiście objęliśmy go dyskretną obserwacją, żeby wiedzieć, co jest grane. A ja i tak dalej prowadziłem inwigilację.

No i 24 kwietnia dzwonią do mnie z wydziału i mówią:

– Słuchaj, jedź do klubu Las Vegas, bo jebli „Nikosia".

Wtedy w ogóle była cała seria zabójstw. Zabili też między innymi „Szwarcenegera", a także gangstera, którego na potrzeby tej rozmowy nazywajmy Igrek.

A jak zginął „Nikoś”?

Siedział w VIP roomie w klubie, no i ktoś wszedł tam w kominiarce, i go odstrzelił. Dostał dwie kule, jedną w skroń. Z chłopakami wynosiliśmy go w worku.

Nie było tam wtedy monitoringu?

Nie.

A ten gość przez cały klub przeszedł w kominiarce?

Tak, facet włożył kominiarkę i przelazł przez klub. Słuchaj, tam trwała zabawa, oni byli wszyscy naćpani, a ktoś „Nikosia” po prostu wystawił i tyle. Po tej serii zabójstw komendant wojewódzki powołał specjalną grupę operacyjno-śledczą. W jej skład weszli wszyscy policjanci, którzy mieli jakieś pojęcie o sprawie – w tym ja. Oprócz mnie był jeszcze jeden gość z PZ-etu, dwóch z kryminalnego i jeden z dochodzeniówki. No i zaczęliśmy rozpracowywanie. Ale wiesz, tam była też rywalizacja między PZ-etowcami a kryminalnymi. Tych dwóch kryminalnych to były stare wygi, które potrafiły wykorzystać to, że robią wynik na nie swoich informacjach. Czyli koledzy im coś podpowiadali, a oni to brali jako swoje. Dlatego przyszedł do mnie szef PZ-etu i mówi:

– Słuchaj, my jako PZ musimy z tego wynieść jakąś korzyść. Masz mi mówić o wszystkim, czego się dowiesz.

Dodał też, że mam się zakręcić przy kochance zabitego pomorskiego gangstera Igreka.

A ile ona miała lat wtedy?

Trzydzieści. Zacząłem jeździć do tej Moniki, spotykać się z nią i poznawać jeszcze lepiej to środowisko.

A pod jakim pretekstem tam jeździłeś?

Żeby ją ochraniać. Ona się bardzo bała, bo nie wiadomo było, co się wydarzy. To był rok 1998. Wiesz, jaki był wtedy klimat. Niedługo po „Nikosiu" i Igreku zabili Papałę. Nie wiadomo było, „o co kaman". Tu trafili tego, tam tamtego. Ale w pewnym momencie zaczęliśmy się do siebie zbliżać. Wiesz, ja tam nocowałem – ona na górze, a ja na dole.

W jej domu?

Tak, ale do niczego na początku nie dochodziło. Ona miała też innych ochroniarzy. Ale z czasem zaczęła się ze mną pokazywać na mieście, a w środowisku zaczęli się wkurwiać, że ma takie układy, że PZ-etowcy z nią jeżdżą i tak dalej.

W końcu ona dzwoni do mnie i mówi, żebym przyjechał, bo jej ochroniarz, Robur, nie może z nią zostać (to był zresztą ochroniarz podesłany z kantoru). Już wtedy czułem, co się kroi. Przyjechałem, a Robur faktycznie mówi do mnie, że musi spadać. Tyle że ona tak naprawdę sprowokowała taką sytuację, że on musiał do domu pojechać.

Jak polazł, to ona zeszła z góry w szlafroku. Taka bladź, że ja pierdolę. No i co masz zrobić? Prowokuje, a jak nie zareagujesz, to jeszcze sobie pomyśli, że jestem pedałem. A ja byłem przecież kawalerem. No i zaczęło się figlowanie.

Słuchaj, ona mi pokazała później ten prawdziwy, bogaty gangsterski świat. Żebym miał wtedy kogoś mądrego obok siebie, który by mnie poprowadził... A tak omotała mnie, o czym nawet nie wiedziałem. A potem zaczęła wykorzystywać moją pozycję, zbierać pieniądze od dłużników Igreka, knuć intrygi pod legendą, że niby pomagam jej ściągać te długi.

Jaka była ta partnerka Igreka? Babka w stylu „cały rok sylwester"?

Piękna była. Zauroczyłem się w niej, bo... była po prostu kobieca... i taka koncertowa w łóżku... Mam ci szczegóły opowiadać? A to cię po uchu całowała, a to po sutku, takie czułe punkty faceta znała. Była bardzo kobieca, a zarazem wyuzdana.

Zawsze w szpilach. Jak siedziała i ze mną rozmawiała, to co chwilę po włosach przejechała, schowała je za ucho, patrzyła w oczy. A jak robiła laskę, to też w odpowiedni sposób. Delikatnie, rytmicznie, z odpowiednim dotykiem języka.

Jak się pieprzyliśmy, to jeszcze mruczała przy tym: „Tak, zrób to tak, a to tak". Uwielbiała pozycję na jeźdźca. Siedziała na mnie, patrzyła mi w oczy i poruszała się w przód i w tył, bardzo wolno. Ona nie lubiła ostrego seksu, tylko tak powoli, równomiernie. Wtedy robiła się mokra i pytała: „Czy jest ci dobrze? Jaka jestem mokra". Lubiła też od tyłu, ale zawsze się odwracała, bo mówiła, że podnieca ją, kiedy patrzy, jak ją posuwam.

Jarek, pierdolnąłeś opis jak z *Pięćdziesięciu twarzy Greya*... [śmiech]

Przedstawiam ci jej portret psychologiczny. Jeszcze jedna istotna rzecz w naszej relacji – do orgazmów dochodziliśmy wspólnie. Ona, jak już czuła ten moment dochodzenia, to pytała: „Czy jesteś gotowy?". No i kończyliśmy razem.

Bywała wulgarna?

Nie, nigdy. Była bardzo kobieca, udawała niewiniątko, zawsze niezwykle subtelna i elegancka.

Była też bardzo spontaniczna. Kiedyś poszliśmy w Krakowie, po filmie *Ogniem i mieczem*, do jednej restauracji. Nagle zaczęli grać *Dumkę na dwa serca*. To wskoczyliśmy na stół, zrzuciliśmy szklanki i zaczęliśmy tańczyć i śpiewać. Ludzie wokoło byli pod wrażeniem, że takie rzeczy robimy. W sensie, że wiesz – to nie był jakiś wandalizm z naszej strony. Po prostu było to takie fajne, spontaniczne.

A kto pierwszy wskoczył na stół? Ty czy ona?

Ja i pociągnąłem ją za sobą. Wyczułem moment po prostu. Strasznie jej się to spodobało, że była w centrum zainteresowania. Jak potem poszliśmy do niej do domu w Krakowie, to znowu nie mogliśmy wyjść z łóżka.

Koledzy z pracy wiedzieli, że z nią sypiasz?

Po naszej pierwszej nocy przyszedłem do roboty i powiedziałem chłopakom:

– Kurwa! Wiecie, co się stało? Przespałem się z babką Igreka!

– Jasne, kurwa, z kim ty nie spałeś. – Nie chcieli mi uwierzyć. Ale poczułem taką nutkę zazdrości. Bo oni uważali się za większych przystojniaków, a ona właśnie lubiła typ „męskiego” faceta.

Zadzwoniła do mnie na ten drugi dzień gdzieś koło dziesiątej.

– Gdzie jesteś?

– W robocie

– Przyjedź do mnie, nie ma córek.

– Co ty, w robocie jestem...

– Przyjedź, jestem mokra...

No i pojechałem.

Pamiętam, że deszcz też wtedy padał. Wchodzę, a ona ubrana w taką czarną sukienkę, w szpilkach... Poszliśmy do sypialni.

Później robiliśmy to na różne sposoby i w różnych okolicznościach. W aucie, w pociągu, w toalecie w knajpie... Tak dawaliśmy czadu na umywalce, że się w końcu spierdzieliła na podłogę. W ogóle ona miała takie różne fantazje. Kiedyś ją bzykam, a ona mi na ucho szepcze:

– Weźmiemy drugiego faceta i ja mu zrobię laskę, a ty się będziesz patrzył. Strasznie mnie to podnieci. Zgodzisz się? Powiedz, że się zgadzasz?

– Tak, tak. – Taka konwersacja podczas bzykania, rozumiesz. Można powiedzieć, że połączył nas rewelacyjny seks.

Ona miała zresztą różne ciekawe akcje z gangsterem Igrekiem. Na przykład mówił jej:

– Idź się rżnąć z moim kolegą.

– To mi zapłać.

– Okej.

No i poszła się bzykać z jego przyjacielem.

Kiedyś uprawiali seks we czwórkę w Marriotcie – ona, Igrek, jego przyjaciel i żona tego przyjaciela. Problem w tym, że Igrek nie chciał posuwać żony przyjaciela, bo była strasznym pasztetem. A ta żona, jak zobaczyła, jak jej mąż obraca Igrekową, dostała szału. Zdemolowała cały pokój w hotelu. Ten przyjaciel zakochał się zresztą w Igrekowej i przyjeżdżał do niej w nocy, jak nie było Igreka, klęczał przed domem i prosił: „Błagam, bądźmy razem, bądźmy razem".

Przez te wszystkie akcje z Igrekową Igrek zaczął w końcu ćpać.

Koks czy co?

Koks.

A czemu ćpał?

Bo miał przez nią doły. Ona cały czas zagarniała pieniądze. Chciała nim manipulować, wtrącała się do biznesów, układów. Mówiła: z tym kolegą rób interesy, z tamtym nie rób. Chciała być szefową. Gangster Igrek był od niej uzależniony psychicznie.

A ona zaczęła ci robić jakieś prezenty, ubierać cię?

Nie. Ale zaczęła mi pokazywać ten świat, mówić, jak mam się ubrać. Pytała mnie: „Jakie ty buty nosisz?”. Buty to musiały być co najmniej za koło kupione. Zacząłem przy niej poznawać różne luksusowe marki, zegarki… Został jej opór pieniędzy po Igreku. A rozrzut miała jak haubica, kurwa. Jak się wyprawiała do Krakowa, żeby długi odebrać, to często samolotem. Kupowała jakieś mieszkania, dom remontowała dwadzieścia razy w roku. Włoskie kafelki kładła, a jak jej się coś nie podobało, to od razu wyrzucała.

Raz, jak poszliśmy do Marriottu, do sklepu Versace, to mi kazała marynarkę za cztery tysiące kupić. Pomyślałem: „Ja pierdolę, co za kasa za ciuch”. Ale wiesz, chodziło o to, żeby się pokazać. No to kupiłem. Innym razem poszliśmy do zegarmistrza w Krakowie. Tam kazała mi przymierzyć zegarek za pięć tysięcy. Znowu swoje sobie pomyślałem. A ona: „Kup, kup”. No i kupiłem swojego pierwszego breitlinga. Ale wiesz, wtedy miałem kasę, bo dorabiałem, robiąc osłonę kontrwywiadowczą dla jednego z najbogatszych ludzi w Polsce.

Tak, ona dużo opowiadała mi o tym świecie – o gangsterach, o Igreku. A we łbie cały czas miała intrygi. No i mną też manipulowała.

I ona rzeczywiście przez jakiś czas rozstawiała biznesy Igreka w mieście?

Tak. Z początku nie wiedziałem, o co chodzi. Była na przykład taka sytuacja. Miasto zorganizowało sylwestra w hotelu Marina. Monika mówi do mnie po północy:

– Chodź, przejedziemy się na tę imprezę.

– Ale przecież zobaczą nas razem.

No nic. Wchodzimy. Ja odpicowany w garnitur, ona mnie pod rękę bierze. A tam ci wszyscy miastowi byli. Myślałem, że chuj ich spali, rozumiesz? A ona to wszystko wykorzystywała. Że niby ma tu ochronę, że buja się z Majamim, że ma układy z CBŚ. I cały czas sobie tym grała. Niedługo potem sobie na nią teczkę założyłem.

Dlaczego?

Było takie zdarzenie. Wyszedłem od niej nad ranem. Wchodzę do siebie do klatki, idę do góry i patrzę – a tam spod stopnia schodka wychodzi żyłka. Przypięta do podłogi. Bo tam były takie schody drewniane. Mówię: „Kurwa mać, jakieś jaja sobie ktoś robi?". Podchodzę bliżej, patrzę, a tam taka puszka zielona i zapalnik spod niej wystaje. „Kurwa, ja pierdolę, co to jest?" Zaglądam do tej puszki, a tam zapalnik wsadzony – i plastik. Jakbym nacisnął na stopień, toby jebło. W pierwszej chwili myślę sobie: „Kurwa, powinienem zadzwonić po prostu na policję.

Ale zaraz powiedzą, że jestem z mafią powiązany, że to jakieś rozliczenia albo coś".

No to zadzwoniłem do takiego kolegi z AT, pirotechnika. Zajebisty mój *friend*.

– Weź przyjedź, zobacz to.

A on:

– Słuchaj, Jarek, nie pierdol się, tylko dzwoń normalnie do przełożonych i mów, co się dzieje.

No dobra. Zadzwoniłem. Oczywiście miałem świadomość, że od razu będą ludzi z kamienicy wyprowadzać. Karetki przyjadą, i tak dalej. Ja pierdolę. Telewizja. I tak się zastanawiałem, czy ktoś specjalnie tego nie zrobił, żeby mnie wystraszyć. Ale przyszło mi też do głowy, że ktoś mnie obserwuje na zewnątrz i jak będę to wynosił, to mnie przyłapie na tym, że mam ładunek wybuchowy, więc w końcu zadzwoniłem.

Zjechała się policja, w tym komendant rejonowy. Taki udzielający się policjant. Nie poczekał na pirotechników ani nic. Sam to wziął i wyniósł. A potem przyjechali pirotechnicy i mówili: „Co on odpierdolił? Dobrze, że go nie wysadziło".

Czyli nie zrobił ewakuacji?

Z klatki tylko. Ludzie byli w ciężkim szoku. No i zaczęliśmy robić jazdy po mieście, żeby pokazać, że się nie boimy. Że się nie chowamy do nory. To wszystko się rozegrało rano, a wieczorem dzwoni do mnie matka i mówi: „Jarek, przyjeżdżaj do domu, bo jest druga bomba".

Zapierdalamy cywilnymi radiowozami, przyjeżdżamy, a tam okropny smród. Przy krawężniku szła ciurkiem ciecz, w górnej części ulicy leżał plastikowy kanister z wydrążoną dziurką. A ta ciecz sączyła się wprost do mojego samochodu.

To była benzyna?

Nie, specjalnie zrobiona ciecz palna – jak napalm. Ktoś mi chciał samochód rozpieprzyć, ale jak zaczęło smrodzić, to prawdopodobnie jakaś babina się z okna rozdarła i ten, kto to miał robić, wystraszył się, rzucił wszystko w pizdu i uciekł. Później, jak te bomby ujawniono, naczelnik kryminalnego z Gdyni i wszyscy jego ubecy zaczęli dorabiać do nich historię – że ja się z gangsterami nie rozliczyłem, że sprzedawałem im jakieś informacje, a one się nie potwierdziły, i że to, kuźwa, jest na bank korupcja jakaś. Całą ideologię do tego dokładali, bo już im nie pasowałem na mieście, bo zacząłem im psuć interesy, ścigać ludzi, którzy im płacą.

Po tej akcji szef PZ-etu powiedział, żebym wziął sobie trochę wolnego i odpoczął psychicznie. Mówię: „Spokojnie, szefie, damy radę". Ale on podejrzewał, że mam regularny romans z babką gangstera Igreka, tylko się do tego nie przyznałem. I właśnie po tych bombach założyłem Monice teczkę jako mojej informatorce. Rozumiesz? Zacząłem normalnie sporządzać kwity.

Tuż po tej sprawie z bombą znowu pojechaliśmy razem do Krakowa. Wcześniej szef mnie zapytał, gdzie będę. Odpowiedziałem, że u brata, czyli jakieś sześćdziesiąt kilometrów od Gdańska. No i teraz słuchaj.

Siedzę w tym Krakowie, świeżo po figlowaniu, godzina ósma rano, popijam kawkę. A tu dzwoni zastępca szefa i mówi:

– Majami, gdzie ty jesteś? Bo tu trzeba jakieś czynności z tobą zrobić.

To mówię, że sześćdziesiąt kilosów od Gdańska. A on:

– No to dawaj, za godzinę tu będziesz.

Tłumaczę, że za godzinę nie, bo coś tam. A on:

– Dobra, ale o piętnastej masz być w wydziale.

Myślę sobie: „Ja pierdolę". A miałem wtedy golfa VR6, więc wziąłem na dach koguta i w pięć godzin zajechałem. Jak wdepnąłem w gaz, to ten kogut prawie się odklejał od dachu.

To ile kilometrów zrobiłeś?

Z Krakowa do Gdańska – jakieś pięćset. Ludzie się gapili, bo to taki śliwkowy VR6 był – myśleli chyba, że jakieś specsłużby.

A jak było dalej z Moniką?

W końcu rozpuściła wszystkie pieniądze po Igreku i jeszcze kasę ode mnie pożyczyła. Sto tysięcy złotych.

W jakim czasie ona wydała to wszystko?

W dwa lata.

A ile tego miała?

Milion dolarów? Nie wiem dokładnie ile, ale miała w chuj pieniędzy.

I ona to wszystko rozpiździła...

Jak karabin albo działo bezodrzutowe. Bezsensownie wydawane pieniądze. Na ciuchy, na różnego rodzaju bzdury.

I od ciebie pożyczyła jeszcze stówę z twoich odkładanych.

Tak. I mówię do niej tak:
– Wiesz, że się podobasz jednemu biznesmenowi, którego znam?
– A jak, a co, a skąd wiesz?

– Przecież widzę.

A ten biznesmen miał takie ciągotki, że on tylko laski miastowe brał.

W sensie z przestępczości, dupy gangsterów?

Tak. Albo z miasta, albo piosenkarki. Wyjątkowo miał też raz Miss Polonię. Ale generalnie lubił takie kobiety z jajem. W każdym razie Igrekowa mi powiedziała, że już nie ma kasy, ale że ma taki pierścionek z brylantami, tylko że nikt go nie chce kupić, bo za drogi. To mówię (bo ona znała tego biznesmena z czasów, kiedy żyła z Igrekiem):

– Słuchaj, wiem, że ty się jemu podobasz. Zrobimy tak, że normalnie pójdziesz do niego, powiesz, jak się nazywasz i jaki masz problem, i że słyszałaś o nim, że lubi ludziom pomagać. Powiesz, że chcesz pożyczyć pieniądze, a pierścionek zostawiasz w zastaw.

Oczywiście wiedziałem, w jakim momencie tam ją posłać, ponieważ robiłem już wcześniej biznesmenowi takie zajawki, że „ta Monika Igrekowa to taka zajebista laska". Bo wiesz, jak spotykaliśmy się z tym biznesmenem, to najpierw gadaliśmy o naszych sprawach, potem co w mieście słychać, a na końcu ploteczki.

No i wyobraź sobie, że poszła i przyniosła kopertę z siedemdziesięcioma tysiącami w środku.

Pierdolona. I zaczęła się z nim regularnie spotykać. Z jej dziećmi zostawałem, jak ona do Warszawy jeździła się z nim przespać. No bo nie mogła ich przecież samych zostawiać. Oddała mi ze trzydzieści koła, ale później jej odjebało i przestała zwracać kasę. W pewnym momencie wpadła na taki pomysł, że zawrzemy następujący układ: jedna nocka za dziesięć tysięcy złotych. Czyli że będę z nią sypiał, a dług będzie znikał. A w zasadzie zniknie po siedmiu ruchaniach. [śmiech] Postukałem się w głowę.

Potem zaczęła znowu jakieś intrygi knuć, bo zdobyła od tego mojego biznesmena bardzo dużą wiedzę na różne tematy. No i któregoś dnia przyjechał z Warszawy do Trójmiasta taki Piotrek Wróbel z CBŚ – ten, który zwerbował Masę. On był też szefem grupy operacyjno-śledczej rozpracowującej Pershinga. No i jedziemy samochodem na jakieś czynności, a on nagle do mnie mówi:

– Ty, Majami, nie przeginasz aby, kurwa?

– Czego ode mnie chcesz?

– Na chuj ci ta Monika Igrekowa?

– Co ty pierdolisz?

– To już cała Polska o tym huczy, że ty masz z laską Igreka romans. Dobra, Majami, to ja ci coś powiem. I albo to zakończysz, albo nie.

– No, słucham. Możemy pogadać.

– To słuchaj. Igrekowa pojechała kiedyś do Katowic do auto-handlu (tu mi powiedział do kogo).

– No, znam.

– Facet pożyczył pieniądze od Igreka. Ona nie miała żadnych kwitów, tylko w zeszycie coś tam wpisane, że był ten dług. I zaczęła tobą tego faceta straszyć. Normalnie, że jak nie, to Majami tu przyjedzie i mu łeb urwie. A wiesz, kogo ten facet zna? Masę, kurwa, zna. A Masa jest naszym podopiecznym. Mało tego, Masa zeznał to na protokół.

– Dobra, to chuj z nią.

I od tego czasu przestałem się prowadzać z Moniką Igrekową.

BIZNESMEN

Jak trafiłeś do Bauma?

To był 1998 rok. Byłem już wtedy w nowo powstałym CBŚ. Jurek z kontrwywiadu powiedział mi, że ktoś będzie chciał wykorzystać moją legendę. Jeden z bardzo bogatych ludzi będzie chciał, abym robił dla niego osłonę kontrwywiadowczą. Jurek powiedział też, że wkrótce spotkam się z facetem, który jest człowiekiem tego biznesmena. Na potrzeby naszej rozmowy mówmy o tym biznesmenie Baum. Pochodził z Luksemburga, a większość interesów prowadził z Ruskimi. W mieście o nim huczało, bo robił wystawne imprezy, na których roiło się od celebrytów. No i rzeczywiście, spotkałem się z tym człowiekiem od Bauma.

– Słuchaj – mówi – ja cię znam. Wiem, że sześć miesięcy mieszkałeś na komendzie w Gdyni, że byłeś aktywnym policjantem, że teraz jesteś w tej grupie, która rozpracowuje zabójstwo „Nikosia". Jesteś facetem z jajem, i ten mój Baum chce cię poznać.

No i spotkałem się z Baumem, a on mi zaproponował pracę.

Facet zabezpieczał się na paru poziomach, żeby dowiedzieć się, czy jakieś informacje na jego temat krążą w środowisku. Na przykład na stypę po pogrzebie „Nikosia" wysłał swoją bliską znajomą, żeby wyłapywała plotki. Jako ciekawostkę dodam też, że na tej stypie pojawił się również Ryszard Bogucki – rzekomy płatny zabójca, który dostał zarzuty za Pershinga, choć ja myślę, że Pershinga zabił ktoś inny.

Zacząłeś pracować dla Bauma. Nielegalnie?

Tak. Bo nie można było dorabiać w ten sposób. Ale stwierdziłem, że to świetna okazja, żeby wniknąć w środowisko tego biznesmena i zebrać informacje na temat jego potencjalnie nielegalnych działań. Chciałem uniknąć tego, co stało się w kantorze, gdzie cała operacja została zmarnowana przez zaniedbania Wacławczyka. Opowiedziałem też Jurkowi o przebiegu spotkania z Baumem, a on mi na to: „Obudź się, ogarnij, czeka cię poważna sprawa. Przypomnij sobie wszystkie rzeczy, o których cię uczyłem. Bo teraz nie dostaniesz żadnej pomocy znikąd. Masz się zalogować u Bauma, zdobyć jego zaufanie, a potem gromadzić informacje. Masz rozpoznać jego środowisko i jak przyjdzie odpowiedni moment, to przekażesz te informacje ludziom, którzy będą je chcieli wykorzystać w słusznej sprawie".

Czyli w pewnym sensie zostałeś takim „śpiochem"?

No tak. Zacząłem wykonywać dla Bauma osłonę kontrwywiadowczą. Oczywiście wiązało się to dla mnie z zarabianiem dużych pieniędzy – minus był taki, że wtedy też zacząłem obrastać w samochody, motocykle, drogie zegarki i całą resztę. A to bardzo kłuło w oczy niektórych policjantów.

Jakie miałeś samochody czy motocykle?

Nowe audi A4, nowego harleya, nową hondę valkyrie, rolexy.

To taką dużą pensję dostawałeś?

Było tam tyle tematów do ogarnięcia, że jeszcze sprowadziłem do pomocy dwóch moich kolegów z CBŚ – Pąka i Samarę. Płacił całej naszej trójce tak samo. Na początku dostawaliśmy od niego po pięć tysięcy złotych miesięcznie. Wtedy to były koszmarnie duże pieniądze – normalnie zarabiałem dwa tysiące. Ale tak to wyglądało przez pierwsze dwa miesiące, bo potem dawał nam już po trzydzieści tysięcy złotych co dwa miechy.

Czyli ta piątka była tak na próbę?

Tak. Tym dwóm gościom z CBŚ bardzo się nie podobało, że Baum mnie tak lubi. Zazdrościli mi niesamowicie i chcieli rywalizować o jego względy. Sęk w tym, że ja zapierdalałem, a oni w tym czasie kręcili tylko swoje lody. Chodzili, lansowali się i spotykali z jakimiś grubymi rybami. A ja zajmowałem się rozwiązywaniem prawdziwych problemów Bauma.

Na przykład?

Opowiem ci, jak Baum popadł w konflikt z Pershingiem. W Sopocie była dyskoteka, którą oficjalnie zawiadywał człowiek z miasta, przyjaciel Pershinga. Po śmierci „Nikosia" Pershing otworzył tam taką swoją rezydenturę. I pruszkowiacy dowiedzieli się, że Baum chce kupić ziemię, na której stoi ta dyskoteka. Zaczęli więc puszczać informację po mieście, że zrobią wszystko, żeby Baum tej ziemi nie kupił, i że generalnie będzie miał przejebane. Zaczęli go też w różnoraki sposób zastraszać.

A Baum nie był powiązany ze służbami? Bał się w ogóle gości takiego szczebla?

Tak, bał się.

Że ktoś się naćpa, przyjdzie i go odstrzeli?

Właśnie tak. Poza tym, wiesz, jaką legendą był wtedy owiany Pershing. Natomiast Baum miał swoich – jak ich nazywał – „generałów". Na wszystkich szczeblach miał zabezpieczenia, ale taki generał dowiadywał się o wszystkim na samym końcu od średniego szczebla – czyli na przykład ode mnie, bo pierwszy pozyskiwałem jakieś informacje.

Czego oczekiwał w ramach tej osłony kontrwywiadowczej? Że będziesz mu tylko dostarczał informacje czy też mieszał jakoś w tym środowisku?

Mieszał w momencie, kiedy pojawią się jakieś zagrożenia. Ale wracając do tematu Pershinga. Musiałem coś z tym zrobić, żeby dali Baumowi święty spokój i się go nie czepiali. Rozhulane było to miasto niesamowicie. A ja Baumowi na wstępnie naszej znajomości powiedziałem:

– Jeżeli będą się działy jakieś złe rzeczy, które będą pana dotyczyły, to będę panu od razu o tym mówił. Ale to pan zdecyduje, co z tym zrobić. Nie będę miał oporów przed tym, żeby panu na przykład powiedzieć, że pana kolega to złodziej. Bo ludzie, którzy pana otaczają, robią panu laskę i boją się panu mówić prawdę, bo nie wiedzą, jak pan zareaguje.

– Dobra, jasne, oczywiście.

No i w przypadku tego Pershinga stwierdziłem, że nadarzyła się świetna okazja, bo powołano taką ogólnokrajową grupę w CBŚ, złożoną z policjantów, którzy działali w miastach, gdzie swoje rezydentury miał Pershing. Zadaniem tych policjantów było pokazać mu, co to jest CBŚ. W różnoraki sposób. Poprzez inwigilację, agenturę, samo przebywanie w jego środowisku i tak dalej.

Czyli chodziło o to, żeby wytworzyć taką paranoję wszechmocy CBŚ?

Tak jest.

Ta paranoja trwa zresztą do dziś. Przestępcom się wydaje, że CBŚ działa jak CSI Miami.

No właśnie. Więc mówię tym policjantom, że w trójmieście zrobimy to tak: jak będziemy mieli informację, że Pershing przyjeżdża do Gdańska, to dowiem się, gdzie się zatrzymuje i z kim się spotyka.

No i po prostu wejdę na to spotkanie, przedstawię się i powiem mu, że od dzisiejszego dnia jest nowa rzeczywistość i że tam, gdzie jest on, jestem i ja. Jak on będzie szedł na spacer, to ja też będę szedł na spacer, metr koło niego.

Oczywiście moi koledzy nie wiedzieli, że pracuję dla Bauma. I w końcu dostaliśmy informację, że przyjeżdża Pershing. On taką S-klasą jeździł wtedy. No to zaczęliśmy go szukać.

Wreszcie podjeżdżamy w Sopocie pod jedną knajpę i widzimy – jest-S klasa na warszawskich numerach. Mówię:

– Ty, Pershing na sto procent tam jest.

Kumpel:

– No i co?

– Jak to co? Wchodzimy do środka, nie? I normalnie legitymujemy wszystkich po kolei, sprawdzamy dokumenty i tak dalej.

– Pojebało cię? Ja pierdolę, chcę żyć, tam siedzi Pershing i najgorsze gangusy z Pomorskiego.

– To tym bardziej trzeba ich sprawdzić. Chodź.

– Nie, no co ty. Idź sam.

A ja tylko na to czekałem. Wolałem iść tam sam, bo jakby w gadce wyszło przy tym moim koledze, że pracuję dla Bauma, byłoby trochę słabo. Ale okej, wchodzę sam do lokalu, patrzę – siedzą przy stole.

Ilu ich tam było?

Z dziesięciu gangusów. Ale byli też ludzie z Trójmiasta. Podchodzę do nich i mówię do Pershinga:

– Dobry wieczór, panie Kolikowski. Centralne Biuro Śledcze. Od dzisiejszego dnia ma pan tu, w Gdańsku, opiekę. Żeby pan wiedział. No, chyba że pan będzie grzeczny i nie będzie pan straszył poważnych ludzi, że pan wysadzi ich w powietrze i porwie pan im dzieci. Ludzie chcą tutaj inwestować w ziemię, w lokale... – generalnie mówiłem tak, żeby skumał, o co chodzi. W końcu dodałem: – Baum jest tutaj pod moją opieką.

A Pershing:

– Kim ty, kurwa, jesteś?

– Dokumenty proszę do kontroli.

Wyjmuję notatnik i zaczynam spisywać. No i wtedy poznał mnie jeden chłopak z miasta – taki Marek. Mówi:

– Ja pierdolę, Majami! – No i rzucił się na mnie, miśka zaczął robić.

To ja do niego:

– Marek, spokojnie, bo wykonuję tu czynności. Panie Kolikowski, od dzisiejszego dnia... – i dalej cała ta gadka.

A Pershing znów do mnie:

– Kurwa, skąd ty się tutaj wziąłeś? Z choinki?

A wszedłeś tam z bronią?

Miałem pistolet, nawet odsłoniłem lekko marynarkę, żeby widział. Wiesz, o co chodzi.

Czułeś wtedy adrenalinę? A może robiłeś to już tyle razy, że nie wywarło to na tobie większego wrażenia?

Nie robiło to już na mnie wrażenia. Wiedziałem, że jak wyjdę, to Pershing się będzie pytał: „Kto to, kurwa, jest?". A oni powiedzą, że to był Majami i lepiej z nim nie zadzierać.

No i co? On nie chciał cię po tej akcji odjebać?

Nie. Raz dowiedziałem się, że on spaceruje po Monte Cassino. No to zasuwam z komendy, żeby go złapać na tym spacerze. Tak sobie zakładałem, że nie będzie wiedział, czy jestem tam godzinę czy dwie. Szedł właśnie pod górę, a ja podbiegłem do niego od tyłu i powiedziałem:

– O! Na spacerku?

– Kurwa, skąd ty się tu wziąłeś?

– No mówiłem, że ma pan aniołów stróżów, nie? – A jeszcze się dowiedziałem, że gdzieś tam był wcześniej, i mu rzuciłem: – Bo pan był u Kowalskiego. Jak tam? Dobra była imprezka?

Chodziło o to, żeby wiedział, że mu cały czas na dupie siedzę. Powiedziałem o tym Baumowi, który bardzo się ucieszył. A pruszkowiacy odbili się od tej jego knajpy całkowicie.

Olali ją?

Olali ją w chuj.

A to dla nich nie była kompromitacja w środowisku przestępczym, że się wystraszyli?

Wybrnęli z tego w taki sposób, że ta knajpa to niby nie jest dobry interes. Ale kto miał wiedzieć, to wiedział. Ja nie chodziłem i nie opowiadałem wszem i wobec, że wyjebałem Pershinga. Po co mi to było? Sprawa została załatwiona. Potem miałem jeszcze raz takiego farta. Pojechałem do Warszawy, poszedłem sobie do Marriottu i on tam akurat siedział. Jak mnie zobaczył, powiedział:

– Kurwa, to ciebie już do Warszawy przysłali?

Od razu to sobie wykorzystałem.

– Wiesz, nigdy nie wiadomo, działam w całym kraju.

– Ja pierdolę, przecież ty mi nie dasz spokoju.

Przysłał nawet do mnie swojego kumpla, boksera. Wiesz, taka stara gwardia – cinkciarz, lichwa, po kasynach siedział. Gość mnie znał i mówi:

– Weź, kurwa, daj spokój Andrzejowi. On w paranoję wpadł, że ty wszędzie za nim jeździsz. I ty się w ogóle go nie boisz.

– Jak mi wejdzie w drogę, to go odpierdolę i już. Po prostu robię swoją robotę.

A wiesz, kto zabił Pershinga?

To jest dziwna sprawa. Jak powstała ta ogólnokrajowa grupa operacyjna, to oprócz stosowania tej, że tak powiem, namolności policyjnej, Pershing został też okablowany. Czyli założyli mu podsłuchy, zbierane były billingi. Okazało się, że często pojawiało się w nich połączenie z numerem szychy z UOP-u.

No i UOP akurat zawiesił obserwację wtedy, kiedy Pershinga zabito.

Tak. Jak on tu przyjechał, przed zabójstwem, to CBŚ prowadziło za nim obserwację. Na zlecenie UOP. Jak Pershing wyjeżdżał z Gdańska, to na rogatkach dostaliśmy informację od UOP, że mamy operację zdjąć. Koniec. Kropka. I Pershing pojechał do Zakopanego. Tam go odjebali.

Kto według ciebie to zrobił?

Powiem ci, jak wyłączysz dyktafon.

Dobra, a wracając do Bauma – zajmowałeś się dla niego sprawami prywatnymi?

Raz na przykład córka Bauma jechała na sylwestra do Austrii. Poprosił nas, żebyśmy pojechali z nią, żeby ją chronić – oczywiście w taki sposób, żeby ona o tym nie wiedziała. No to wzięliśmy urlopy i pojechaliśmy za nią w te Alpy.

I co? Ona się przez cały wyjazd nie jorgnęła, że ktoś za nią łazi?

Nie. W Innsbrucku na snowboardzie jeździła. Myśmy się zalogowali w hotelu obok. Ja nie prowadziłem żadnej obserwacji, bo ona mogła mnie znać z miasta. Ale tych dwóch chłopaków, którzy ze mną pracowali, nie znała, więc chodzili za nią na stok.

Ale jak? Jeździli na deskach?

Nie. Chodzili na stok i herbatkę pili albo kawkę. Nie podchodzili blisko, ale widzieli, co się dzieje. W jakim jest towarzystwie, czy jest jakieś zagrożenie. Na bieżąco zdawali relację Baumowi. Był z tego bardzo zadowolony – nawet chciał udostępnić nam swój samolot. Ale się nie zgodziliśmy.

Dlaczego?

Bo zostałyby ślady po wejściach na lotnisku. Poza tym znały nas służby na lotnisku, więc szybko by nas rozkminili. Nie chcieliśmy ryzykować, dlatego pojechaliśmy moim samochodem.

Ile lat miała wtedy jego córka?

Dwadzieścia parę. Ona też lubiła miasto.

Przestępców?

Tak. Kolegowała się z córką jednego z baronów SLD. I to ona ją tak ciągnęła do miastowych. Jak po wyroku jakiś był, to fajny chłopak.

Czemu te laski ciągnie do takich? Szukają mocnych wrażeń? Jak sądzisz?

Nie wiem, jak to wytłumaczyć. Zresztą facetów też ciągnie do miastowych dup. [śmiech] Po skończeniu znajomości z Moniką Igrekową zostałem goły w ryj. Poznałem wtedy taką Luizę, kobietę z arystokracji, co Niemcy ją osadzili w więzieniu, a potem wyszła. Ona miała swoje burdele w Niemczech. Bardzo bogata kobieta.

Jak ją poznałeś?

Na przeszukaniu – kiedy Niemcy przyjechali tutaj wykonywać czynności. Zabrali jej w Niemczech dwa miliony marek, trzy miliony euro w gotówce, samochody, apartament i biżuterię. No i chcieli jej się dobrać do dupy także u nas, bo miała jakąś posiadłość w Polsce. Pomyślałem sobie: „Tam jej zabrali i jeszcze tutaj chcą?". Wiesz, taki patriotyzm się we mnie obudził. A poza tym jeszcze mnie wkurwili tym, że jak przyjeżdżali tutaj wielokrotnie po pomoc prawną w sprawie tej Luizy, to powiedziałem im, że mogę pomóc we wszystkim, ale żeby nie próbowali werbować Polaków, tutaj, w Trójmieście, bo robią nam tylko krecią robotę. Wiesz, naobiecują im różnych rzeczy i potem ciężko będzie współpracować. Przyjęli to do wiadomości i pojechali do hotelu. Potem mnie coś tknęło i pojechałem na dyskotekę do Heweliusza. Patrzę – a oni siedzą z kurwami.

Jedna do mnie przychodzi i mówi:

– Niemcy tu są, z tego BKA, czyli ich policji federalnej, chcą z nami współpracować, coś tam nam proponują.

Okej. Przyjechali na drugi dzień do wydziału i mówię:

– Kurwa, co wy robicie? Nieelegancko. Jak próbujecie coś zrobić, to chociaż róbcie to z tajniaka, a nie tak, że my tu wszystko wiemy.

No i pojechaliśmy kiedyś na przeszukanie posiadłości tej Luizy. Chodzili, szukali różnych rzeczy. Podniecili się jakąś starą częścią od mercedesa. Ale nic jej nie udowodnili. A ja usiadłem tam na takim skórzanym fotelu, włożyłem rękę w dziurę przy oparciu i poczułem, kurwa, gnata. A wiesz, ta Luiza siedziała naprzeciwko mnie i zrobiła się blada. Już wcześniej, jak zaczęliśmy robić to przeszukanie, wyczułem, że czegoś się boi. Ale mówię do niej:

– Spokojnie, nic się nie stanie.

No i nie wyciągnąłem tej broni.

Wychodzimy potem z jej posiadłości, a ona mówi do mnie:

– Daj mi swój numer telefonu.

No i jej go dałem.

Czemu nie zdekonspirowałeś jej z tą klamką? Ze złości na tych Niemców?

Tak. Poza tym wiedziałem, że ona ma pistolet po to, żeby bronić się przed ewentualnymi haraczownikami albo innymi bandytami. Wiesz, ona nie była jakimś zbójem.

Potem zadzwoniła do mnie, a ja do niej przyjechałem. Pokazała mi tę klamkę – to był straszak. Gazowiec. No i mówi:

– Jak ty możesz być z tą kurwą Moniką Igrekową? Ty frajerze. Na chuj ty się z nią bujasz?

– Luiza, spokojnie, miłość nie wybiera.

No i miałem z nią taki luźny kontakt. Potem, jak mnie Igrekowa wydymała na kasę, to się z nią zdzwoniłem. Ona znowu:

– Słyszałam, jak cię ta kurwa zrobiła. Ale z ciebie frajer. Przyjeżdżaj do mnie.

To było lato. Przyjeżdżam do tej posiadłości, wchodzę na górę, a ona leży na tarasie na kocu i opala się nago.

– Luiza, co robisz? Weź się, kurwa, ubierz.

– A co ty, frajerze, sobie myślisz? Z panią Luizą rozmawiasz. Co jest?

– No, wiesz, popłynąłem.

– Weź sobie wolne w pracy, u mnie się trochę zresetujesz.

– Żebyś później nie żałowała.

– A co ty myślisz, że ty taki kozak jesteś?

No i zacząłem ją tam obracać. W końcu mówię do niej:

– Słuchaj, nie zostało mi nic.

– Ile potrzebujesz?

– No... chciałbym jakieś mieszkanie, samochód i jakieś pieniądze na co dzień.

– Mam kawalerkę. Weźmiesz ją i jak będziesz miał pieniądze, to mi oddasz. Przepiszemy umowę. Ile jeszcze chcesz pieniędzy?

To jej powiedziałem, że pięćdziesiąt tysięcy na nowy samochód i trzydzieści tysięcy, żeby mieć je pod ręką. I pożyczyła mi. Powiedziała tylko: „Będziesz miał, to mi oddasz". Takie zaufanie miała do mnie po tej akcji z klamką. Wiedziała, że jestem uczciwym facetem. Rozumiesz, o co mi chodzi? Że nikogo nie oszukałem, nie wziąłem łapówki żadnej i tak dalej. Ona też miała swoich informatorów w mieście, więc wiedziała, że wszystkie opowieści o moich konszachtach z gangsterami były bzdurą.

No i wyobraź sobie, że ta Luiza się we mnie zakochała. W pewnym momencie zorientowałem się, że Baum też mnie polubił. No więc mówię do chłopaków, z którymi u niego pracowałem, tak:

– Słuchajcie, jak będzie następne spotkanie, to zapytam się Bauma, czy nie pożyczyłby nam pieniędzy na kupno mieszkań.

– Co, kurwa?! Przecież to nie wypada!

– Wypada, wypada. Jak powie, że nie, to nie i tyle. Głowy nikt nikomu za to nie urwie.

No i przychodzimy na spotkanie z Baumem.

– Panie prezesie, jest jeszcze jedna sprawa taka na koniec – mówię wreszcie. – Nie wiem, czy wypada powiedzieć czy nie.

– Dobra, mów, o co chodzi.

– Chcielibyśmy coś mieć z tej roboty. Te pieniądze się rozchodzą.

– Mów, o co chodzi.

– Chcieliśmy pożyczyć pieniądze na kupno mieszkań.

– Ile chcecie tych pieniędzy?

– Po sto dwadzieścia tysięcy każdy.

– Chyba coś tam jeszcze mam. Zadzwoń do mnie we wtorek albo w środę, to wam dam te pieniądze.

– Będziemy je odpracowywali. Pan będzie sobie je zabierał z pensji.

– Dobra.

Dzwonię we wtorek, tak jak kazał. Nie odbiera telefonu. A ja napierdalam do niego raz za razem. W końcu odbiera i mówi:

– Kurwa, przecież mówiłem, że załatwię sprawę, nie?!

– Przecież kazał pan dzwonić, to dzwonię.

– Dobra. Bądźcie o piętnastej przed lotniskiem, też tam przyjadę.

Przyjechał. Wsiadł do mojego samochodu, pierdolnął taką niebieską torbę i mówi: „To dla was". I odjechał. My bierzemy tę torbę, liczymy hajs. Miało być trzysta sześćdziesiąt tysięcy, a tam czterysta tysi! To chłopaki mówią:

– Dobra, pierdolnął się, to podzielimy się tą końcówką.

– Czy wyście ochujeli? – nie wytrzymałem. – On nas sprawdza. On się nie pomylił. Jeżeli połaszczymy się na tę kasę, to znaczy, że jesteśmy warci czterdzieści tysięcy. Rozumiecie to, kurwa, czy nie?

Złapałem za telefon, dzwonię do Bauma i mówię:

– Panie prezesie, bo tu się jedna rzecz nie zgadza. Pan się pomylił i dał nam za dużo pieniędzy.

– Eeee, chłopaki, u was to jak w szwajcarskim banku.

Wziąłem te pieniądze i na kolejnym spotkaniu mu oddałem. A Luizie z kolei oddałem tę kasę, którą od niej pożyczyłem. Ona miała do mnie takie zaufanie, że czasami potrafiła mi przynieść całą reklamówkę franków i powiedzieć:

– Jarek, weź mi to przechowaj.

Jak mój świętej pamięci ojciec to zobaczył, zapytał:

– Synu, w jaką ty się mafię wdałeś?

A Baum, wyobraź sobie, nam w końcu anulował ten dług. Taki miał gest.

À propos miastowych dup – mogę ci jeszcze jedną mocną historię opowiedzieć.

Dawaj.

Była taka jedna na Pomorzu, która zajmowała się krojeniem samochodów. Bardzo zdolna złodziejka – w pewnym momencie miała już swoją grupę. Znałem ją z miasta, ale nie miałem z nią żadnych kontaktów. No i któregoś dnia dostałem info, że doszło do zabójstwa dwóch lichwiarzy w Marriotcie. Mieli w swoim pokoju sto tysięcy dolarów w walizce, ale ktoś, kto ich sprzątnął, nie zabrał tej walizki. Ale na nagraniu z hotelu było widać, że wróciła po tę walizkę jakaś brunetka cała ubrana na czarno. Policjanci zakładali, że po prostu ktoś ich odjebał, ale zapomniał wziąć walizkę i wysłał po nią tę dupę. No i typowano tu dwie babki – Monikę Igrekową i tę Justynę złodziejkę.

Igrekową szybko odrzucili, bo nie pasowała im do schematu. Postanowili więc sprawdzić Justynę. Wysłali do Trójmiasta dwóch gości ze stołecznej, a ja miałem z nimi współpracować. Mówiąc konkretniej – opracowałem im cały profil tej Justyny. No i oni się mnie pytają, czy ona ma na tyle duże jaja, żeby kogoś odpalić. Odpowiedziałem, że tak. Brakowało nam tylko jednej informacji – czy ona umie się posługiwać bronią. Nie wiedziałem tego, ale stwierdziłem, że można łatwo sprawdzić.

– Jak, kurwa? – pytają.

To mówię, że wyciągnę ją na strzelnicę pod jakimś pretekstem i wtedy to ocenię. Było to o tyle proste, że wiedziałem, że ona szuka jakiegoś kontaktu z policjantami z CBŚ. Chciała mieć jakiś układ – tak jak Igrekowa.

Tylko podkreślam im:

– Panowie, jedna rzecz. Jeżeli ją potem zatrzymacie, to nie wygadajcie się, że ta wizyta na strzelnicy była ukartowana, bo będę skończony w mieście. To jest była kochanka „Słowika", była kochanka Oczki, osoba mocna osadzona w środowisku.

– Oczywiście, jasne, tak.

No i poszedłem z nią na tę strzelnicę. Okazało się, że umiała się posługiwać bronią i nie miała z nią problemów. Opisałem to wszystko w raporcie, a potem pojechałem do szkoły podchorążych w Pile na jeden z turnusów.

Jak wróciłem, próbowałem się skontaktować z Justyną, ale nie odbierała telefonów. Wtedy jeden z kumpli powiedział mi, że ją zatrzymali, ale musieli już wypuścić. Mówi:

– Ty wiesz, kurwa, co zrobił ten dochodzeniowiec z Warszawy? Słuchaj, jak ją przesłuchiwaliśmy, to ona się do niczego nie przyznawała. A on, kurwa, nie mając już żadnych argumentów, wypruł się z tego, że wymyślił tę operację z tobą i celowo ją wysłał na strzelnicę.

– Co za skurwysyny jebane!

No i chuj, byłem spalony na mieście. Potem dużo trudniej mi się zbierało informacje, bo ona łaziła i mówiła: „Uważajcie, kurwa, na tego Majamiego".

Później Justyna związała się ze Sławkiem Petelczycem – dobrym paserem samochodowym. Odbiła go zresztą swojej koleżance. Dzięki temu Sławkowi nawiązała szerokie kontakty z Białorusinami i Rosjanami. No i tak się złożyło, że mój znajomy, który był wtedy w CBŚ, a potem w CBA, powiedział: „Kurwa, moim marzeniem jest poznać tę Justynę". [śmiech] Tymczasem o całej mojej relacji z Justyną wiedziała Luiza – ta od burdeli. No i dzwoni kiedyś do mnie, i mówi: „Przyjeżdżaj, załagodzimy konflikt, bo jest u mnie właśnie Justyna".

Pomyślałem: „Zajebiście". Bo chciałem to jakoś operacyjnie załagodzić. Pojechałem więc do Luizy, pogadałem z Justyną na zasadzie „chuj tam, było, minęło". A ona mnie pyta, czy mam jakiegoś fajnego kolegę w CBŚ. No to mówię, że mam. Oczywiście pomyślałem od razu o tym moim znajomym.

Pojechałem potem do niego i mówię:

– Słuchaj, jest okazja podbić się operacyjnie pod Justynę. Ona chce poznać jakiegoś fajnego policjanta, a ja cię mogę zareklamować. Tylko pamiętaj, kurwa, o jednej rzeczy: to ty masz ją zwerbować, a nie ona ciebie. I masz mi, kurwa, robić dobry PR, żeby tamta sprawa poszła w niepamięć.

– Majami, spadłeś mi z nieba!

Dobra, poznałem go z tą Justyną, a on ją oczywiście zaczął obracać. Mało tego – on się, kurwa, w niej zakochał! A potem wciągnął ją w to całe swoje środowisko CBA i tak dalej. Trwa to zresztą do dzisiaj.

A ta Justyna dalej kradnie samochody?

Nie no, gdzie tam. Teraz w biznesie siedzi. Apartament ma w Warszawie za milion złotych. Ale wiesz, przez pewien czas zbierałem na nich kwity. Bo według informacji od Jurka z kontrwywiadu Justyna miała kontakty z rosyjskim wywiadem. A ten gamoń, jej kochanek, wszystko jej mówił na temat polskich służb. Można powiedzieć, że ona go po prostu zwerbowała. To było dla nas naprawdę niebezpieczne.

Jakie kwity na nich zbierałeś?

Ona na przykład podarowała mu w prezencie kradzione BMW.

Gościowi z CBA podarowała kradzione auto?

Wtedy był jeszcze w CBŚ, ale tak. Ten gość, taki Marek, przychodzi do mnie i mówi:

– Wiesz, bo nie może tak być, że ja tę beemkę wezmę bezpośrednio od niej. Zostanie ślad. Potrzebuję kogoś, kto od niej kupi ten samochód, a jak go kupię od niego. Masz kogoś takiego zaufanego?

Pomyślałem: „Poczekaj, to cię tak powiozę, że się nie pozbierasz". No i znalazłem kogoś takiego. Transakcja odbyła się bez przekazania pieniędzy. Ale facet z CBŚ za tego kogoś podpisywał umowy, czyli je sfałszował. Mnie się to później przydało, jak złożyłem zawiadomienie na niego. Ale zaczęli sprawę zamiatać. To wszystko było blokowane przez ostatnie lata.

NIESZCZELNOŚCI OSŁONY

Co łączyło Justynę i Bauma?

Próbowała się też wkręcić do Bauma. Opowiadała mi to jedna z jego kochanek.

W jaki sposób?

Bo wiesz, Baum był trochę zboczony. Ale w takim, że tak powiem, pozytywnym sensie.

To znaczy?

Miał takie fantazje, że na przykład jedna kochanka patrzy, a druga się z nim zabawia oralnie. No i jedna z tych kochanek mi kiedyś opowiada: „Justyna była ze mną u prezesa. Targała mu pałę, ale kiepsko to robiła, więc dał jej tylko trzydzieści tysięcy złotych i ją wyrzucił".

A jak się potoczyła sprawa z tym kradzionym samochodem?

Zostałem wezwany na konfrontację z Justyną. Jak mnie zobaczyła w poczekalni w komendzie, zaczęła się drzeć:

– Ty, kurwo jebana, co się przyczepiłeś do mojego Mareczka! To superpolicjant, a ty będziesz miał przejebane!

– Justyna, taki zawodowiec jak ty nie trzyma ciśnienia? Uspokój się.

A ona dalej:

– Ty kurwo, ty kurwo...!

Poszliśmy na konfrontację. Tam jeden policjant zaczął nam zadawać pytania. W pewnym momencie Justyna mówi:

– Niech pan otworzy okno, bo jak Pieczonka tutaj jest, to popuszcza ze strachu.

– Słuchaj – powiedziałem do tego funkcjonariusza – albo ją uspokoisz, albo wychodzę, bo to jest, kurwa, jakiś cyrk, a nie konfrontacja.

A ona do mnie:

– Ty kurwo, wiesz, że przez ciebie nie mogę swojego Mareczka zaprosić na czterdziestkę do Dubaju, bo nas po psiarni ciągasz?!

– Niby on nie może pojechać tam przeze mnie? Pisz pan to do protokołu. Wszystko: że mnie zastrasza, wyzywa, że nie może gościa z CBA zaprosić na urodziny do Dubaju.

A ona dalej jedzie po mnie, więc w pewnym momencie nie wytrzymałem.

– Ty kurwo jebana z Posejdona, jak zaraz nie zamkniesz pizdy, to ci wykurwię w łeb!

No i zadziałało. Bo ten policjant, który nas przesłuchiwał, był totalnie lewy. W upierdolonej koszuli, nieogolony, z burdelem na biurku. To wszystko ma kluczowe znaczenie podczas przesłuchania i próby sił. On wyglądał jak lump – a ona cwana, elegancko ubrana dupa. Zaraz się obcięła, z kim ma do czynienia. Wiesz, to wszystko jest psychologia. Z takich przesłuchań można dużo wyciągnąć, tylko trzeba być dobrze przygotowanym. A tak to chuj.

Co jeszcze robiłeś dla Bauma?

Ciekawa była akcja z pewnym facetem z Grecji. On miał szerokie kontakty z komendantami, policjantami i grupą pruszkowską. Zresztą to on „Słowika" wywiózł na lotnisko w Gdańsku, jak była wielka akcja CBŚ, w trakcie której jednego dnia zgarnęli wszystkich pruszkowskich. No i temu Grekowi zachciało się być rezydentem Pruszkowa w Gdańsku.

Skąd on się w ogóle wziął?

Jego ojciec był komunistą i jak w Grecji zaczęła się rozpierducha, to uciekł do Polski. Potem pracował dla służb i wkręcił w to środowisko swojego syna, czyli tego naszego Greka. Jak ten zaczął się przyjaźnić z pruszkowskimi, to dostaliśmy sygnał od Biernackiego, że należy sprowadzić go do pionu. W dodatku okazało się, nasz Grek zaczął się kręcić przy córce Bauma.

Dlaczego?

Żeby wbić się do rodziny. No i Baum zaczął dostawać sygnały, żeby ostrzec córkę. Grek i jego ojciec byli związani z pruszkowskimi, więc we wkręcaniu się do jego rodziny mieli jakiś cel. Na początku Baum to bagatelizował, ale w końcu powiedział do mnie:

– Panie Jarku, moja córka chce jechać do USA z tym Grekiem. Mówiłem jej, żeby tego nie robiła, ale ona zaczęła mi gadać, że jej życie zmarnuję i żebym się nie wtrącał. Wie pan, młode to, głupie. Weźcie więc i coś zróbcie, bo przecież to jakaś masakra.

Zacząłem zatem to rozkminiać. Pierwszy plan był taki, żeby zwerbować jakichś kieszonkowców, którzy na lotnisku zajumają mu paszport. Ale zrezygnowaliśmy z tego pomysłu.

Czemu?

Bo musielibyśmy wtajemniczyć w sprawę jakichś kieszonkowców i informacja mogłaby pójść w świat. Ale przypomniałem sobie wtedy coś innego. Miałem dostęp do zdjęć, które CBŚ zabezpieczył u Pershinga po tym, jak ten został zastrzelony.

Co to były za zdjęcia?

Z wakacji, z jakichś imprez. No i na jednym z nich znajdowali się Grek, „Słowik" i Pershing na wakacjach. Dzwonię więc do Bauma i mówię:

– Mam znajomego dziennikarza, który jest zajebiście zainteresowany tematami pruszkowsko-gangsterskimi. Robimy tak: ja mu udostępniam te zdjęcia, a on robi artykuł. Będę wiedział, kiedy ten artykuł wychodzi, pan rano kupuje gazetę, robi pan śniadanie z córką i mimochodem tę gazetę podrzuca.

– Panie Jarku, świetny patent!

Dzwonię więc do tego znajomego dziennikarza.

– Słuchaj, masz tu materiał. – I wyjaśniam, co i jak.

– Ale temat! Jeszcze ze zdjęciami!

Potem Baum opowiada mi, jak to wyszło. Zrobił śniadanie, rzucił gazetę, córka patrzy i mówi:

– Tata, spójrz. Co to jest?

– Tak? Co tam zobaczyłaś?

– Tata, zobacz, przecież to jest, kurwa, ten gangster.

– Mówiłem ci.

No i odpuściła temat. Ale ją strasznie ciągnęło do miastowych. Kiedyś na przykład skumała się z jednym dealerem narkotyków. Gość sobie prowadził supersam z prochami.

W jakim sensie supersam?

No mieszkanie, w którym całą dobę można było kupić prochy. Policjanci bali się go tknąć, bo był z córką Bauma. Ale coś trzeba było zrobić. Skandal przecież jak chuj.

Baum był bezradny i obwiniał Dżonego o tę znajomość. Powtarzał, aby się tym zająć. Zdradził, że prosił już o to wysoko postawionych gości z trójmiejskiego CBŚ. Ale okazali się nieskuteczni. Powiedziałem mu, że się tym zajmiemy.

Wkrótce moi informatorzy z miasta wytłumaczyli Dżonemu, że ma odpuścić. I odpuścił – Baum był zadowolony, ale mimo to zlecił gościowi CBŚ zamknięcie faceta. Tak się stało. A gdy Dżony siedział, Baum poprosił CBŚ, żeby załatwili jego córce wejście do aresztu na spotkanie z zatrzymanym. I CBŚ załatwiło jej to spotkanie nielegalnie, razem z człowiekiem z gdańskiego aresztu.

Totalnie pokręcone. Po co ta cała intryga?

Żeby córka Bauma i Dżony nie podejrzewali, że to Baum wystawił Dżonego policji.

Błyskotliwe posunięcie. Córce odechciało się po tym miastowych?

Tak. Chajtnęła się z jakimś francuskim dziennikarzem. Ma z nim dziecko teraz. Ale powiem ci inną ciekawą rzecz. W czasach swojej chwały Baum organizował bale z celebrytami. On był ich sponsorem. Przyjeżdżała na to zawsze cała elita – prezydent z żoną, aktorzy, sportowcy, piosenkarze. Ale oczywiście na te uroczyste bankiety trzeba było mieć specjalne zaproszenie. Pojawiały się na nich naprawdę grube ryby. Analizując sobie to na spokojnie, ktoś mógłby wywnioskować, że największe szychy policji, służb i rządu, a nawet prezydent prowadzą dla Bauma działalność ochronną. Biznesmen nie mógł powiedzieć wprost, że dla niego pracują, ale mógł stworzyć na zewnątrz takie wrażenie. Albo jak się mówi fachowo w służbach – wyeksponować tych ludzi.

Pewnie oni wszyscy byli też goszczeni w odpowiedni sposób?

Tak, *full* serwis. Wiadomo było, że jak pan Z przyjeżdża na bal, to zostanie przez kilka dni. Zgłaszał się do biura, podawał imię i nazwisko, dostawał zaproszenie i identyfikator. Taki gość miał zapewnione wszystko: hotel, wyżywienie, kierowcę.

A laski też były zapewnione?

Na samych imprezach pojawiały się normalne hostessy. Jeżeli przywożono komuś jakieś prostytutki, to w taki sposób, żeby nie było tego widać. Ale to nie było dla każdego. Natomiast same hostessy, które obsługiwały imprezy, to też były bardzo ładne dziewczyny. Zresztą, jedną z tych hostess była kiedyś nawet córka premiera.

A wiadomo ci coś na temat tego, żeby dzieci takich VIP-ów dostawały pracę u Bauma?

Tak. Na przykład syn szefa jednej ze służb pracował w jego firmie. Był logistykiem – czyli organizował różne rzeczy, na przykład nagłośnienie na jednej imprezie. Ale z tego co słyszałem, Baum nie był z niego zadowolony, bo coś spieprzył. Generalnie stosował on taką metodę, że jak zależało mu na tym, żeby ktoś dla niego pracował, to oferował mu oczywiście o stokroć lepsze warunki, po czym trzymał go u siebie rok, dwa, wyciskał jak cytrynę, a potem zwalniał i mówił: „Sorry, kontrakt się skończył, do widzenia".

Czemu tak robił?

Bo tak był wyszkolony przez Wojskową Służbę Wywiadowczą. Moim zdaniem to była zła taktyka, bo sprowadzała się po prostu do robienia ludzi w chuja. Najpierw roztaczał przed nimi piękne wizje, obiecywał złote góry, a potem wywalał. A ludzie myśleli, że przychodzą do niego na lata.

No dobra – ale twoim zdaniem ten cały majątek to były jego pieniądze czy pieniądze służb?

Moim zdaniem nie można powiedzieć, że to były pieniądze służb. To była kasa poszczególnych ludzi.

Czyli kręcił prywatne lody?

Oczywiście. Na takiej zasadzie: ja ci załatwię kontrakt, a ty mi odpalisz z tego działkę. On inwestował pieniądze, a właściwi ludzie otwierali mu różne furtki. I każdy na tym korzystał. Choć niektórzy starali się też go wydoić bardziej. Podam ci przykład. Baum miał bardzo dobrego kolegę z czasów studiów, który był potem związany z Samoobroną. Mówili na niego Pułkownik, bo facet współpracował ze służbami PRL.

Później założył sieć lombardów w Trójmieście i poszedł w politykę. A to był czas, kiedy Lepper zaczął oficjalnie przypierdalać się do oligarchów i mówił, że rozkradają nasz kraj. No i ten Pułkownik mnie kojarzył, ale nie wiedział, że pracuję dla Bauma. Myślał tylko, że dobrze znam się z jego ochroniarzami. Spotkał mnie kiedyś na mieście i powiedział tak:

– Mam dla ciebie propozycję. Bo ty znasz dobrze ochroniarzy Bauma, nie? No to powiedz im, że dostałeś informację w CBŚ, że środowisko Leppera zbiera kwity na Bauma i Lepper będzie o nim źle mówił na mównicy sejmowej. Oni to na pewno powiedzą Baumowi, a on przyjdzie z tym do mnie i poprosi, żebym temu jakoś zaradził. Ja go wtedy wykasuję i dam ci za to działkę.

Wiesz, chciałem przed nim pokazać, że jestem takim trochę przygłupem, więc go pytałem dwa razy o to samo. Żeby się jeszcze bardziej przede mną otworzył. W końcu powiedziałem, że przekażę wszystko ochroniarzom. Oczywiście poszedłem z tym do Bauma i powiedziałem mu, że Pułkownik chce go oszukać. Biznesmen wkurwił się niesamowicie.

– A to chuj pierdolony! To jego córka pracuje u mnie i jeszcze jej płacę siedem tysięcy miesięcznie... A to gnój!

– Wie pan co? Możemy zrobić tak, że ja się z nim umówię na następne spotkanie i będę z nim grał. Nie ma żadnego problemu.

Po tym Baum wyeliminował Pułkownika na jakiś czas. On nigdy nie zrywał kontaktu całkowicie. Po prostu przestawał odbierać telefony. Bo wiedział, że ten kontakt może się jeszcze kiedyś przydać.

Ciekawa była też sytuacja z niejakim Kazikiem. W Trójmieście wszyscy się go bali, bo on kreował się na takiego człowieka, który może mieć kontakty ze służbami. I ten Kazik zaczął rozkminiać w pewnym momencie, kto ze służb jest przy Baumie. Doszło w końcu między nami do spotkania. Powiedziałem mu, że znam Bauma, ale lepiej, żebyśmy sobie w drogę nie wchodzili. Wtedy Kazik poczuł się zagrożony, bo przestał być dla Bauma taki atrakcyjny.

Dlaczego?

Bo zrozumiał, że Baum ma w swoich szeregach aktywnych ludzi ze służb. Zakręcił się zatem przy Igrekowej. Spytał mnie nawet kiedyś, czy między mną a nią coś jest. Powiedziałem, że już nie, że jest mi tylko winna pieniądze. W każdym razie – nie jestem zakochany. Powiedziałem mu też:

– Kazik, możesz ją bzykać, niewiele mnie to obchodzi. Tylko nie zacznij od niej wyciągać jakichś informacji na mój temat, które wykorzystasz przeciwko mnie.

– Tak, oczywiście, w ogóle nie ma o czym gadać.

No ale jak się dowiedział, że pracuję dla Bauma, to wbił się w wojnę między starym szefem CBŚ Wacławczykiem, a nowym Osińskim i zaczął sprzedawać informacje na mój temat Wacławczykowi. Zaczął tym grać.

Dlaczego?

Z zazdrości. Żeby naszą trójcę odciągnąć od Bauma. Zaczęło dochodzić do kuriozalnych sytuacji. Na przykład Kazik kupił sobie mercedesa CL i ktoś mu go ukradł sprzed domu Igrekowej. Nieubezpieczonego, bez alarmu. Kazik miał po prostu pecha. No i oczywiście pomyślał, że wóz zwinąłem mu ja. W takim sensie, że to zleciłem. Przy czym ja nie miałem z tym nic wspólnego. Więc był pewny, że jak się włączy w tę wojnę – po stronie Wacławczyka – to my zostaniemy wywaleni z CBŚ. Ale się przeliczył.

Co więcej, Kazik namówił Igrekową, żeby na mnie złożyła zawiadomienie, że ścigam ją za te pieniądze. W końcu jednak zawiadomienie odwołała. Powiedziała do mnie:

– Jarek, odwołuję te zeznania. To Kazik wmanewrował mnie w to wszystko. Nie wiedziałam, czy to jest jakaś prowokacja czy ona mnie nagrywa.

– Jeżeli czujesz, że zostałaś w coś wmanewrowana niezgodnie z prawem, to postępuj zgodnie z prawem.

Jeżeli według ciebie to było coś nielegalnego, to pójdź do prokuratury i po prostu powiedz, jak było naprawdę.

Kazik z Wacławczykiem byli już pewni, że na podstawie jej zeznania dostanę zarzuty. Tylko nie przewidzieli, że Igrekowa" jest pchła szachrajka, intrygantka i że pewne rzeczy sobie przemyślała. No i koniec końców to ona ich zrobiła w balona, a cały plan dyskredytacji mojej osoby i postawienia mi zarzutów wziął w łeb.

A Igrekowa mówi do mnie jeszcze tak: „Majami, wiesz jaki to jest frajer, ten Kazik? Jak ci powiem, to będziesz miał satysfakcję. Płaci mi, kurwa, po dziesięć tysięcy złotych miesięcznie, ale muszę się go pozbyć, bo myśli, że siedzę w domu, a ja w tym czasie rucham się z Baumem, jego kolegą".

Bo Baum i Kazik byli kolegami?

Tak. Igrekowa mówiła jeszcze: „Wiesz, jaką Baum ma satysfakcję, że posuwa partnerkę kumpla?".

No i jak się skończyła sprawa z Kazikiem?

Baum mi w końcu powiedział: „Dobrze by było, żeby dwóch facetów z jajami się ze sobą pogodziło". No i pogodziliśmy się, do dzisiaj żyjemy w zgodzie. Odbyliśmy wiele spotkań i rozmów. Pomogły wyjaśnić sytuację i zbudować dość fajną relację. To, że znaleźliśmy wspólny język, też nie było na rękę moim i jego wrogom. Co będzie dalej, czas pokaże.

Ale widać z tego, że w czasie osłaniania Bauma z każdej strony byłem wplątany w jakieś konflikty. Najpoważniejszy dotyczył Jurka z kontrwywiadu i jego szefa z WSI. Jurkowi zależało na informacjach kompromitujących współpracę tego szefa z Baumem. Ten zwierzchnik nie miał oczywiście pojęcia, że jego człowiek Jurek umieścił swojego człowieka, czyli mnie, u Bauma. W tym czasie wynikła też sprawa pewnej fundacji.

DUCH AGENCJI BEZPIECZEŃSTWA WEWNĘTRZNEGO

Na czym polegał wał z tą fundacją?

To była fundacja z Poznania, przez którą przechodziły pieniądze dla SLD. Zajmowali się wyłudzaniem VAT-u. Był w to zamieszany też Baum. No i doszło do tego, że zamknęli faceta, który był łącznikiem między Baumem a tą fundacją.

Baum zaczął się bać, że gość pęknie, zacznie sypać i będzie lipa. W dodatku sprawę prowadził taki chorążyna z ABW, który się odgrażał, że ma wyjebane na wszystko i że zamknie Bauma, bo wie, że jest w to umoczony. Bali się tego chorążynę odsunąć od śledztwa, boby zaczął klepać, że go specjalnie odsunęli. Poza tym ministrom i szefom ABW było to na rękę, że mają taki straszak na Bauma. Szef WSI też mu nie potrafił pomóc.

No więc dzwoni do mnie Baum i mówi:

– Co mam z tym zrobić? Nie da się go przekupić ani nic. Ja już nie mam zdrowia. Zrób coś z tym.

To zacząłem zbierać informacje na tego chorążego z ABW. Dowiedziałem się, że ostro łoi wódę i jest alkoholikiem. Myślę więc sobie tak: „Skoro jest alkoholikiem, musi mieć jakieś lęki alkoholowe. Nie ma chuja na Mariolę, prawda?".

Lęki alkoholowe, czyli co?

Myszki, zwidy, paranoje. No, każdy alkoholik ma jakieś lęki. Stwierdziłem, że to bez sensu robić mu krzywdę, trzeba go tylko porządnie wystraszyć. Wymyśliłem, że jak będzie wchodził napity na klatkę schodową, to wyskoczę w kominiarce, podniosę ręce do góry i go nastraszę, rycząc „Uaaaaaa!".

No co ty pierdolisz? Podniesiesz ręce i będziesz udawał ducha?

Właśnie tak. Idzie gość wieczorem najebany, wchodzi do klatki, a tam światło zgaszone. Nagle wyskakuję w kominiarce i drę się „Uuuaaaa, uuueeee!". Kurwa, on stanął jak wryty, a ja spierdoliłem.

Nie bałeś się, że będzie miał klamkę?

Nie, on bez klamki chodził. Dwa, trzy dni później dowiedziałem się, że poszedł na zwolnienie lekarskie. Powiedział, że ma dosyć, że go straszą, że jacyś kominiarze go dojeżdżają. No i po badaniach wyszło, że jest alkoholikiem. Nie dali wiary, że akcja z kolesiem w kominiarce przydarzyła mu się w realu i wysłali go do psychiatry. I tak się sprawa rozwiązała.

Ale on w końcu myślał, że ta akcja z tobą to zwidy czy prawda?

Myślał, że real. Nawet zaczął pisać raporty, że ktoś w kominiarce go straszy. No ale jak wyszło po tych badaniach, że jest alkoholikiem, to mu powiedzieli: „Chłopie, weź się zwolnij, bo ty masz jakieś omamy, duchy widzisz". No i się zwolnił. Poszedł na emeryturę i po chłopie.

Opowiem ci też historię, jak Baum popadł w konflikt z kibolami. Chciał kiedyś wykupić od miasta cały kompleks sportowy klubu piłkarskiego. To był taki dosyć spory kawałek ziemi ze stadionem i boiskami. Miastu to było na rękę, bo uważano to za relikt sportowy z minionych czasów. Negocjacje ze strony urzędu miała prowadzić taka babka o nazwisku Nogaś. Jej zadaniem było ogarnąć wszystko w taki sposób, żeby nie doszło do konfliktu z klubem, kibicami i działaczami. Bo Baumowi zależało wtedy bardzo na tym, żeby mieć dobry wizerunek w mieście. Problem w tym, że ta Nogaś spierdoliła negocjacje. W końcu wysłała do tego środowiska związanego z klubem przekaz w stylu „Nie będę z wami negocjować. Wypierdalać, Baum jest panem i władcą. Won!".

No to Baum wezwał mnie na spotkanie i mówi:

– Ta pierdolnięta Nogaś wywołała trzecią wojnę światową między mną a kibolami. Oni teraz zapowiadają, że zrobią mi aferę na mieście.

– Świetnie się składa, bo akurat z jednym z nich mam bardzo dobre relacje i jest możliwość dotarcia do niego.

Faktycznie miałeś tam swojego informatora?

Tak – wytypowałem go sobie już wcześniej. Wyczułem, że to miękki człowiek, choć kreował się na kozaka. Dlatego go zwerbowałem. Facet mówił mi różne rzeczy o mieście, przekazywał informacje. Oni tam byli wtedy skonfliktowani z jedną z grup i dlatego dużo mi o tym opowiadał. Oprócz niego z kibolami trzymał też ten „Jodko", o którym ci wcześniej opowiadałem. Miał wtedy do odsiadki stary wyrok za samochody, ale go sobie jakoś przerywał – kombinował, leczył się i tak dalej.

I jak potoczyła się ta sprawa?

Wiedzieliśmy, że ci kibole mają swój pub, gdzie często się zbierają. No to wziąłem swoich dwóch kolegów, Pąka i Samarę, którzy pracowali ze mną dla Bauma, i powiedziałem, że musimy tam wjechać. Oni: „Ale, kurwa, jak?". No bo problem był taki, że tymi kibolami interesowały się też inne jednostki, między innymi komendy rejonowe i wydział narkotykowy w CBŚ. Ja byłem wtedy w kryminalnych, a między frakcją narkotykową i kryminalną był konflikt. No i chłopaki mnie pytają: „Jak my to zrobimy? Przecież ten pub jest pod obserwacją. Są podsłuchy, kamery, podstawki".

Podstawki?

Podstawiony samochód z kamerą. Tak zwane ZPO – czyli zakryty punkt obserwacyjny. Ja mówię: „Bierzemy pieniądze od Bauma, to trzeba sprawę załatwić. Pojedziemy tam normalnie i pogadamy". Przyjechaliśmy do pubu o szesnastej. Tego mojego informatora nie było, bo okazało się, że akurat się ukrywał. Był za to „Jodko". To mówię do niego tak:

– Słuchaj, od jutra koniec tematu Nogaś i Bauma.

– No, wiesz, jak mi Baum załatwi u prezydenta uniewinnienie, to wtedy będzie stop.

– Co? Chyba ci się coś popierdoliło w głowie. Ty się ciesz, że w ogóle tu przyszliśmy i prowadzimy jakiekolwiek rozmowy.

– To co? Nie będzie uniewinnienia?

– Nie.

– Ty wiesz, że już mamy popisane transparenty z jego nazwiskiem? Kibole, a nawet cała stocznia pójdzie pod jego dom i będzie, kurwa, wielki wiec.

– Słuchaj, zaraz was tu czapkami nakryjemy. Ty sobie zdajesz sprawę z tego, co mówisz? No dobra. To będzie wojna. Koniec parasola ochronnego.

No to on tam jakieś argumenty swoje zaczął wysuwać i w końcu pyta:

– To co? Nie będzie ułaskawienia?

– Ciesz się, że z tobą rozmawiamy w ogóle.

– No dobra, chuj, to wam powiem. Ta Nogaś strasznie namieszała i naobiecywała nam złote góry. My się dowiedzieliśmy, że ona pieniądze wzięła, jakiś milion złotych, no, że prywatę zrobiła.

I zaczął mi dalej tłumaczyć, jak wyglądał cały przekręt z jej strony.

– To teraz zrobimy tak – mówię po wszystkim. – Napiszecie na forach internetowych, że żadnej demonstracji nie będzie i że zaistniała pomyłka. Napiszecie też, że Baum dał milion złotych na rzecz waszego klubu jako sponsor.

No i do demonstracji nie doszło. A Baum dostał później pierdolca na punkcie tego klubu. Stadion im rozbudował, całą infrastrukturę odnowił, włożył w to kupę kasy. Jak się potem spotkałem z moim informatorem, to powiedziałem mu tak:

– Słuchaj, trzeba wzmocnić prezesa psychicznie. Żeby chłop poczuł, że ma za sobą naród. Jak będzie następny mecz, to macie chórem krzyczeć jego nazwisko. Jak najgłośniej, żeby poczuł się mocny.

No i co? Krzyczeli?

I to jak! Pytam później Bauma:
– Panie prezesie, podobało się?
– No, zajebiście.

A powiedz o sprawie tego prywatnego detektywa, który chciał się dobrać Baumowi do dupy.

Facet był wcześniej policjantem – zwolnionym zresztą za korupcję. Ale miał mocne plecy. No i dotarło do nas info, że zbiera materiały na Bauma i chce go upierdolić – jako prywatny detektyw. Baum mnie zapytał, kto to w ogóle jest. To mu wyjaśniam, że skończony frajer i nie trzeba się nim w ogóle przejmować. Ale Baum się uparł: „On ma układy i możliwości. Chodzą słuchy, że on mnie wykończy, że nic nie można zrobić". No to tłumaczę mu dalej, że robi się z tego gościa Jamesa Bonda, a to jakiś nieudacznik jest, człowiek-nikt. Dałem mu też całą charakterystykę i historię tego faceta. Ale Baum powiedział, że to nie wystarczy. No to siadłem i zacząłem myśleć, co tu zrobić. Okazało się, że mój dobry kumpel pracuje dla tego detektywa. Zadzwoniłem do niego, a ten mi mówi, że jego pracodawca to pała, że wykorzystuje emerytów, którzy robią dla niego różne ustalenia i dostają za to pięć złotych za godzinę. Generalnie wyczułem, że mój kumpel nie przepada za tym figurantem. Powiedziałem mu:

– Słuchaj. Możesz zarobić parę groszy. Potrzebuję całej bazy danych tej agencji detektywistycznej. Jego klientów, kontrakty, wszystko. Żebyś mi to zgrał z komputera od niego. – I on mi to zgrał.

Okazało się, że facet ściąga długi dla wielkich polskich firm i spółek Skarbu Państwa. Nie chodziło o jakieś duże pieniądze – tylko takie wkurwiające drobiazgi typu trzydzieści tysięcy złotych. Co to oznaczało? Że gość miał powiązania ze służbami. I jeżeli on opowiadał, że zbiera kwity na Bauma, to dlatego że jakaś służba mu to zleciła. Najpewniej znowu ABW.

Ale po co?

Żeby wytworzyć sztuczne zagrożenie i żeby Baum zwrócił się do ABW o pomoc. Dzięki temu ktoś z ABW mógł dostać w łapę. A ten cały detektyw to był po prostu podstawiony krzykacz.

Jak to się skończyło?

Wyobraź sobie, że Baum zatrudnił, kurwa, tego krzykacza i dał mu dziesięć tysięcy pensji miesięcznie. Po roku – jak sprawa przycichła – wypierdolił go na zbity pysk.

TRÓJKĄTY I CZWOROKĄTY

Baum miał dużo kochanek?

Tak, między innymi dwie znane piosenkarki. Z jedną z nich wiąże się ciekawa historia. Swojego czasu zbliżyła się do niej Igrekowa – poprzez takiego swojego kolegę, Bigosa, który wyszedł z pudła, a potem miał romans z Igrekową. Ten Bigos był z kolei kolegą faceta tej piosenkarki. No i Igrekowa zapoznała piosenkarkę z Baumem, a następnie uknuła intrygę, żeby doprowadzić do jej rozstania ze swoim chłopem awanturnikiem.

Na czym polegała ta intryga?

Najpierw zaczęła opowiadać tej piosenkarce, że kolesie to ciągle obracają jakieś baby na boku i są chronicznie niewierni. Ciągle ją tak urabiała – a wiesz, Igrekowa na pierwszy rzut oka sprawiała wrażenie niewinnej, dobrej osoby. No i pewnego dnia była na spotkaniu z tą piosenkarką i powiedziała, że ten jej facet to jest niezły jebaka. Piosenkarka na to:

– Nigdy w życiu, to jest bardzo porządny chłopak.

– Udowodnię ci, jaki on jest, i się z nim umówię.

A ona miała naturalny kontakt z nim przez Bigosa. Sięgnęła więc po telefon i dzwoni do faceta przy tej piosenkarce:.

– Cześć, no co tam słychać? Wszystko w porządku? Słuchaj, bo chciałabym się z tobą umówić na bzykanie.

A ten koleś na to:

– Dobra.

Jakiej ta piosenkarka dostała, kurwa, piany. Oczywiście wszystko mu potem przytoczyła. A ten facet tak się wkurzył, że zlecił gdyńskiej ekipie kiboli, żeby dojechali Igrekową i jej łeb opierdolili na łyso. Gdyby nie ja, faktycznie by do tego doszło. Ale temu zapobiegłem.

Dlaczego?

Bo wiedziałem, że Igrekowa cały czas się dyma z Baumem, a ja robiłem zabezpieczenie nie tylko dla niego, ale też między innymi dla jego kochanek.

Zresztą, chłopie, co tam odchodziło między nimi wszystkimi...

To znaczy?

Na przykład trójkąciki – Baum, Igrekowa i piosenkarka. Albo kazał się dziewczynom ruchać przy sobie. Generalnie Igrekowa miała niesamowitą łatwość w urabianiu facetów. Kiedyś mówi do mnie:

– Wiesz co, któregoś dnia leciałam do Warszawy i wiesz, kto koło mnie siedział? – I podaje nazwisko znanego polityka. – Patrz, wizytówkę mi swoją dał. Nie wiedział nawet, głupi, z kim gada. Ale nie umówię się z nim, bo nie jest w moim typie.

Rozumiesz? Miała wtedy Bauma i traktowała go wyżej, za jego kasę i układy. Ale powiedziała, że gdyby chciała, toby urobiła też tego szefa partii w samolocie.

Oni wszyscy byli siebie warci. Gangster Igrek, jak żył, to miał kochankę – taką Ulę z Gniezna. Małolatę. Igrekowa o tym wiedziała i najprawdopodobniej doszłoby do rozwodu. Gangster zostałby z tą kochanką. Po jego zabójstwie pojechałem na przeszukanie do tej Uli. No i Igrekowa mi powiedziała, żebym zabrał młodej futro, które dał jej Igrek, i pamiętniki, które ona pisała.

Skąd o tym wiedziała?

Bo ta Ula się tym chwaliła. A Igrekowa miała swoją siatkę wywiadowczą – była bardzo dobrze zorganizowana, jeśli chodzi o zbieranie informacji. Śledziła gangstera Igreka, wszystko o nim wiedziała. No i jak pojechałem do Uli, to zapytałem ją wprost o futro i pamiętniki. Chłopaki, którzy ze mną byli, pytali:

– No jak to, kurwa, futro jej zabierzesz? Jak to będzie wyglądało.

– Nie zabiorę, tylko zapytam grzecznie.

Potem dziewczyna przeinaczyła całą sprawę i mówiła, że chciałem jej to futro zabrać.

Z nią się zresztą wiąże jeszcze jedna mocna historia. Kiedyś dostałem sygnał, że Baum chce ją poznać. No i ona trafiła do niego na bankiet. Przyjechała zresztą do Trójmiasta razem z koleżanką – nie miały gdzie nocować, więc spały u mnie, a ja przy okazji bzyknąłem tę jej koleżankę. Ale co się okazało? Ula powiedziała mi, że na bankiecie był jeden znany sportowiec. No i on jej zaproponował, żeby poszła do konkretnego pokoju w Grand Hotelu, gdzie pozna pewnego biznesmena. Okazało się, że na miejscu zastała Bauma, który chciał ją przelecieć – ona się nie zgodziła, bo jej się nie spodobał. Potem wpadła w histerię i powiedziała mi, że on chciał ją zgwałcić. Wiesz, to była taka gówniara, trochę niestabilna psychicznie.

Zacząłem ją uspokajać, łagodzić całą sytuację. Potem zawiozłem Ulę na pociąg i pojechałem do

Bauma. Powiedziałem mu, jak wyglądała sytuacja, i żeby na tę dziewczynę uważał. A on się wszystkiego wyparł.

A z tą znaną piosenkarką były jeszcze jakieś przeboje?

Baum miewał też trójkąty z nią i jej agentką. Zresztą ta piosenkarka bardzo baby lubiła. Nie mógł sobie z tym poradzić jej facet. Bo jak się próbował z nią ruchać, to ona zawsze chciała jeszcze jakąś babę do tego. Najczęściej była to jej agentka. I on się czuł trochę jak piąte koło u wozu. A Baum tę piosenkarkę bardzo promował. Wypasione auto jej kupił, zapewnił występ na festiwalu. Zdjęcia w telewizji, wszystko. Ale wtedy akurat Bauma wyjątkowo przy niej nie było, bo on w tym czasie był już poważnie uzależniony od wszelakich wróżb. I regularnie chodził do jednego takiego wróżbity.

Poważnie? To może on go nakierował na interesy za wschodnią granicą, które go ostatecznie zgubiły?

Dokładnie tak! On mu napierdolił, że tam znajdzie skarby.

Kim był ten wróżbita?

Facet był psychoterapeutą i miał swój gabinet w jednym ze szpitali w Gdyni. Baum jeździł tam do niego na masaże i porady psychologiczne. Przy okazji zwierzał mu się z różnych spraw, między innymi biznesowych. Mało tego, ten psychoterapeuta zbierał sobie wcześniej informacje na jego temat i jak mu udzielał porad, mówił mu to, co ten chciał usłyszeć. I co najciekawsze, jak wyszła afera, po której Baum musiał spierdalać z Polski, to ten wróżbita uciekł w tym czasie do Rosji.

Czyli co? Był powiązany ze służbami rosyjskimi?

Zapewne tak. Rozpłynął się i do dzisiaj nie wrócił.

A on był Polakiem czy Rosjaninem?

Zruszczonym Polakiem. Kształcił się w Rosji, więc tam go już mogli puknąć. Ale powiem ci jeszcze taką ciekawostkę, że ojciec Igrekowej też jeździł do Bauma odprawiać czary-mary.

Jak to?

Jej ojciec otwierał mu czakramy. A w praktyce było to wszystko sterowane przez „Igrekową". Dzięki temu wiedziała, czy Baum ma dobry humor, jak się zachowuje, jakie ma problemy, kim są jego znajomi.

Mało tego: manipulowała nim poprzez ojca. Mówiła, kogo ma się słuchać, kogo ma odrzucić. Eliminowała w ten sposób wszelką konkurencję – i damską, i męską, która jej po prostu nie pasowała.

W końcu powiedziałem Baumowi:

– Panie prezesie, zanim jej ojciec przyjeżdża do pana, to zbiera sobie wszystkie potrzebne informacje na pana temat. Potem panem manipuluje, mówi to, co chciałby pan usłyszeć.

Takie historie były.

Ale ty dalej miałeś u niego dostatnie życie?

Z dzisiejszej perspektywy mogę powiedzieć, że niepotrzebnie obnosiłem się z pieniędzmi, które zarabiałem u Bauma. Zamiast je gdzieś odkładać, inwestować, to kupowałem sobie właśnie motocykle, samochody, zegarki. Żyłem, po prostu. Korzystałem z tego. I to był błąd, bo koledzy z policji to widzieli i zaczęła się pojawiać zazdrość, zawiść. Zaczęto wymyślać bujdy, że mam te pieniądze z handlu narkotykami, porwań i kradzieży samochodów. A prawda była inna.

Tymczasem tych dwóch moich kolegów, Pąk i Samara – o czym się później dowiedziałem – zainwestowało te pieniądze w lichwę. Tak się rozkręcili, że w pewnym momencie stali się w Trójmieście potentatami w tej branży.

Ale zostawmy na razie wątek Bauma i pogadajmy o innej twojej robocie. Bo to nie Baum uczynił cię sławnym, tylko krótkotrwała praca u Krauzego. W pewnym momencie stał się on bohaterem afery, o której mówiła cała Polska. Jak to wyglądało z twojej perspektywy?

No, to była gruba sprawa. Z Baumem miałem już wtedy luźniejszy kontakt i więcej robiłem dla Krauzego. Zresztą równolegle pracowałem też dla jeszcze jednej osoby... powiedzmy Iksińskiego. Nie ukrywam, że mi te wielorakie kontakty bardzo pomagały. Jak nie u jednego, to u drugiego.

Dla mnie nie było tajemnicą, że z Krauzem kontakty miał ówczesny komendant główny policji, a także szef MSW. Wcześniej – jeszcze przed wybuchem tej afery – doszły mnie słuchy, że zaczynają wokół nich węszyć dziennikarze. A skąd dziennikarze mogą mieć informacje o tym, wokół kogo węszyć? Oczywiście, że od służb. No i w końcu to wszystko jebło. A jeszcze cała ta ekipa czuła się totalnie bezkarnie – gadali ze sobą normalnie przez komórki. Nagranie ich nie stanowiło żadnego problemu.

A jak to się w ogóle wszystko rozegrało z tą aferą?

Promotorem szefa MSW był ówczesny prezydent. No i doszło kiedyś między nimi do takiej rozmowy:

– Słuchaj – mówił prezydent – docierają do mnie informacje, że ty znasz dobrze Krauzego.

– Nie, nie znam go – odpowiedział szef MSW.

– Na pewno? Znasz go czy nie?

– Nie, nie znam.

– Bo mam tutaj informacje, że szef naszego koalicjanta chce przejąć duże pieniądze za odrolnienie i będziemy go kręcić.

A partia rządząca miała już wtedy duże podejrzenia wobec komendanta głównego i szefa MSW. Czyli mówiąc konkretniej – byli pod obserwacją. No i okazało się, że szef MSW po spotkaniu z prezydentem pojechał się spotkać z Krauzem i jednym z polityków koalicyjnej partii. Oczywiście szef MSW ostrzegł tego polityka, że partia rządząca szykuje prowokację. No i wszystko się wysypało.

A jaki wpływ na nich miał Krauze?

Miałem wrażenie, że on się w pewnym momencie zaczął bawić w ustawianie polityków i ministrów. Chciał rządzić państwem, kurwa. A cała akcja przeciwko niemu była prowadzona przez CBA. Zarówno Krauze, jak i cały ówczesny establishment nienawidzili szefa CBA. Bo on chciał z nimi walczyć. Problem w tym, że źle to wszystko rozegrali.

Zamierzałem nawiązać kontakt z grupą, która robiła tę operację, żeby im pomóc w rozpracowaniu Krauzego. Jak zobaczyłem konferencję prasową w telewizji po całej akcji, to zrozumiałem, że grupa, która go rozpracowywała, nie miała wcale dużej wiedzy na temat środowiska Krauzego, szefa MSW czy komendanta głównego. Oni całą akcję po prostu spierdzielili, bo nie mieli tego dobrze rozpracowanego operacyjnie. Szef MSW po rozmowie z prezydentem wiedział, że będzie operacja wymierzona przeciwko wicepremierowi, i po tej rozmowie pojechał bezpośrednio na spotkanie. A nie wiedział, że ma założoną obserwację. Tam spotkał się z Krauzem, który z kolei przekazał informacje jednemu z posłów, a ten poseł wicepremierowi. No i cała operacja przez to nie wypaliła.

Teraz ci powiem jeszcze jedną ciekawostkę *à propos* tej sprawy. Przyszedł do mnie kiedyś wysoki rangą policjant i zapytał, czy nie chciałbym pracować dla Krauzego. Nie wiedział, że ja już dla niego robię. Mnie było na rękę, że policjant składa mi taką propozycję, bo jeżeli kiedykolwiek wyszłoby, że naprawdę robię osłonę kontrwywiadowczą dla Krauzego, to ów funkcjonariusz czułby w mojej osobie zagrożenia, bo wiedziałby, że odgrywam u Krauzego ważniejszą rolę aniżeli on.

Jak wybuchła afera, o której rozmawialiśmy, i aresztowano szefa MSW i komendanta głównego, to ujawniono całą sieć billingów. Wtedy też wyszło na jaw, że w tym układzie działał też ten wysoki rangą policjant. Pomyślałem, że w takim razie trzeba się z nim spotkać. A on był wtedy na ważnym stanowisku w Warszawie. I okazało się, że gość położył się w psychiatryku. Czyli był idealnym celem dla służb, bo nie wytrzymywał tego wszystkiego psychicznie.

Pojechałem do niego do szpitala i jak go zobaczyłem, stwierdziłem, że jak go przycisną, to ze wszystkim się wygada.

On naprawdę był taki rozhisteryzowany?

Był przerażony. Mówię mu:

– Jak brałeś pieniądze, to było fajnie, ale jak przyjdzie do jakiejś odpowiedzialności, to co?

– Co teraz będzie? Co ja mam zrobić?

Zacząłem go uspokajać i pracować nad nim psychologicznie. Automatycznie powiedziałem też Krauzemu, jaką ma przy sobie ekipę i co to są za ludzie. Facet był załamany, bo płacił im pieniądze, a oni go nie ostrzegli przed całą prowokacją.

UPADEK

Czyli tak: z Baumem się wszystko rozsypało, z Krauzem afera. A kiedy zaczęło zgrzytać między tobą a Iksińskim?

Od sprawy z teczką.

Jaką teczką?

Kiedy pierwszy raz spotkałem się z Iksińskim, powiedziałem mu tak:

– Trzeba zrobić tak, żeby pana naturalnie zarejestrować w CBŚ jako osobę rozpracowywaną. Bo są porwania, gangsterzy panu grożą, więc oficjalnie my się panem zainteresujemy.

– Niech mi pan wytłumaczy, jak to działa.

– Normalnie, rejestruję pana jako figuranta i zakładamy panu teczkę. No i w tej teczce będę zbierał wszystkie informacje, jakie uzyskam na pana temat. Po co to robię? Po to żebym automatycznie się dowiadywał o tym, że jakakolwiek jednostka z kraju się panem interesuje. I na bieżąco będę pana informował.

I Iksiński powiedział: „Okej".

W międzyczasie dostałem właśnie info, że MSW chce objąć Iksińskiego inwigilacją. Czyli centrala warszawska zleciła prowadzenie inwigilacji i zbieranie na niego materiałów. Następnie miały być one przesyłane do Warszawy. Po co? Żeby ktoś z Warszawy miał dużą wiedzę na temat Iksińskiego i mógł tą wiedzą grać. Gdy mu to przekazałem, ten się wkurwił strasznie. Twierdził, że szef MSW chce mu zaszkodzić.

Ale niedługo potem zmienił się rząd, do władzy doszło SLD. Iksiński mówi wtedy do mnie tak:

– Panie Jarku, teraz już nikt z Warszawy nie będzie panu zlecał żadnych rozpracowań mojej osoby. Jestem pewny w stu procentach.

– Niech pan nie wierzy tej nowej władzy, bo pana oszukują.

– Jak zobaczę, to uwierzę.

No i po jakimś czasie CBŚ dostał wytyczne już od SLD-owskiego szefa MSW, że ma zbierać materiały na Iksińskiego. Wziąłem wtedy całą teczkę, skserowałem i mu zaniosłem. Jak to zobaczył, dostał szału.

– Kurwa, miałeś rację.

– Daję panu to ksero. Ale to jest ksero wyłącznie dla pana, więc żeby pan pod żadnym pozorem nie próbował tym grać. Musi pan udawać, że wszystko jest okej, a my i tak będziemy robić swoje. Żeby pan, broń Boże, się z tym nie wychylił, bo dla mnie to będzie wyrok śmierci. Jeśli pan to ujawni, będę skończony w CBŚ. – A to był okres, kiedy była już na mnie nagonka po tej Igrekowej i publikacji w ogólnopolskiej gazecie.

Mijają dwa tygodnie, przychodzę do roboty, a tam trzech wspaniałych z Warszawy przyjechało. No i widzę, że naczelnik Kwietniowski lata wokoło i ogólnie coś się dzieje. W końcu wezwał mnie do siebie i mówi:

– Kto ci kazał to zrobić?

– Ale co?

– Kto ci, kurwa, kazał to zrobić?

– Ale co?

– Nie wiesz co?

– Nie wiem.

– Chuj, będziesz siedział, zobaczysz. Kto ci, kurwa, kazał?

– Ale co? Niech pan powie, bo do tej pory pan mi coś zarzuca, ale nie wiem co konkretnie.

Ja się oczywiście do niczego nie przyznałem. Widziałem jednak, że uruchomiona została przeciwko mnie ostra artyleria. Poszedłem do Iksińskiego i mówię, że coś się grubego wydarzyło, ale nie wiem, o co chodzi. A on na to:

– Słuchaj. Nie wytrzymałem. Byłem na bankiecie, gdzie pojawił się między innymi szef MSW. I nie wyrobiłem. Pokazałem mu swoją teczkę i powiedziałem: „Ktoś mi to pocztą wysłał, weź poczytaj".

Jak oni to zobaczyli, dostali szału. Wiesz, wyszli na frajerów. Ale tym samym Iksiński mnie, kurwa, sprzedał. No i zaczęła się na mnie nagonka. A to, że napady robiłem, a to, że zegarki jakieś kradłem. Potem zaczęli do aresztów chodzić i szukać jakichś chujków, którzy będą na mnie zeznawali. To był 2002 rok. Jurek z kontrwywiadu powiedział mi, że powstała grupa operacyjna, która miała mnie rozpracowywać i szukać na mnie haków. A dodatkowo tych dwóch, co ze mną pracowało u Bauma, zaczęło mi robić u niego czarny PR. Zaczęli wciskać Iksińskiemu, że ja koks wpierdalam i że z gangsterami imprezuję, i wygadali mu wszystko o mojej pracy dla Bauma, o której Iksiński do tej pory nie wiedział i z pewnością nie chciałby być z nim w żaden sposób kojarzony. Moi koledzy byli zazdrośni i zaczęto mnie stopniowo odsuwać od Iksińskiego.

Jednocześnie pojawiły się inne problemy z powodu pracy dla Bauma. Jeden z szefów WSI popadł bowiem z Jurkiem z kontrwywiadu w konflikt i pozbył się go z Wojskowych Służb Informacyjnych. Brałem po uwagę, że mógł odkryć, że Jurek zbierał moim rękami informacje na temat powiązań szefa WSI z Baumem. Po tym odkryciu szef WSI zmusił Jurka do odejścia. Pozbyto się więc jedynego człowieka, który stanowił moje połączenie z kontrwywiadem wojskowym. Znowu zostałem na lodzie. I wiedziałem, że tym razem nie będzie znikąd pomocy.

Na domiar złego w międzyczasie poznałem dziewczynę z Gdańska, z którą chciałem sobie życie ułożyć, więc wziąłem kredyt na mieszkanie. A że nie dostawałem szmalu, zacząłem popadać w długi.

Jak to się dalej potoczyło?

W takim świecie ludzie, jeśli tylko wyczują twój słabszy moment, od razu rzucają ci się do gardła i próbują cię wyeliminować. Po zamieszaniu z Krauzem i Iksińskim również w oczach Bauma zaczęli mnie dyskredytować kolejni ludzie, na przykład jego przydupas Albercik. Próbowałem dzwonić do biznesmena, umówić się z nim, wyjaśnić wszystko, ale on nie odbierał moich telefonów.

A ci twoi koledzy co w ten sposób próbowali ugrać?

Chcieli mnie całkowicie od Bauma odsunąć. Chodziło o hajs. Dodatkowo bali się, żebym z zemsty nie zaczął mu przekazywać jakichś informacji na ich temat. Bo teraz zamierzałem go uświadomić, że otacza go banda idiotów, którzy opowiadają mu bzdury. W końcu się wkurwiłem i stwierdziłem, że coś muszę zrobić. Postanowiłem dojechać tego jego przydupasa Alberta i spuścić mu wpierdol.

Po co?

Żeby dać Baumowi sygnał, żeby się opamiętał. No i umówiłem się z tym przydupasem na cmentarzu. Jak przyszedł, złapałem go za chabety, rozdarłem mu koszulę, dałem liścia i powiedziałem: „Chodzisz, jakieś bzdury, kurwo, o mnie opowiadasz, wypierdalaj! Won mi stąd!”.

W tym samym czasie pojechałem do szefa firmy ochroniarskiej, która ochraniała Bauma. On miał układy z policjantami, którzy mnie oczerniali. No i to samo – dałem mu z liścia i powiedziałem, co o nim myślę. Bo on też na mój temat opowiadał bzdury. Potem pojechałem pod dom Kwietniowskiego i czekałem na niego, bo chciałem mu zrobić dokładnie to samo. Jak mnie zobaczył, to zaczął spierdalać.

Wiesz, chciałem ich wszystkich poniżyć. Po tej akcji zadzwonił do mnie komendant i pyta: „Jarek, co ty robisz?”. Tłumaczę mu, że oni pierdolą na mój temat głupoty, więc dam im nauczkę. No to mnie zaczął uspokajać przez ten telefon. „Dobra – powiedziałem – odpuszczę”. Uderzając w Kwietniowskiego, chciałem pokazać Baumowi, że nie boję się zrobić czegoś nawet ludziom, którzy są na stanowiskach. Ale koleś dalej nie odbierał ode mnie telefonów.

No i co zrobiłeś?

Był dzień przed Wigilią. Kupiłem petardy i pojechałem o drugiej w nocy pod jego dom. Wiedziałem, gdzie są tam kamery porozstawiane, więc przeskoczyłem przez płot w takim miejscu, żeby mnie nie uchwyciły, i wyjebałem mu pod oknem te dwie petardy. Wcześniej całą drogę od domu do mojego auta posypałem pieprzem – na wypadek, gdyby psy za mną puścili.

Potrzeba matką wynalazków... I jaki to dało efekt?

Baum zadzwonił do mnie po Nowym Roku i powiedział, że chce się spotkać. Żebym wyjaśnił mu sytuację z Albercikiem i szefem ochrony. O Kwietniowskim i petardach słowem nie wspomniał.

No i się spotkaliśmy. Powyjaśniałem, że gadają o mnie bzdury i chcą mnie zdyskredytować w jego oczach. Powiedział, że rozumie i że go w to wszystko wciągnęli. Po rozmowie sypnął mi nawet jakimś groszem – tak na odchodne. Ale nasze kontakty się rozluźniły. Mimo to potem mi jeszcze parę razy pożyczał pieniądze.

Jakim groszem ci sypnął?

Dał mi dwa razy po dwadzieścia tysięcy złotych. Potem przeprosiłem tego Albercika i szefa ochrony. A oni jeszcze mi powiedzieli: „Stary, wiedzieliśmy, że masz jaja, ale nie myśleliśmy, że aż takie".

Co się dzieje z Baumem teraz?

Posprzedawał firmy, część poprzepisywał. Oficjalnie wycofał się z biznesu. Ale w rzeczywistości ma pieniądze i dalej kręci wszystkim poprzez swoich ludzi.

To znaczy?

Ogłosił upadłość, bo zorientował się, że miał w swoim kręgu leszczy, którzy go oszukiwali, opowiadali o rzeczach, które nie miały odzwierciedlenia w rzeczywistości. Ogłosił tę upadłość, żeby się od nich odbić. Dzięki temu odbyło się to naturalnie, bo niby teraz „nie ma kasy". Ale poprzez swoich pośredników dalej robi interesy.

A władzę dalej ma?

Taką, jak dawniej, już nie. Politycy nie robią mu krzywdy. Ale stara ekipa ze służb nigdy nie da mu spokojnie żyć.

Dlaczego?

Bo potraktował ich jak frajerów. A tak naprawdę on zawdzięcza swoją wielką karierę służbom – a konkretnie WSW. Baum był przez nich zwerbowany jako student. Handlował wówczas dżinsami i komputerami za granicą. A wojskowi utorowali mu drogę do wielkiego biznesu. Wiesz, mam na myśli różne duże przetargi związane z prywatyzacją spółek państwowych. A on później się na nich wypiął.

A jaki to jest człowiek?

Wydawało się, że charakterny, że patriota. Ale okazało się, że jest w stanie sprzedać wszystko i wszystkich. Opowiem ci pewną historię. Jak żył jeszcze prałat Jankowski, to przyjeżdżało do niego na plebanię bardzo dużo różnych wpływowych ludzi z całej Polski. Tam załatwiano różnego rodzaju interesy, a Jankowski kontaktował ze sobą biznesmenów, polityków i ludzi ze służb. Ciekawostką jest to, że po śmierci prałata jeden z trójmiejskich biznesmenów napisał list do Bauma, aby ten dorzucił tysiąc złotych na budowę pomnika dla Jankowskiego na cmentarzu. Ten biznesmen po prostu wiedział, że Baum dużo zawdzięcza prałatowi. Baum jednak nie odpisał na list i nie dorzucił się do budowy. Dopóki prałat był mu potrzebny, wszystko było fajnie. Po jego śmierci zlał go totalnie i nawet nie dał głupiego tysiaka na pomnik.

BOKSER

W czasie, gdy pracowałeś u Bauma, poznałeś też znanego boksera.

Tak. Chodziłem do miastowej siłowni, gdzie ciągle miałem jakieś awantury z gangsterami. Pąk powiedział, żebym dał sobie z tym spokój, że on mnie zapozna ze znanym polskim bokserem z Trójmiasta, który ma tu siłownię, i będę sobie chodził do niego. Pomyślałem: „Dlaczego nie?". No i zacząłem tam łazić.

Oczywiście okazało się, że Pąk miał w tym jakiś interes. Bo na siłownię tego boksera zaczęli przychodzić miastowi, a jemu zależało na tym, żeby tam chodzili normalni ludzie – biznesmeni i tak dalej. Poprosił więc Pąka o pomoc, żeby ich stamtąd wykurzył. A że on nie miał żadnego poważania na mieście, wkręcił w to mnie.

No i podziałało. Jak zacząłem tam przychodzić, miastowi przestali. Raz, jak przyszedł Zachar, to mu powiedziałem, że to nie jest siłownia dla niego, i tyle. Gangsterzy tam nie przyłazili, zamiast tego zaczęli przychodzić między innymi ludzie z CBA. No i ten bokser bardzo mnie polubił. Zaczął mnie zapraszać na imprezy i do domu.

Kiedyś doszło do takiej awantury w Sopocie, podczas której bokser wpierdolił pruszkowskim, którzy akurat przyjechali z Warszawy. Zrobiła się afera i bokser zaczął wydzwaniać do Pąka, ale ten nie odbierał. W końcu pojechałem tam ja. Koniec końców ci twardzi pruszkowscy występowali przeciw bokserowi na sprawie, podczas której przedstawiali się jako poszkodowani biznesmeni. A ja zeznawałem jako świadek.

Gdy przyjechałeś do tej knajpy, to było już po awanturze?

Tak.

A o co się pobili?

Wszyscy byli na festiwalu w Sopocie. Po imprezie właściciel knajpy, w której doszło do awantury, zaprosił do swojego lokalu boksera i tych pruszkowskich, żeby się najebać. No i ci gangsterzy w pewnym momencie zaczęli się nabijać z naszego boksera, że jest pałą, więc ów bokser się wkurwił i im napierdolił.

I wziął cię potem na świadka?

Tak. Jak zobaczyłem na sprawie tych „biznesmenów", to powiedziałem do jednego z nich na korytarzu:

– Jaki ty, kurwa, jesteś biznesmen? Przecież ty jesteś Zbynek z Pruszkowa, frajer! I co, grozisz mojemu koledze?

W końcu ten bokser dostał jakąś karę, ale to nie były nawet zawiasy.

Zaprzyjaźniłeś się z nim?

Tak. I wkręciłem się w jego towarzystwo, żeby zdobyć trochę informacji z nowych środowisk. Był tylko jeden problem. Wiedziałem, że bokser pojawia się na imprezach, gdzie są narkotyki. No więc specjalnie się wcześniej przygotowywałem. Znałem się na narkotykach dzięki mojej pracy operacyjnej pod przykryciem. Przed taką imprezą przygotowywałem sobie w domu sprasowaną mąkę – wcześniej ją moczyłem, żeby dała się odpowiednio sprasować. Dzięki temu formowałem ją w kostkę. No i jak któryś z gości mnie częstował kokainą, to robiłem tak, że brałem ją od niego, odchodziłem tam na bok, zasłaniałem się ciałem i niby mieszałem. Potem jemu podawałem tę prawdziwą, a w ręce, pod palcami, miałem fiolkę swojej sprasowanej mąki, którą wysypywałem na talerzyk, żeby widział, jak to wciągam. Wcześniej długo to trenowałem.

Wiesz, jak jest impreza, alkohol, to ludzie nie kontrolują takich rzeczy, nie spodziewają się, że ktoś może grać w ten sposób. Dzięki temu wkręciłem się w to towarzystwo, a oni się czuli przy mnie luźno i swobodnie. Opowiadali mi różne rzeczy. Aż w pewnym momencie Pąk wpadł na pomysł, żeby od tego boksera brać pieniądze.

Na co?

Na lichwę. Bo oni z Samarą mieli lombard. I obracali tymi pieniędzmi.

Zaczęli urabiać boksera w ten sposób, że zapraszali go na różne wyjazdy zagraniczne. Mnie oczywiście nie zapraszali. Kiedyś dzwoni do mnie jeden z nich i mówi:

– Słuchaj, zajebiście, zarobiliśmy z bokserem parę złotych. Jesteśmy na imprezie w Sopocie i jest super.

– Może byście pomyśleli też o mnie i wzięli mnie do niego na jakiś zarobek?

Ale okazało się, że ten chuj Pąk miał włączony głośnomówiący i bokser to wszystko słyszał.

Sylwester, 2004 rok.

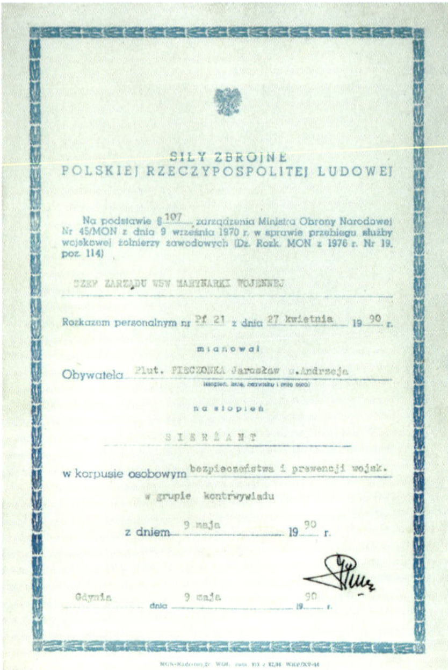

SIŁY ZBROJNE
POLSKIEJ RZECZYPOSPOLITEJ LUDOWEJ

Na podstawie § 107 zarządzenia Ministra Obrony Narodowej Nr 45/MON z dnia 9 września 1970 r. w sprawie przebiegu służby wojskowej żołnierzy zawodowych (Dz. Rozk. MON z 1976 r. Nr 19, poz. 114)

SZEF ZARZĄDU WSW MARYNARKI WOJENNEJ

Rozkazem personalnym nr Pf 21 z dnia 27 kwietnia 19 90 r.

mianował

Obywatela Plut. PIECZONKA Jarosław s. Andrzeja

na stopień

SIERŻANT

w korpusie osobowym bezpieczeństwa i prewencji wojsk.

w grupie kontrwywiadu

z dniem 9 maja 19 90 r.

Gdynia dnia 9 maja 19 90 r.

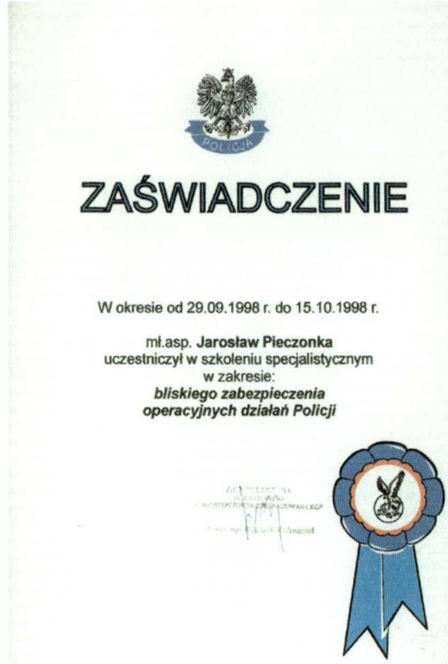

POLICJA

ZAŚWIADCZENIE

W okresie od 29.09.1998 r. do 15.10.1998 r.

mł.asp. **Jarosław Pieczonka**
uczestniczył w szkoleniu specjalistycznym
w zakresie:
bliskiego zabezpieczenia
operacyjnych działań Policji

Dokumenty związane z pracą w kontrwywiadzie i policji oraz pamiątkowa deska otrzymana po zakończeniu służby w „Tygrysach".

Przy papamobile – ochrona w czasie wizyty Papieża Jana Pawła II, Gniezno, 1997 rok.

Ochrona w czasie wizyty prezydenta Aleksandra Kwaśniewskiego – wsparcie SPAP Gdańsk dla Biura Ochrony Rządu, lotnisko w Rębiechowie, 1996 rok.

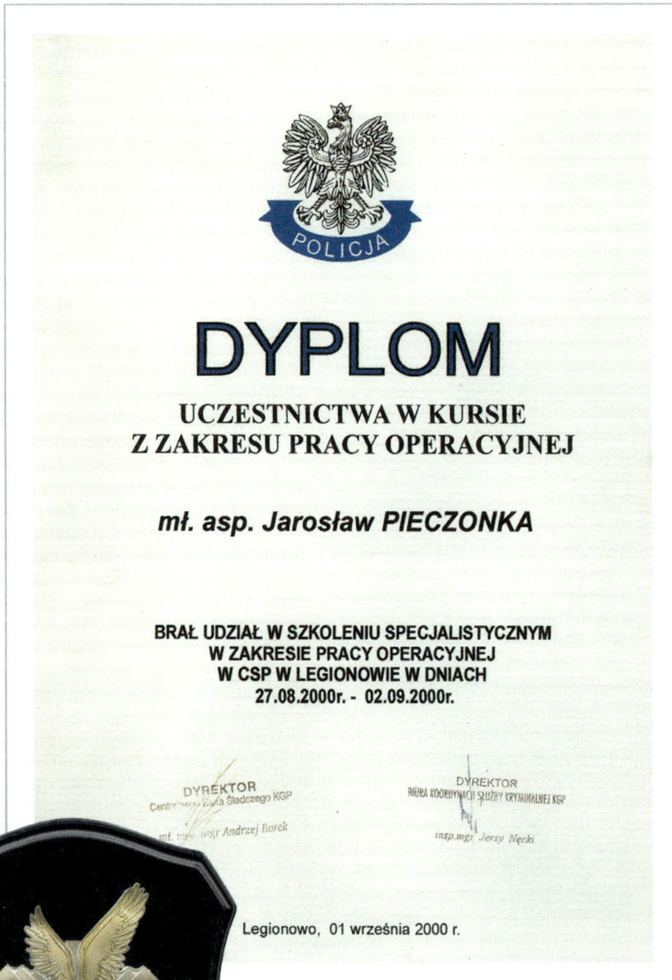
POLICJA

DYPLOM

UCZESTNICTWA W KURSIE
Z ZAKRESU PRACY OPERACYJNEJ

mł. asp. Jarosław PIECZONKA

BRAŁ UDZIAŁ W SZKOLENIU SPECJALISTYCZNYM
W ZAKRESIE PRACY OPERACYJNEJ
W CSP W LEGIONOWIE W DNIACH
27.08.2000r. - 02.09.2000r.

DYREKTOR
Centralnego Biura Śledczego KGP
mł. insp. mgr Andrzej Borek

DYREKTOR
BIURA KOORDYNACJI SŁUŻBY KRYMINALNEJ KGP
insp.mgr Jerzy Nęcki

Legionowo, 01 września 2000 r.

Dyplom otrzymany po kursie dotyczącym werbowania osobowych źródeł informacji.

Pamiątkowa deska CBŚ.

W Pradze przed wyjazdem do Hiszpanii – Jarosław Pieczonka tworzy swoją legendę handlarza narkotyków w Czechach.

Jarosław Pieczonka po operacji specjalnej w Hiszpanii.

Z hondą Valkyrie (u góry) i na harleyu Fat Boy (u dołu).

FCC/PL/06/008

IMO

ICoC

FIREARMS COMPETENCY CERTIFICATION (FCC) COURSE

This is to certify that: **Jarosław Pieczonka**
Date of Birth: [redacted]
Passport Number: [redacted]

On **02nd Jul 2014** successfully **PASSED** all 3 Phases of the **FIREARMS COMPETENCY CERTIFICATION**
in Warsaw, Poland meeting **IMO Circ 1405/1406 – GUARDCON – ISO 28007** requirements
This Certificate is issued under the authority of the **MARITIME SVS LIMITED**

Phase 1 – Theory – 100% Pass Required	Phase 2 – Weapon Handling – 100% Pass Required	Phase 3 – Application of Fire – 100% Pass Required
International Code of Conduct	Multiple Weapon Handling Test AK47 & M4 & Glock 17	Application of Fire (7.62mm & 5.56mm & 9mm)
Rules for the Use of Force (100 Series)	Normal Safety Precautions	Standing Position
Principles of Force	Load	Kneeling Position
Flashpoint	Ready	Prone Position
Weapon System Safety Onboard Vessels	Unload	Grouping and Zero Standards
Weapon Sighting Systems	Immediate Actions	Fire Team Assessment

Signature of Principal or Authorised Representative:

Issuing Authority
Date: 02.07.14

MaritimeSVS

FCC

(V4 (PL)-2014) MARITIME SVS LIMITED cannot be held liable for any damage, injury or loss directly or indirectly related to any work carried out by the above-mentioned person.

Licencja uprawniająca do pracy z długą bronią jako ochroniarz statków na wodach międzynarodowych.

Transport z portu Durban w RPA na statek Kahla pływający pod banderą Arabii Saudyjskiej.

Patryk Vega i Jarosław Pieczonka w czasie pracy nad książką,
Sopot 2015 rok.

I co?

Wkurwił się, bo był wyczulony na takie rzeczy. Urobili go po prostu, że patrzę na niego tylko pod kątem finansowym, i zrobili małą prowokację.

Pytam się potem Pąka:

– Co ty odpierdalasz?

– Wiesz, najebany byłem, nie kontrolowałem się specjalnie... – A tak naprawdę robili mi już czarny PR u tego boksera.

Ale jak władowałem się w dalsze problemy finansowe, i tak pożyczyłem od niego sto tysięcy złotych.

Oddałeś?

Tak, bo wziąłem kredyt w banku.

Dobre miałeś przeboje z tymi dwoma kolegami.

To były po prostu zawistne chuje. Pąk na przykład udawał kozaka strasznego – biegał, dobrze na worku ćwiczył, ale jeżeli chodzi o jakieś akcje, to był totalnym tchórzem. Kiedyś opowiadał nam, że kąpie się w zimnym morzu i jest morsem. No i zaczął mnie podpuszczać:

– Ty, Majami, na pewno nie wytrzymasz tyle co ja w zimnym morzu.

No i założyliśmy się o kolację w sushi-barze w Sopocie, że wytrzymam zimą w morzu dziesięć minut. W ogóle nie powinienem się był na to godzić, bo na taką kąpiel człowiek powinien się wcześniej odpowiednio przygotować. Ale podjąłem wyzwanie.

Jaki to był miesiąc?

Styczeń. Na zewnątrz minus dwadzieścia pięć stopni. Najpierw przebiegłem pięć kilometrów, a potem wskoczyłem prosto do morza. Wytrzymałem dwanaście minut, bo ten chuj Pąk przedłużył czas.

Co miałeś na sobie?

Tylko gacie i czapkę – bo musiałem być cały czas zanurzony po szyję w wodzie. Jak wyszedłem, byłem totalnie skostniały. Po prostu hipotermia. Ten bokser mi pomagał buty założyć, bo nie byłem w stanie. Miałem ze sobą termos z ciepłą herbatą. Po kąpieli pojechałem od razu na siłownię i saunę. Minęło z pół roku i jebło mi serce. Dostałem migotania przedsionków – lewego i prawego. Pogotowie zabrało mnie na intensywną terapię. A Pąk oczywiście wykorzystał to do robienia mi czarnego PR-u. Rozpowiadał, że byłem naćpany, leżałem jak świnia i dlatego zabrała mnie karetka. Po tej akcji bokser nie chciał już mieć ze mną żadnego kontaktu.

Chodziło jeszcze o taką plotkę z próbą porwania jego dziecka. Przed zerwaniem kontaktów pomogłem żonie jego kolegi. Bo ojciec tej żony miał problemy z alkoholem i robił matce jakieś awantury. Prosiła go, żeby się zaszył, dzielnicowego wzywała, ale wszystko chuj. No i mówi kiedyś do mnie:

– Majami, możesz mi jakoś pomóc? Bo nie chcę ojca pogrążać, ale chciałabym, żeby był spokój w domu i żeby matka nie miała problemów.

– Słuchaj, zrobimy tak. Dasz mi znać, jak ojciec będzie trzeźwy, a my wtedy pojedziemy do niego i udamy, że jesteśmy policjantami. – Byłem już wtedy na emeryturze, ale miałem blachę, która imitowała prawdziwą.

No i wbiliśmy się do tego ojca i powiedzieliśmy, że przyjechaliśmy z Komendy Wojewódzkiej, bo sąsiedzi się skarżą na awantury, dzielnicowy nawet tu był. I zaczęliśmy go straszyć, że jak się nie zaszyje, to pójdzie siedzieć. Jaki był efekt? Wystraszył się i poszedł się zaszyć.

A o co chodziło z porwaniem dziecka tego boksera?

Jeden lichwiarz, który przychodził na jego siłownię, powiedział mi, że ludzie gadają, że chciałem temu bokserowi dziecko porwać. Mówię:

– Co, kurwa? Jakie dziecko?? – Nie mogłem w to uwierzyć.

Okazało się, że moi koledzy i CBŚ-owcy sprzedali bokserowi taką informację. Wkręcili mu, że zapobiegli temu porwaniu. Przekonali go, że powinien zerwać wszelkie kontakty ze mną. Próbowałem się z nim spotkać i wyjaśnić mu tę sprawę, ale on nie chciał.

Potem spotkaliśmy się na rozprawie sądowej – bokser był w charakterze świadka. No i prokurator zaznaczył od razu, że sprawa rzekomej próby porwania to był tylko wkręt Pąka. Wszystko po to, żeby mnie zdyskredytować.

WOJENKA SZEFÓW

A jak doszło do wojny w służbach w Trójmieście?

Zaczęło się od tego, że Wacławczyk z CBŚ wrócił z Jugosławii, nabrał układów i został szefem narkotyków. Pojechałem kiedyś do niego do domu, żeby powspominać stare czasy. Powiedziałem mu, że pracuję w PZ-ecie. A on do mnie:

– Ten twój szef, Osiński, to nie jest do końca w porządku.

– Co ty gadasz?

– Bo posiadam informacje, że on jest skorumpowany. Jakbyś miał jakiekolwiek informacje na ten temat, przyjdź i mi powiedz.

Pytam go:

– Jaja sobie ze mnie robisz czy jak?

A on:

– Nie, mówię ci poważnie.

Pomyślałem sobie, że mnie po prostu sprawdzają: czy jestem lojalny. Na drugi dzień poszedłem do szefa i mówię:

– Szefie, ten Wacławczyk chyba zwariował. Chce, żebym na szefa jakieś informacje przekazywał.

– Weź go olej w pizdu.

Co się okazało... Jak Wacławczyk był szefem wydziału narkotykowego, przed połączeniem z PZ-etem, zaczął na tego Osińskiego donosić do Rapackiego. No i przy okazji też na mnie, że ja, kurwa, takie drogie samochody kupuję. I jak połączyli narkotyki z PZ-etem, to wytworzyły się dwie frakcje: Wacławczyka i Osińskiego. I zaczęła się, kurwa, wojna. Napierdalanka straszna. Jedna ekipa na drugą zaczęła zbierać kwity.

Osiński miał zostać komendantem wojewódzkim, a Wacławczyk szefem CBŚ. Ale zaczęli się nawzajem niszczyć. A Kazik, ten co miał romans z Igrekową, był skolegowany z Wacławczykiem. No więc od Igrekowej wyciągnął różne informacje na mój temat.

Puścili artykuł w Wyborczej zatytułowany *Miami Gdańsk*. Napisali tam, że ja w garniturach po Igreku chodzę, że wydaję na telefony po tysiąc pięćset złotych, że luksusowymi samochodami jeżdżę i że z gangsterami się zadaję i biorę od nich hajs. Nie wziąłem nigdy grosza łapówki, bo jakbym wziął, tobym prędzej czy później siedział. Ja miałem pieniądze od Bauma, Krauzego i Iksińskiego, a miastowych infiltrowałem i gromadziłem na ich temat takie „zasoby miastowe", które mogłyby się kiedyś przydać w załatwieniu jakiejś sprawy. W ten sposób bardzo się zbliżyłem do pewnego jegomościa.

Jakiegoś gangstera?

Można tak powiedzieć. Ale to nie był gangster kibol. Nie, nie, nie, to nie ta liga. To był handlarz narkotyków. I ten gość zaczął naszą relację wykorzystywać. Opowiadał w środowisku, że Majami to jest jego człowiek. I to był impuls, pod wpływem którego Wacławczyk zaczął go rozpracowywać. Odkrył, że ten facet prochami handluje.

Jak się o tym dowiedziałem, poszedłem do człowieka z narkotyków, który się tym zajmował, i powiedziałem mu:

– Romek, ty rozpracowujesz mojego gościa, a to jest jakiś drobny dealer. Przecież dobrze wiesz, że ja się z nim spotykam (bo to nie było tajemnicą). Na klawo chcecie go wpierdolić. Słuchaj, zawrzyjmy układ.

A teraz, o co chodziło. Oni dostali od jednego agenta trzy kilogramy amfetaminy. Ten agent, żeby się dobrze zalegendować, powiedział bowiem figurantowi, który był dużym handlarzem narkotykowym, że ma zejście na amfetaminę. Problem polegał na tym, że nie miał żadnego zejścia. I przyniósł tę amfetaminę policjantom. Trzy kilogramy.

No i Romek mówi wtedy do mnie:

– Mamy trzy kilo amfetaminy. Musimy to zalegendować.

– To jaki masz problem? Ja ci to opierdolę.

– Co ty gadasz?

– Mam taką sposobność.

– Ale to może wyjść bokiem, mogą być problemy...

– W słusznej sprawie? Chcę tylko wiedzieć, czy sprawa jest słuszna.

– Tak, słuszna sprawa.

– Dawaj.

Trzy dni woziłem tę amfetaminę w swoim samochodzie – śmierdziało jak cholera. Musiałem to sprzedać w dobre miejsce – żeby później nie wyszło, że handluję amfetaminą. Bo się któryś rozpierdoli, nie? W końcu to sprzedałem i przywiozłem pieniądze Romkowi, a Romek oddał hajs agentowi. Tak że zalegendowałem tego agenta, a oni jebli potem w wyniku tego całą fabrykę amfetaminy.

No więc mówię potem do tego Romka:

– Dobra, to zawrzyjmy układ. Nie będziesz rozpracowywał tego mojego gościa, bo ci pomogłem w tej amfetaminie, tak?

– Dobra, nie ma sprawy.

Ale i tak później się dowiedziałem, że oni chcą tego dealera zamknąć, bo mają na niego jakiś materiał. No to spotkałem się z nim i mu powiedziałem:

– Słuchaj, na sto procent chcą cię trzepnąć. To jest klawizna, chcą cię wrobić. Prędzej czy później posiedzisz miesiąc, dwa, może trzy. Ale jest wyjście z sytuacji: ja ciebie zatrzymam przed nimi. Tylko pamiętaj jedną rzecz: jak cię zatrzymam, oni przyjadą do pudła i będą cię męczyć na sto sposobów.

– No to jak to zrobimy?

– Dowiem się, kiedy chcą cię zatrzymać. I zrobię to parę godzin przed nimi. – Bo wyszło w międzyczasie, że on nie jest poszukiwany tajnie. Czyli praktycznie każdy policjant mógł go zatrzymać. – Bądź o ósmej rano w hotelu Gdynia, w barze. I pij kawę.

Oni o czternastej szykowali się do wyjazdu, żeby go złapać. Tymczasem wszystko zgrałem tak, żeby zobaczyli w robocie, że ja go w kajdankach prowadzę. Wchodzimy i oczywiście pojawiają się głosy:

– Skąd ten chuj wiedział?

Tak to było. A mój człowiek wyszedł po paru miesiącach. Ale oni dalej mu spokoju nie dawali, bo wiedzieli, że coś między nami jest. Znowu jakiegoś informatora namówili na klawe zeznania i już tam ręce zacierali, że go będą mieli. A cały czas chodziło o to, żeby na mnie coś zebrać, bo oni myśleli, że ostrzegam go o różnych akcjach.

A potem on pojechał na wakacje do Egiptu. Wymyślili sobie, że jak będzie wracał, to go pierdolną na lotnisku w Warszawie. Zapakowali się w samochody, kamizelki zabrali, no, delegacja cała. A ja dzień przed jego powrotem zadzwoniłem do osoby, która z nim była, i powiedziałem, żeby nie przylatywali do Warszawy, tylko gdzieś indziej. Ekipa wróciła wkurwiona i mówią, że ktoś go ostrzegł. A ja:

– Myślicie, że ja go ostrzegłem? A niby skąd miałem wiedzieć o akcji? To w waszej grupie jest jakiś przeciek.

Zaczęli zatem billingi sprawdzać. Ale nic nie ustalili, bo nie dzwoniłem ze swojego telefonu. W dodatku nie do niego, tylko do osoby, o której nikt nie miał pojęcia.

A który to był rok?

1999. Nie mieli na mnie dowodów, więc Wacławczyk zainspirował wypuszczenie o mnie artykułu do gazety. Trwała walka o stołek. Wacławczyk chciał zablokować Osińskiego jako komendanta, a samemu zostać naczelnikiem CBŚ. No i zaczęła się wojna. Szukanie kwitów jednych na drugich. Podejście było następujące: skoro jest bałagan w Gdańsku, to nie będziemy sprawdzali tylko ludzi Osińskiego, ale sprawdzimy wszystkich. I zaczęli czesać.

Pewnego dnia dzwoni do mnie kumpel z wojska (emerytowany już wtedy) i mówi:

– Słyszałem, że masz problem.

– Skąd to wiesz?

– Małe środowisko, nie? Wiesz, że z Wacławczykiem byłem w Jugosławii?

– Pierdolisz.

– Słuchaj, załatwimy gnoja. Nie będzie tutaj porządnemu człowiekowi...

– Ale ty, to jest przecież uczciwy człowiek, tylko jebnięty.

– Jaki, kurwa, uczciwy? Mam firmę detektywistyczną, nie? Wiesz, że płacę mu za ustalenia numerów rejestracyjnych samochodów i inne dane?

– Co ty pierdolisz?

– A jak. Zrobimy ustawkę.

Najpierw poleciałem do Osińskiego z tą informację. On do szefowej Biura Spraw Wewnętrznych w Gdańsku. Powiedział, że jak detektyw przyjdzie do Wacławczyka po kolejne ustalenia, to w jego komputerze zostanie zaznaczone, jakie nazwisko sprawdza. I wtedy kolesia złapiemy na gorącym uczynku.

Miałem z tym lekkie opory, bo nie chciałem być w stosunku do Wacławczyka takim chujem do końca. Ale w tym samym czasie Wacławczyk, nie mogąc mnie jebnąć, zrobił coś przewrotnego. Wziął mnie pod swoje dowództwo, tylko po to, żeby mnie dojechać. Osiński powiedział jedynie: „Będziesz miał przejebane, wiesz o tym. Dasz radę?”.

No i tak się stało. Wacławczyk robił takie numery, że na przykład, jak przychodziłem o siódmej trzydzieści do roboty, musiałem w pokoju siedzieć przez osiem godzin. Nie puszczał mnie nigdzie, a wiedział, że to jest dla mnie katorga – siedzieć, czekać na jego sygnał i liczyć na to, że będzie miał dla mnie jakąś robotę. A ja byłem już wtedy operatorem przykrywkowym. W kolejnym miesiącu Wacławczyk złożył wniosek do Warszawy, żeby mnie wykluczyć w ogóle z operacji specjalnych, bo jestem skorumpowany. Ale szefostwo operacji specjalnych wiedziało o awanturze w Gdańsku, więc go zlali. Poza tym w tamtym czasie miałem jeszcze trzecią licencję w ZBZ-ecie – przykrywkowego pracownika zespołu werbunkowego.

Co to było?

W CBŚ powstały zespoły, które werbowały źródła pod operacje i pozyskiwały informacje dla różnych służb. Ja miałem dwóch agentów manewrowych.

Manewrowych?

Manewrowych, to znaczy takich, którzy byli wykorzystywani przez inne jednostki w Polsce i za granicą. Ale nie do zbierania informacji, tylko do wprowadzania innych agentów w środowisko, dawania legendy i kontroli agentury. Taki agent jest na stałym wynagrodzeniu miesięcznym i to wynagrodzenie zatwierdza dyrektor biura.

A jak on tę pensję odbiera?

Spotykam się z nim w jakimś tajnym mieszkaniu i mu to przekazuję, a on wszystko kwituje. A wie o nim tylko przełożony, prowadzący i dyrektor.

Problem w tym, że niektórzy policjanci wymyślali sobie fikcyjnych agentów i brali na to pieniądze. U mnie agenci byli wyłuskani – przygotowani i wyszkoleni przeze mnie. W nagrodę że zespół miał tych dwóch agentów, dostaliśmy służbowego poloneza od dyrektora biura. A ten chuj, Wacławczyk, wymyślił, że fałszuję pokwitowania za wypłaty dla jednego z tych agentów. I powiedział mi, że on go chce kontrolować. To był, kurwa, ewenement, bo tak się nie robi. W ten sposób podważał wiarygodność agenta.

I podnosił mu stres.

Właśnie. Ja tego agenta oczywiście odpowiednio przygotowałem, ale mówię mu:

– Słuchaj, nie musisz się na to zgodzić.

– Nie, Jarek, ja się zgodzę, ale co to, kurwa, jest? Co to za służba? Co to za policja? Pierdolić to. Co to za oszołom ten Wacławczyk?

– No słuchaj, taka sytuacja…

Wreszcie pojechaliśmy z Wacławczykiem na spotkanie z tym agentem. Przy mnie go rozpytywał.

Później gdzieś poszli i Wacławczyk go męczył. Ten agent mówił do mnie potem:

– To jest jakiś pojeb… on mi wmawia na siłę, żebym powiedział, że nie odbieram pieniędzy. On jest jakiś jebnięty? Kto to jest, kurwa?

W końcu się wkurzyłem i poszedłem do Wacławczyka.

– Słuchaj – zacząłem – znamy się, kurwa, tyle lat. Ja nie jestem łapówkarzem, zarabiam, ale każdy sobie gdzieś dorabia. Ty dorabiasz w Jugosławii. Teraz mi dyrygujesz: „weź tu waruj, weź tu zapierdalaj, weź się tu, kurwa, spinaj". A sam pojedziesz na rok do Jugosławii, zarobisz kasiorę, poznasz Biernackich i całą plejadę gwiazd. Przyjeżdżasz sam, kurwa, jako gwiazda, bo ganiałeś zbrodniarzy wojennych. A ja wiem, że to legendy, nie czarujmy się. Tyś tam chujem gruchy obijał. A tu są zdarzenia, tu są, kurwa, sprawy. Tu jest sól ziemi czarnej. Ty sobie tam dorabiasz, a ja sobie dorabiam tutaj, więc weź się ode mnie odjeb.

A on:

– Wiesz co? Mogę cię w dupę kopnąć. Wypierdalaj stąd.

– W dupę to możesz kopnąć siebie. Pamiętaj, ja tu byłem, ja cię prosiłem o zawarcie pokoju. A ty mnie, kurwa, zlekceważyłeś. Będziesz tego, cwelu jebany, żałował. – I wyszedłem.

A on do Osińskiego poszedł. No to Osiński dzwoni do mnie:

– Majami, chodź, bo jest konfrontacja.

Przychodzę, a on mówi:

– Panie Wacławczyk, co ma pan do powiedzenia?

– Pieczonka był u mnie w pokoju pięć minut temu, zaczął mnie wyzywać od cweli.

– Panie Pieczonka, co ma pan do powiedzenia?

– Panie naczelniku, a Wacławczyk powiedział, że mnie kopnie w dupę.

– Panowie, nie możecie tak. Panie Wacławczyk, pan jako naczelnik używa takich słów w stosunku do podwładnego? Nie spodziewałem się po panu, że pan się będzie tak zachowywał.

Wtedy już wiedziałem, że nie ma innej możliwości i trzeba będzie zrobić ustawkę tego mojego detektywa z wojska z Wacławczykiem. Jednocześnie ci z BSW postanowili zrobić rozpracowanie operacyjne tego ostatniego. I okazało się, że odkryli dwa protokoły z zabezpieczenia narkotyków. Czyli wyszło na to, że Wacławczyk zwerbował agenta, a nie ujawnił narkotyków.

Jak to?

Nie było narkotyków z zabezpieczenia, ale był protokół w kwitach. Czyli gdzie podziały się narkotyki? To było nielegalne działanie.

I to zrobił Wacławczyk?

Najwidoczniej. Kilka dni później doszła mu jeszcze ta sprawa ze sprawdzaniem danych w komputerze dla detektywa. No i Wacławczyk został odwołany. Był do dyspozycji komendanta głównego i czekał na wyjazd do Jugosławii. Spierdolić chciał. Sprawa toczyła się w prokuraturze, ale nikt zarzutów nie dostał.

Gdzieś go tam potem spotkałem i powiedziałem:

– Widzisz, ostrzegałem cię.

A on do mnie:

– Osińskiego też już odwołują.

– Ale ty tej bitwy nie wygrałeś. Bo zaraz będziesz miał postawione zarzuty. Taki krystaliczny, kurwa, byłeś, taki czysty. Szkoda mi tylko twoich ludzi. Bo ich pociągnąłeś na dno ze sobą.

– Tak? To jeszcze zobaczymy.

Ale niebawem zaczęli zamiatać sprawę pod dywan, a Wacławczyk był coraz bliżej wyjazdu do Jugosławii. Pomyślałem sobie: „O, wy! Kurwa! Zamiatanko, tak?". No i poszedłem z tą sprawą do „Super Expressu". Oni to opisali i opublikowali.

Nazajutrz jeden z chłopaków od Wacławczyka przyszedł do mnie i powiedział:

– Majami, mamy informację z Bydgoszczy od prokuratora, że jak nie będzie następnych publikacji, to on to umorzy. Ten chuj Wacławczyk zostawił nas na pastwę losu. Wykorzystał nas w swojej wojence.

A przecież Osiński to porządny facet. Więc na chuj te wszystkie wojenki? Po co to? Weź, kurwa, zrób tak, żeby nie było następnych publikacji.

– Okej, ale pod jednym warunkiem. Jak zadzwonisz teraz do Wacławczyka i powiesz mu, jaką jest kurwą.

No to złapał za telefon i zadzwonił do niego.

– Ty chuju, wykorzystałeś nas... – zaczął. – Ty kurwo pierdolona...

A ja wziąłem od niego w pewnym momencie słuchawkę i powiedziałem do Wacławczyka:

– I co, kurwo? Siedzę tu obok i wszystkiego słucham.

Jak to się w ogóle stało, że odszedłeś?

Wacławczyka i Osińskiego wymienili, ja się ostałem. Po wymianie szefów do CBŚ przyszedł Kwietniowski. Nastawienie miał takie, żeby za wszelką cenę cokolwiek na mnie znaleźć i się mnie pozbyć. Szybko wyczułem, jaka jest atmosfera. Nikt mi nie mógł pomóc. Liczyłem się nawet z tym, że ktoś mi może podrzucić jakieś lewe kwity, zajebać broń albo amunicję.

W pewnym momencie Kwietniowski wezwał mnie do siebie. Wchodzę do niego do pokoju, a on trzyma telefon przy uchu i mówi:

– Tak, panie prokuratorze, właśnie będę rozmawiał z Pieczonką i jeżeli on się przyzna do tych napadów z grupą z Koszalina na sklepy jubilerskie w Niemczech, to może zastosujemy jakiś środek łagodzący, może go nie zamkniemy. Dobrze, panie prokuratorze, ja z nim teraz porozmawiam.

Kurwa, jaki to jest mobbing w ogóle, jakie siadanie na psychikę...

No i on zwraca się do mnie:

– Słuchaj, właśnie rozmawiałem z prokuratorem z grupy koszalińskiej „Ryś Bury". Kiedy ostatnio byłeś w Koszalinie?

– Na ochronie papieża. Dziesięć lat temu.

– Jak się przyznasz, to nie będziesz siedział.

– Wie pan co, niech pan mnie zamyka teraz.

A wtedy był u niego taki Bogacki – zastępca dyrektora w CBŚ. Odpalił komputer i pyta:

– W jakich operacjach bierzesz udział? Ile jest operacji zamkniętych?

No to mu wymieniam. Wiesz, nagle taka zmiana tematu, nie? I potem, jak wyszedłem z pokoju, mówię:

– Kurwa, to już koniec. Za chwilę coś innego wymyślą.

Nazajutrz Kwietniowski faktycznie mnie wezwał i powiedział tak:

– Dam ci szansę. Skoro ty jesteś taki dobry, to cię oddeleguję do Słupska i zobaczymy, czy w Słupsku poradzisz sobie z przestępcami.

A wiesz, Słupsk to dziura zabita dechami, poza sezonem się tam nic nie dzieje. No ale pyta mnie, z kim bym tam chciał pojechać. To powiedziałem, że z tym Romkiem, co kiedyś był po stronie Wacławczyka, a potem mu przez telefon nawrzucał. On już zresztą nie żyje, zmarł na raka. Szkoda, że go nie ma, zajebisty policjant. Ale wracając do tematu, Romek przychodzi do mnie i mówi:

– Majami, ta kurwa nas wysyła do Słupska.

– Nie ta kurwa, tylko ja.

– To ty?

– Romek, przecież wiesz, że z nim nie ma żadnej roboty, że szuka tylko haków.

WYGNANIE

Wypocząłeś w Słupsku?

Zakwaterowali nas w szkole policyjnej. Idziemy na obiad na stołówkę, a Romek do mnie:

– No, Majami, jak ci smakuje?

– Ciszej, tu mogą być jacyś tajni.

A wiesz, to już było po szkalujących mnie artykułach w gazetach, więc od razu wszyscy pytali: „To ty? To ty? To ty?".

Co jakiś czas dzwonił Kwietniowski i pytał:

– I jak tam wyniki, asy moje?

– Robimy rozpoznanie – odpowiadałem. A do Romka: – Słuchaj, musimy się dowiedzieć, czy tu jest jakiś burdel. Jak jest, to znaczy, że szef tego burdelu musi mieć jakieś konszachty. Nie wiem, czy tu w ogóle jest jakaś mafia, ale zróbmy trochę szaszoru na mieście.

Co to znaczy?

Że będziemy legitymować. Wyobraź sobie: taka mieścina, to zaraz się rozejdzie, że się coś dzieje. Zaczniemy legitymować, jebniemy kogoś na maskę, jeśli ktoś będzie podejrzanie wyglądał, i zrobimy małe *show*. Tak żeby nam to trochę pomogło wizerunkowo.

No to jedziemy do burdelu i pytamy:

– Kto jest tutaj właścicielem?

Wychodzi gość.

– A wy kto?

– CBŚ.

– O kurwa! Ja pierdolę!

– Chodź, musimy pogadać. Musisz nam powiedzieć, co się tutaj generalnie dzieje.

A on mówi, że tu tylko takie trolle siedzą. Wiesz, kury, kaczki i jakieś tam gówniane awantury knajpiane. Trochę był zorientowany, bo burdelarze zawsze mają różne kontakty.

Ja mówię:

– Słyszałeś o Majamim?

– No, czytałem w gazetach.

– To ja.

– A co ty, kurwa, tu robisz? Na wygnaniu?

– Słuchaj, tu się rodzi nowa przestępczość. I jestem tutaj, żeby temu zapobiegać. A ty musisz myśleć przyszłościowo, bo ten burdel można ci zamknąć. Nie wiem, straż pożarną wezwać, sanepid.

– Kurwa, nie róbcie mi tego, wszystko wam powiem. Co chcecie wiedzieć? – I poszedł z nami w miasto i wystawił nam jednego gościa z klamką.

Dzwonię do Kwietniowskiego i mówię:

– Szefie, robimy realizację.

– Jaką, kurwa, realizację?

– No, mamy klienta z klamką.

– Co ty pierdolisz? Po ilu... Już? Tak szybko...?

– No, udało nam się.

– Ale od kogo, skąd, co, jak?

No to mówię, że od jednego informatora, szefa burdelu. A Kwietniowski:

– Kurwa, niemożliwe.

W międzyczasie wyszła sprawa zabójstwa takiego Dylasia – dealera narkotykowego. I był w nie zamieszany mój kolega z dzielnicy, Buła, z którym się znałem od dzieciaka. Tę sprawę rozpracowywała Komenda Rejonowa w Gdańsku. A jeden ubek, którego jeszcze znałem z Sopotu, jak tylko usłyszał Majami, to też, kurwa, od razu zaczął czegoś na mnie szukać.

Dowiedział się, że ja z Bułą znam się od dziecka, i wymyślił sobie, że go ostrzegałem. Zresztą ten mój kolega też chodził po mieście i budował sobie PR na tym, że on tu ma kolegę w policji. Narobił mi tym kreciej roboty strasznie. W końcu rejonowi Bułę zatrzymali i pamiętam, jak ten ubek przyszedł do wydziału i miał przy sobie zdjęcia. Pomyślałem, że może mieć fotki z naszej wspólnej imprezy. I wtedy zdałem sobie sprawę, że już tak mnie będą wpierdalać we wszystko, w co tylko będzie można.

Zacząłem się zastanawiać, czy nie odejść na emeryturę ze względu na stan zdrowia, ponieważ miałem wypadek na służbie.

Jaki?

Jak byłem w AT, to wylądowałem pod wodą na dziewiętnastu metrach i przez to miałem paraliż nerwu twarzowego.

Podczas ćwiczeń?

Tak, mam klasę nurka. Zacząłem więc wszystko do tej emerytury podliczać. A w międzyczasie była jeszcze taka sytuacja, że zaczęto mnie montować do tematu porwań. Dowiedziałem się, że ponoć kupiłem te wszystkie samochody i motocykle za pieniądze z okupów. Kwietniowski kazał ludziom po aresztach jeździć, żeby ktokolwiek cokolwiek na mnie zeznał.

Doszedłem więc do wniosku, że już na mnie czas.

Miałeś stres w związku z tym, że szukają haków?

Nie, nie miałem stresu. Zacząłem się po prostu zastanawiać, jak inteligentnie z tego wyjść. Bo ile można siedzieć i czekać, aż coś się stanie?

Ile miałeś wtedy lat służby?

Dwadzieścia. Skórka za wyprawkę. Po tym jak odszedłem, dowiedziałem się od kolegi, że naprawdę była grupa policjantów, która porywała ludzi.

Poważnie?

Policjanci, którzy znajdowali się w tej grupie, kierowali się informacjami operacyjnymi.

Z CBŚ byli?

Większość z Komendy Miejskiej w Gdyni. Tylko jeden policjant z CBŚ był w to zamieszany. Podobno ci goście tak kierowali informacjami poprzez agentury, żeby miksować wszystko na mnie, bo miałem pieniądze, motory, samochód. A jak wyszło, że to w ogóle policjanci? To był fart.

Policjant z CBŚ, który znajdował się w tej grupie, miał żonę policjantkę i powiedział jej, że nie będzie go ze dwa dni w domu, ponieważ jest w grupie porwaniowej i mają jakieś czynności i zasadzki. Ona powiedziała: „Dobra". Minęły dwa dni, ale on się nie odezwał, bo po prostu gdzieś tam zabarłożył. Zaniepokojona żona zaczęła sprawdzać jego rzeczy osobiste i powiadomiła Kwietniowskiego, że mąż, policjant z CBŚ będący na akcji, się nie odzywa. No i wtedy wszystko się jebło.

Ile osób oni porwali?

Trzy. To były głośne sprawy. A mi nikt potem nawet nie powiedział „Przepraszam". Nikt, kurwa.

No i co, dałeś sobie spokój?

Tak. Odszedłem na emeryturę.

I potem przestali cię męczyć?

Nie. Ciągle coś się działo. Zostałem na przykład wezwany do Prokuratury Rejonowej w Elblągu celem przesłuchania jako świadek. No i prokurator zadał mi kilka pytań o to, czy znam pewnego złodzieja samochodowego, bo jest prowadzone postępowanie sprawdzające, czy ja tego złodzieja ostrzegłem przed zatrzymaniem przez funkcjonariusza kryminalnego KW w Gdańsku. Dziwna sprawa, ale okej.

Powiedziałem, co miałem powiedzieć, i poszedłem do domu. Później dowiedziałem się, że szef CBŚ, czyli Kwietniowski, chciał wraz ze swoją grupą policjantów oczernić mnie i wmanewrować w to, że ostrzegłem tego złodzieja przed zatrzymaniem. Dlaczego to zrobili? Bo ten złodziej był ich agentem, a ponieważ miał być zatrzymany przez Wydział Kryminalny, to oni sami go o tym poinformowali. Złodziej wyszedł z domu, a w środku została jego żona. Złodziej widział, że policjanci wejdą do niego do domu dokładnie o szóstej rano. No więc chwilę po ich wejściu zadzwonił z jakiegoś telefonu do żony, a ona powiedziała na głos: „Dziękuję, Majami, że ostrzegłeś Andrzeja. Andrzeja już nie ma w domu". To była intryga uknuta przez Kwietniowskiego i jego policjantów, którzy chcieli mnie w ten sposób zdyskredytować i postawić pod ścianą wobec policjantów z Wydziału Kryminalnego, którzy musieli złożyć zawiadomienie w tej sprawie do prokuratury. Na szczęście później się to wyjaśniło. Ale to obrazuje, jakie metody stosował Kwietniowski.

PO DRUGIEJ STRONIE LUSTRA

Szybko zaadaptowałeś się do nowej sytuacji?

Po przejściu na emeryturę szukałem sobie miejsca. Dostałem propozycję ochrony największego burdelu w trójmieście – Bodegi. Polegało to na tym, że nie stałem na bramce, tylko jak pojawiały się jakieś problemy, to przyjeżdżałem i załatwiałem sprawę jak trzeba. W mieście jest tak, że jedna ekipa idzie siedzieć, potem druga, a w międzyczasie wychodzi ta pierwsza. No i wtedy zaczyna się rozglądać: kto, z kim, gdzie i jakie biznesy robi. Jak widzą na przykład takiego Majamiego, to chcą spróbować sił, sprawdzić, czy facet jest jeszcze taki twardy jak kiedyś.

No i pewnej nocy przyjechała jedna ekipa. Na bramce stali wtedy policjanci. Tak się akurat zdarzyło, że tam wtedy spałem, bo w tym burdelu był też hotel. Tych schabów miastowych przyjechało chyba z dziesięciu. A nie wiedzieli, że ja tam nocuję. I nagle wali mi do drzwi barmanka i drze się:

– Jarek, przyjechały te debile. Najebali policjanta jednego, bramkarza. Weź, kurwa, wyjdź i coś zrób.

A ja zawsze woziłem broń ze sobą i miałem dwie klamki, więc taki zaspany wyszedłem na taras, jeszcze w koszuli, spodniach, z tymi dwiema klamkami, i spytałem:

– Co się tu dzieje?

Słuchaj, normalnie jeden drugiego do samochodu pakował i zaczęli wypierdalać. Pomyślałem: „Dobra, nie będę ich ganiał pojedynczo, tylko ich złowię razem i dam znać, że burdel jest pod moją opieką i ma być spokój".

Wiedziałem, że w Gdyni na skwerze Kościuszki jest Multikino i oni tam przesiadują w jednej restauracji. Wchodzę tam i widzę, że siedzi akurat taki Franc. Mówię:

– Franc, wyjebać ci w łeb? Co ty odpierdalasz?

– Ale myśmy nie przyjechali do ciebie do burdelu.

– Ale najebaliście policjantowi, co stał u mnie na bramce. Na chuj to zrobiliście?

– Bo sprzedawał nasz towar i, kurwa, oszukiwał.

– Co?

– Była taka sprawa, że nasz kolega przyjechał do Gdyni i zamówił sobie kurwy z burdelu. I przywiózł je ten bramkarz, a kolega go poprosił o towar. No i bramkarz towar mu sprzedał, tylko za dwa razy więcej, niż miał sprzedawać. I do tego jeszcze wymemłany, kurwa. A ten towar jest od nas.

– Co? Towar? U mnie w burdelu?

Wiesz, ja szefową tego burdelu znałem, jak jeszcze byłem policjantem. No i jak zaczęły się te wojenki, to jeden komendant z Gdyni, który był po stronie Wacławczyka, zaczął tam różne kontrole wysyłać, bo dowiedział się, że w tym miejscu bywam. A to straż pożarną, a to sanepid, a to inne takie. Tę szefową burdelu brali nawet na przesłuchania, ale nic nie powiedziała. Tak że gdyby tam wyszły jakieś narkotyki, byłoby słabo.

Kilka dni później przyjeżdżam do burdelu, a policjanci mi mówią, że komendant z Gdyni siedzi w środku. Ale jest spoko, bo on jest już na emeryturze i chłopaki mnie proszą, żebym nie robił żadnej zadymy. Powiedziałem na to krótko:

– Nie wpierdalać się.

Wchodzę, a ten chuj siedzi w loży taki rozpasany, w garniturku, razem z innymi policjantami. Mówię do niego:

– Cześć, co ty tu robisz?

– Mam wyjebane. Jestem na emeryturze. Mam wypierdolone na wszystko.

– Tak? Wszyscy wiedzą, że szkodziłeś temu burdelowi i wysyłałeś kontrole.

– Kurwa, Majami, kiedyś to kiedyś. Na policję mam już wyjebane.

– Jeszcze raz powtórz.

– Na policję mam wyjebane.

Złapałem go za krawat i mówię:

– Słuchaj, ty kurwo, dzięki policji to masz tę, kurwa, emeryturę, swoją pozycję, dzięki policji w ogóle zaistniałeś na świecie. Wypierdalaj stąd! – No i zaczął uciekać.

Później znowu były różne próby sił ze strony świata przestępczego. Sprawdzali, czy dalej sobie radzę na mieście, jak już nie jestem policjantem. Ale goście byli przewidywalni. Na przykład była taka dyskoteka w Sopocie, Mandarynka. I tam przychodziła grupa Zachara. Wiedziałem, kiedy oni w niej siedzą, więc postanowiłem przejść się i zrobić *show*. Wcześniej na Jarmarku Dominikańskim kupiłem sobie granaty.

Fałszywki?

Realistycznie wyglądające fałszywki. Z zapalnikami, rozumiesz. No i wchodzę tam, patrzę, siedzi Zachar. Mówi do mnie:

– E! Już, kurwa, nie jesteś psem, nie?

Potwierdzam. A on:

– No to zobaczymy, jak sobie teraz poradzisz.

– Daniel, uwierz, że sobie poradzę. Ja nigdy nie jestem sam.

– Jak to?

– Zawsze mam towarzystwo. – I tymi dwoma granatami jebnąłem o blat baru.

– Ty jesteś porąbany, kurwa! Wypierdalamy stąd.

Następna sytuacja. Wyszedł z pudła Puchalski. Różnie to między nami wcześniej bywało. No i jeden z tych moich kolegów, którego wprowadziłem do Bauma, zaczął mnie na Puchalskiego szczuć. Że mnie odjebie, że mi burdel zabierze, że mnie z bramki wypierdoli. Dzwoni raz do mnie i mówi, że Puchalski siedzi na Monte Cassino z ekipą i żebym może tam do niego pojechał i się z nim rozmówił.

– Okej – powiedziałem – już tam jadę. Tylko zaczekaj, żebyś mi w razie czego plecy krył.

Zajeżdżam pod knajpę, dzwonię do niego, pytam, gdzie jest. A on:

– Ty, musiałem na myjnię pojechać, mnie już nie ma.

No nic, wchodzę sam do knajpy, idę do Puchalskiego i mówię:

– Tomek, słyszałem, że masz jakieś wąty do mnie. Co ty? Chcesz mi burdel zabrać? Mi, kurwa?

– A kto ci tak powiedział? Mi powiedzieli, że to ty mnie chcesz odjebać, że chcesz mi pod górę zrobić.

– Ja? Tobie? Nie jestem już policjantem. Nie wpierdalaj się w moje interesy po prostu. Czy ja ci, kurwa, szkodzę? Jak chcesz, to proszę bardzo: możemy się boksować. Ale po gangstersku.

– Nie, Majami, co ty, wszystko okej.

No i sobie powyjaśnialiśmy różne kwestie. Ale z nim akurat byłem czujny, bo ten Puchalski to był fałszywy chuj, potrafił intrygować i rozgrywać świat przestępczy.

W sobotę kolejna wesoła sytuacja. Miałem taką bramkę na Skwerze Kościuszki. Podjeżdżam, patrzę, a tam stoi przy bramce taki haraczownik z grupy Puchalskiego. Ksywa Rudy. Pali fajkę i gada sobie z bramkarzami. Myślę sobie: „Co oni z tym gnojem gadają?". To było lato, pełno ludzi dookoła. Wysiadam z samochodu, a Rudy do mnie:

– Ty kurwo jebana. Ty ruro pierdolona. Ty śmieciu jebany.

– Słuchaj, idź do domu, chłopie. Daj sobie, kurwa, spokój. Idź w pizdu.

– Ty, kurwa, chodź tu do mnie na solo.

– Rudy, ja się bić nie umiem, no gdzie? Ty, judoka, przecież mnie rozjebiesz.

– No, kurwa, rozjebię cię.

A wiesz, ludzie patrzą, spada cały autorytet bramki. To się rozglądam, gdzie tu są kamery, i go tak prowadzę, żeby nas nie widziały. I mówię:

– Dobra, ale po gangstersku?

– Kurwa, po gangstersku.

– Tylko nie będziesz miał pretensji?

– Żadnych.

– No dobra, to chodź tam dalej – na trawnik.

Gdy odeszliśmy, wyjąłem pistolet.

– No dobra, Rudy – mówię. – To napierdolę ci w kopyta.

A on:

– Co ty, kurwa, z klamką?

– A z czym? Co ty myślałeś? Przecież ty, kurwa, gangster jesteś.

– Pierdolę to, idę w pizdu.

Poszedłem potem wściekły do bramkarzy i pytam:

– Na chuj wy z nim gadacie? To wasz kolega jest? Wiecie, co teraz będzie? Teraz to ja muszę to zgłosić na policję. Bo wyciągnąłem i przeładowałem broń. A to jest, kurwa, normalne użycie broni. – Wiesz, trochę ich tak podkręciłem.

Pojechałem z bramki do domu. Rano telefon. Bramkarz dzwoni:

– Ty, kurwa, nie idź na psiarnię.

– Dlaczego?

– Bo Rudy dzwonił, żeby nie robić problemów, że on już więcej tu nie przyjdzie. Wygłupiał się tylko.

Dobra, chuj, z kolejnym będzie święty spokój. Czyli, wiesz, cały czas była taka próba sił.

Czym się jeszcze zajmowałeś po przejściu na emeryturę?

Imałem się różnych zajęć. Była na przykład historia z córką biznesmena z Pomorza. Zawinęli ją w lesie, jak szła na spacer z psem, a potem zażądali dwóch milionów euro okupu. Biznesmen zapłacił, a córkę wypuścili na wolność, nie robiąc jej żadnej krzywdy. Wcześniej ją tylko spryskali jakąś substancją, żeby nie dało się zdjąć żadnych śladów.

No i już po tej akcji zgłosili się do mnie ludzie z CBŚ z propozycją, czybym nie podjął się ochrony tej rodziny. Ale pod warunkiem że będę wiernym psem i będę ich informował o wszystkim, co się tam dzieje.

To miało miejsce, jak już byłeś na emeryturze?

Tak. Zaproponowali, że będą płacić siedem tysięcy złotych miesięcznie – ale będę to brał od nich, a nie od tej rodziny.

Czyli ta rodzina płaciła więcej, a CBŚ-owcy brali część dla siebie.

No tak. Powiedziałem im, że chcę dziesięć tysięcy, bo porywaczy nie złapano i chuj wie, co się jeszcze może wydarzyć. Oni: „Nie, ni chuja, siedem tysięcy złotych i pieniądze my ci będziemy płacili, nie on". No dobra. Nie miałem roboty, więc się zgodziłem.

Szybko zacząłem się orientować, że coś tu nie gra. Na przykład ta rodzina pokazała mi list od porywaczy – został napisany w taki sposób, że byłem przekonany, że napisał go ktoś ze służb.

Jak wyglądało samo ochranianie?

Biznesmen twierdził, że on nie potrzebuje ochrony. Jego żona rzadko wychodziła z domu, bo musiała się pozbierać po porwaniu. Miałem się więc skupić na córce – woziłem ją wszędzie.

Ile miała lat?

Dwadzieścia jeden. Młoda siksa. Tymczasem ci z CBŚ prosili mnie, żebym regularnie pisał raporty o tym, co się dzieje w rodzinie. Odparłem, że nie będą mi, kurwa, mówić, co mam robić. A potem jeden z chłopaków z AT powiedział na siłowni, że chcą mnie wpierdolić w to, że zawinąłem pieniądze z okupu.

Jak to?

Już ci tłumaczę. Jak wypuścili tę dziewczynę, to CBŚ-owcy pojechali zrobić rekonesans do lasu. Jeden z naczelników tam chodził i w pewnym momencie zauważył, że na drzewach są namalowane farbą fluorescencyjną jakieś znaki. No to poszedł za tymi znakami. W końcu przy jednym drzewie zauważył, że darń została naruszona. Odsunął tę darń, a tam znajdowała się skrzynia z dwoma milionami euro.

To porywacze nawet tych pieniędzy nie zabrali, tylko schowali?

Tak, zakopali je w lesie. Postanowiono więc zrobić zasadzkę na tych ogrów. Pilnowali tego miejsca na zmianę CBŚ gdański, WT gdański i AT. Czekali, aż porywacze wrócą po skrzynię. Policjantom powiedziano tak: „Jak jakaś osoba podejdzie do skrzyni, to macie ją zawinąć".

Akurat na zmianie byli goście z AT, gdy jakiś facet przebrany za leśnika kręcił się tam w okolicy. Nie podszedł jednak do samej skrzyni, więc go nie zatrzymali. Ale logiczne było, że powinni puścić za nim ogon, a potem go wylegitymować. Tylko, wiesz, jak AT-owiec ma coś powiedziane, to on działa od do, i koniec. A rozkaz był taki, że mają kogoś zawinąć, jak podejdzie do skrzyni, i chuj.

No i CBŚ zaczął robić aferę, że ludzie z AT prawdopodobnie puścili porywacza i spierdolili sprawę. W międzyczasie postanowili policzyć kasę z okupu. I wtedy, o dziwo, okazało się, że brakuje stu siedemdziesięciu tysięcy euro.

Po tym wszystkim jeden z moich kumpli z AT mówi do mnie tak:

– Słuchaj, przyszedł do tego naszego AT-owca, który stał wtedy w lesie, naczelnik CBŚ i zaczął mu pokazywać różne zdjęcia, a wśród nich twoje. No i mówi mu: „To Majami, nie? To on był przebrany za tego leśnika". A ten młody AT-owiec zaprzecza, mówi, że nie, że to nie byłeś ty. A ten naczelnik dalej: „No weź, powiedz, że to Majami". Kurwa, czujesz? Ładnie cię próbowali wpierdolić.

No i teraz wyobraź sobie, że ten młody chłopak powiedziałby, że to ja – chuj, pozamiatane. Jak się o tym dowiedziałem, to poszedłem do naczelnika CBŚ i mu powiedziałem:

– Czy was popierdoliło do reszty? W co wy mnie tu wrabiacie?

Potem, wyobraź sobie, dowiedziałem się od tego biznesmena, którego rodzinę ochraniałem, że ci z CBŚ wmawiali mu, że to ja zorganizowałem porwanie. Bo mieszkaliśmy w sąsiedztwie i niby kiedyś zwyzywałem jego żonę, jak mi samochodem drogę zajechała i wymusiła pierwszeństwo. I że niby ja ich przez to nie lubiłem. Czujesz, jakie skurwysyny?

Przerażające.

W końcu złapali tych porywaczy. W miesiąc, czyli bardzo szybko. A potem w rok ich osądzili – też tempo ekspresowe. Dostali po pięć i siedem lat. A ja złożyłem zawiadomienie do ABW i prokuratura zaczęła badać wątek porwania i zniknięcia tych stu siedemdziesięciu tysięcy.

I co?

No i wyszła kolejna ciekawa sprawa. Bo procedury wyglądają tak, że w przypadku takich akcji prowadzona jest „książka porwań". I tam punkt po punkcie zapisujesz wszystkie czynności: przekazanie okupu, zasadzkę i tak dalej. Wyobraź sobie, że ta książka zniknęła.

Żartujesz?

Nie. I moim zdaniem ci policjanci z CBŚ zajebali te sto siedemdziesiąt tysięcy euro.

Na to wygląda.

Opowiem ci jeszcze o tej dziewczynie, co ją ochraniałem po porwaniu. Okazało się, że z niej było niezłe ziółko. Przez jakiś czas była związana z jednym alfonsem z Trójmiasta. I generalnie cały czas imprezowała. A przy tym nienawidziła swojej matki. Jak się dowiedziała, kim jestem, to zaczęła mnie podpytywać o gości, którzy stali na bramkach. Mówiła: „Weź, mi ustal, kto to jest, jakiego ma chuja, jak się pierdoli". Radziła się mnie nawet, jakie ma kupić buty albo torebkę.

Ładna była?

Nie, gdzie tam. Jak ją zobaczyłem rano bez makijażu, to się przestraszyłem. A w tym domu ciągle były kłótnie. Ojciec miał taki charakter, że strasznie zdominował żonę – jak on coś zarządził, to tak miało być i koniec. Jak jeździłem z tą małolatą na dyskoteki, to jej matka mi pisała, żebym ją za włosy stamtąd wyciągnął. Masakra.

W dodatku, wiesz, z tą ochroną jest tak, że powinienem interweniować w sytuacji zagrożenia, jak porwanie czy zabójstwo. A tu na przykład ta małolata najebana kartą płaci. No to mówiłem jej, żeby tego nie robiła, bo te karty sczytują. Na domiar złego ona była bardzo prowokacyjna wobec innych bab. I czasami jakaś laska zajebała jej torebką w łeb. Wtedy też trzeba było interweniować.

Razu pewnego mówię jej w końcu:

– Słuchaj, jesteś najebana, jedźmy do domu.

Ona, że nie jedzie. Tymczasem jej matka mówi, żeby na ostro z nią postąpić. To okej – wziąłem ją pod rękę i wyprowadzam z dyskoteki. A ta dostała histerii i krzyczy do mnie:

– Co ty sobie wyobrażasz, ty gnoju?! Ojciec i tak uwierzy mnie, a nie tobie! Nie będziesz tu pracował!

– Tak? To chuj, pierdolę to.

Jak wytrzeźwiała, to się ze mną oczywiście pogodziła i obiecała, że już nie będzie tak robiła. Bo wiesz, ja jej dużo pomagałem także w życiowych sprawach. Ona się mnie o wszystko pytała, radziła.

A jakie miałeś relacje z tym biznesmenem?

Dobre, bo podniosłem jego prestiż na mieście. Wcześniej traktowali go jak frajera. Na przykład była taka sytuacja: facet pożyczył od niego dwadzieścia tysięcy złotych, a potem mu powiedział, żeby spierdalał, że nie odda. Jak się o tym dowiedziałem, stwierdziłem, że tak nie może być. Pojechałem do tego typa i mówię:

– Słuchaj, Bolku, masz, kurwa, pieniądze oddać i koniec.

– Jak to?

– Pomyśl, jak facet ma takiego dobrego ochroniarza, a ty mu nie chcesz pieniędzy oddać, to co sobie o mnie pomyśli?

No i ściągnąłem mu ten dług. A biznesmen odpalił mi z tego tysiąc złotych. [śmiech]

Później przyszedł drugi ochroniarz – też oczywiście podstawiony przez CBŚ. No i zaczął się ruchać z żoną biznesmena. Finał był taki, że odeszła od niego i związała się z ochroniarzem. Rozumiesz? Ten stary frajer płacił ochroniarzowi za dymanie własnej żony.

Jak zakończyła się wasza współpraca?

Przez tę małolatę. Jak zaczynałem tam pracować, to stary kupił SUV-a, żebym mógł nim ją wozić.

Ostrzegłem go od razu, że w trakcie ochrony może dojść do sytuacji, że się ten samochód obetrze. On stwierdził: „Okej, ja traktuję samochody jak skarpetki". Ale jak zacząłem jeździć z jego córką, to ona się zaczęła wkurwiać, że nie może poznać żadnego chłopaka, bo wszyscy myślą, że jestem jej facetem. No więc dali mi taką toyotę firmową. Ona się przesiadła do SUV-a, a ja za nią toyotą jeździłem.

W pewnym momencie zaczęła się ścigać z jakimś kolegą pod mostem w Gdyni. To zapierdalam za nią, ale nie przytrzymałem odległości i uderzyłem w jej auto. [śmiech] Chuj się tam stało z SUV-em, plastik odpadł. Ale człowieku... toyota rozpirzona totalnie. A ta małolata drze się:

– Nie będziesz tu pracował! Koniec!

Okej, zajechaliśmy do domu. A na placu ta na mnie zaczęła znowu jechać. Stwierdziłem, że basta.

– Weź się, kurwa, zamknij, pasztecie pierdolony! – powiedziałem i poszedłem w pizdu.

Dzwoni potem jej ojciec i mówi, żebym tam przyjechał. Dotarłem na miejsce, a ten też zaczął do mnie napierdalać, że mu rozjebałem samochód. To mówię:

– A co ty, kurwa, myślałeś? Przecież cię ostrzegałem. – No i opowiedziałem o całej sytuacji, że się jego córka ścigała z kolegą.

A on dalej:

– Nie, chuj, co ty sobie myślisz? – Ostra awantura się wywiązała.

Ale na drugi dzień, kiedy zeszły trochę emocje, on do mnie mówi:

– Słuchaj, nie będziesz już jeździł z moją córką, ale będę ci płacił za gotowość. Będziesz miał antynapad w domu i jak coś się będzie działo, będę dzwonił.

A wiesz, on wcześniej miał już takie fazy, że włączał ten antynapad bez powodu, a ja tam przylatywałem.

Po co?

Nie wiem, sprawdzał moją czujność. W każdym razie pytam:

– A ile ty mi za to będziesz płacił? Tysiąc złotych?

– Nie no, pomyślę.

– Nie, chuj, kończę tu robotę. Daj mi pan jakąś odprawę i się żegnamy.

– Jaką odprawę?

– Kurwa, ile się tu narobiłem, ile swoich pomysłów włożyłem? Sam was tu ochraniałem, bo drugi ochroniarz chuja robił. Dla przyzwoitości, żebyśmy sobie mogli na ulicy „dzień dobry" mówić, to mi pan da dziesięć–dwadzieścia tysięcy odprawy.

A on na to, że ni chuja, nie da. To się wkurwiłem i mu powiedziałem:

– A weź ty się pierdol.

Ci CBŚ-owcy dowiedzieli się, że miałem z nim na koniec przejścia, i potem robili prowokacje. Na przykład jak gdzieś jechałem z kumplami się napić, to podkładali na parking takiego samego SUV-a, jakiego oni mieli.

Po co?

Bo myśleli, że może ze złości go rozpierdolę, spalę albo coś. Takie numery robili.

EMERYT

Wspominałeś mi też o ciekawej historii z ludźmi z pewnej fundacji powiązanej z wojskowymi.

Był taki czas, że strasznie się jarałem motocyklami? Najpierw miałem ścigacza, potem hondę shadow, a w końcu kupiłem walkirię. No i zacząłem jeździć na różne zloty motocyklistów na Wybrzeżu.

Tam była taka duża grupa pseudobiznesmenów – ludzi ze środowiska, którzy handlowali gorzałą, papierochami i prochami. Jacyś paserzy, którzy pozakładali legalne firmy, i tym podobni. No i poznałem kiedyś jednego faceta z Gdyni, który jeździł na fajnym harleyu. Piliśmy najpierw razem na otwarciu jednej knajpy, a potem on mnie zaczął zapraszać do siebie do domu na wódę.

Zauważyłem, że facet był bardzo hermetyczny, ale stopniowo zaczął się przede mną otwierać. Opowiadał mi o swojej rodzinie, dzieciach, kolegach. Ale mówił, że z policjantami to mu tak nie po drodze. Ja już byłem wtedy na emeryturze, więc mnie akceptował. W końcu powiedział mi, że w latach sześćdziesiątych uciekł z Polski do Szwecji i miał kontakty z tamtejszą policją. Okazało się, że facet handlował prochami na dużą skalę.

Zacząłem to w głowie analizować i w pewnym momencie przypomniałem sobie, że jego nazwisko pojawiało się w kontekście sprawy zabójstwa Papały. To znaczy były podejrzenia, że miał jakieś kontakty z Papałą, ale chuj było wiadomo, kim on jest, i służby go szukały, bo chciały go po prostu poznać i z nim pogadać. On miał ksywkę Kangur. Ja mu zresztą o tym wątku z Papałą powiedziałem, a on:

– Poważnie? Policja mnie szukała?

A innego dnia zagadał do mnie tak:

– Słuchaj, mam przyjaciela, który mieszka w Hiszpanii. To jest taki guru w półświatku i chciałby przyjechać do Polski, ale nie wie, czy będzie tu bezpieczny. Ty masz kontakty w policji. Może mógłbyś się dowiedzieć, czy on jest poszukiwany listem gończym?

Okej. Dał mi jego nazwisko, a ja poszedłem z tym do kumpla i wyjaśniłem, o co chodzi. A ten kumpel do mnie:

– Majami, wiesz, kim jest ten gość z Hiszpanii? To jest górna póła, jeśli chodzi o narkotyki w Europie. Jeśli nie na świecie, kurwa. Gość z kontaktami międzynarodowymi. Nie wiadomo, czy nie współpracuje ze służbami.

To był Polak?

Tak. Powiedziałem do tego kumpla:

– Słuchaj, to jest niepowtarzalna okazja, żeby wkręcić się w to towarzystwo. Bo to jest bardzo hermetyczna grupa. Policja normalnie nie miałaby na to szans.

– Majami, to jest za poważna sprawa, żeby ktokolwiek się tutaj narażał. Wezmą się za to jacyś nieudacznicy i co, kurwa, z tego będzie?

No i tyle. Odpuściłem temat. Ale dodatkową ciekawostką jest, że to właśnie ten Kangur i jego kolega z Hiszpanii byli jednymi z założycieli fundacji, o której wspominałem.

To nie miałeś nudnego życia na emeryturze. Czym się jeszcze zajmowałeś?

Na przykład ochroną jednego hurtownika. To była sprawa, która zaczęła się jeszcze, jak pracowałem w CBŚ. Ale opowiem ci po kolei. Zaczęło się od tego, że porwali temu hurtownikowi – ksywa Prezes – syna i przyszłą synową.

W jakich okolicznościach?

Byli w domku letniskowym i poszli na spacer. W pewnym momencie podjechał samochód i zapakował ich do środka.

Ile mieli lat?

Oboje po jakieś dziewiętnaście. Pracowałem wtedy w CBŚ, ale Prezes zgłosił się do mnie bezpośrednio. Bardzo mnie prosił, żebyśmy wszystko rozegrali tak, żeby im się krzywda żadna nie stała. A wiesz, wtedy techniki w CBŚ nie były tak rozwinięte jak dzisiaj. No to mówię tak:

– Trzeba pójść do miasta i rozpowszechnić informację, że jeżeli ktoś tknie dziewczynę i tego chłopaka, to będzie miał totalnie przejebane.

A wtedy jeszcze szefem MSW był gość, który lubił ostre działania. Wiesz, śmigłowce, samoloty, CIA i chuj wie co jeszcze. No to zaczęliśmy rozpowszechniać informacje, że została powołana specjalna supergrupa do znalezienia tej dwójki, że ściągamy dwa śmigłowce z Warszawy, że będziemy ich odbijać, no i w ogóle, że będzie niezły rozpierdol. A wiesz, środowisko znało mnie już wtedy z tego, że działałem bardzo brutalnie, więc wzięli na poważnie to, co mówię.

Jak się sprawa zakończyła?

Ojciec zapłacił okup i dzieciaki wróciły w jednym kawałku. Jeszcze potem mieli pretensje do niego, bo dostał od CBŚ teczkę z nadajnikiem, do której miał włożyć kasę. Ale on podmienił teczki tuż przed tym, jak przekazał pieniądze. I ja mu się tak naprawdę nie dziwię, bo dla niego najważniejsze było bezpieczeństwo dzieci.

W każdym razie trochę się zaprzyjaźniłem z tym hurtownikiem. Po tej akcji kupił mi motocykl Kawasaki KZ750 i dał trochę kasy – w ramach podziękowania. No i w pewnym momencie zapytał, czy nie chciałbym dla niego pracować jako ochroniarz. Odpowiedziałem mu, że nie, bo pracuję jeszcze w CBŚ. A on:

– Dobra, to zrobimy tak, że będziesz sobie u mnie dorabiał.

No i się zgodziłem. Ale zapytałem go, kto w ogóle mnie polecił.

– Nasz wspólny znajomy.

– Kto?

– Karolek z plebanii.

Czyli kto?

Gość, który był sekretarzem księdza Jankowskiego. A wiesz – to była wtedy figura. Wszyscy tam do tego księdza przejeżdżali: Wałęsa, Papała i inni. No i jak Prezes był zdesperowany po porwaniu, to poszedł do tego Karolka i zapytał, co ma robić. I Karolek mu powiedział: „Skontaktuj się z Majamim. On i jego koledzy są bardzo skuteczni". Po całej akcji pojechałem tam i odpaliłem mu z tego, co dostałem od Prezesa, dziesięć tysięcy złotych – w ramach podziękowania za to, że mnie polecił.

Jak zacząłem robić u Prezesa, to zauważyłem, że jego syna bardzo do miasta ciągnęło. Zacząłem nawet rozważać hipotezę, że to było samouprowadzenie. W takim sensie, że syn chciał wyciągnąć od ojca trochę kasy. Tym bardziej że go w biznesach nieźle oszukiwał.

A jak wyglądała sama robota?

Była bardzo przyjemna. Polegała na tym, że wstawałem o czwartej rano i jeździłem z tym ojcem na giełdy warzywne. Chodziło o to, żeby wszyscy widzieli, że z nim jeżdżę. Potem na siódmą trzydzieści zapierdalałem normalnie do roboty. Tak że fucha była dobra, a jeszcze przyzwoicie mi za to płacił. Potem wkręciłem w to jeszcze tych dwóch moich kolegów od Bauma. No i wyglądało to tak, że każdy z nas pracował po tygodniu. Czyli tydzień roboty i dwa odpoczynku. Dzieliłem się z nimi pensją, taki kolega ze mnie był.

Po trzech miesiącach jeden z nich, Samara, się wykruszył. Stwierdził, że Prezes to taki prostak i on pierdoli – nie będzie z nim pracował. Bo on myślał, kurwa, że sam jest z elity.

A prawda była taka, że trzeba było po prostu odpowiednio się do Prezesa ułożyć. W każdym razie – zostałem tylko ja i Pąk. A Prezes cały czas szukał kontaktu z CBŚ, bo robił jakieś wałki. To skontaktowałem go z dwoma tamtejszymi gośćmi. Zawoziłem im nawet raz pieniądze. Zajrzałem do koperty – było tam po tysiąc pięćset złotych. Oni się bardzo wkurwili o to na Prezesa.

O co?

Że się przez to dowiedziałem, że im płaci. No kabaret, mówię ci. A potem jeszcze była nieciekawa sytuacja z Pąkiem.

Jaka?

W pewnym momencie zauważyłem, że zrobiła się chujowa atmosfera w pracy. Na początku nie wiedziałem, o co chodzi. W końcu jeden z kierowców powiedział mi, że Pąk z Samarą pożyczyli Prezesowi milion złotych na procent, bo jego firma miała jakieś problemy (a Pąk z Samarą zajmowali się już wtedy lichwą). No i ten kierowca mi mówi, że Pąk co miesiąc przyjeżdża do Prezesa i dojeżdża go o odsetki.

Ja mówię:

– Co? To on co miesiąc od niego pieniądze bierze i jeszcze po odsetki przyjeżdża? Co to jest, do chuja?

Poszedłem do Prezesa i pytam, co to są za tajemnice w firmie i o co w ogóle chodzi. On mi na to, że to nie Pąk mu pożyczył, tylko ten jego kolega, Samara. To mu tłumaczę:

– Pierdolisz. Nie dość, że kroi cię z odsetek, to jeszcze mu pensję płacisz. I to za to, że go przygarnąłeś, kurwa, do pracy? Przecież to, kurwa, lichwa jest, nie?

Po jakimś czasie firma Prezesa od tych odsetek upadła. No i wtedy właśnie zaczęły się psuć relacje między mną a Pąkiem.

Najpierw zaczął mnie dyskredytować w tej firmie, że jestem nerwowy, oszołom i że niby naćpany przychodzę do roboty. W tym samym czasie skłócił mnie z bokserem, wymyślając historyjkę, że mu chciałem dziecko porwać. Boksera tak zmanipulowali, że wierzy w to, kurwa, do dzisiaj, choć sprawa porwania została wyjaśniona w gdyńskim procesie. W tym samym czasie zacząłem też podejrzewać, że robią mnie w chuja z kasą od Bauma. W rzeczywistości nie dość, że okradali mnie na kasie, to jeszcze dodatkowo oczerniali w środowisku. A na domiar wszystkiego służby cały czas szukały na mnie jakiegoś haka. I ruszyła fala dyskredytacji.

Powiem ci, że trzeba być naprawdę mocnym psychicznie, żeby coś takiego wytrzymać i nie odpierdolić jakiegoś numeru. Bo w pewnym momencie miałem różne myśli.

Jakie?

Chciałem po prostu wymierzyć sprawiedliwość. Każdemu z osobna.

ROZPRACOWANIE SŁUŻB ŚCIANY PÓŁNOCNEJ

Jak się zaczęło to całe rozpracowywanie?

Zanim zdecydowałem się uderzyć w szefów gdańskiego CBŚ, CBA i ABW, doszło do wydarzeń, które nadały nowy obrót tym sprawom.

Jakich?

Zadzwonił do mnie szef brygady antyterrorystycznej, który miał znajomych w jednej dużej grupie rolnej, i powiedział: „Jarek, słuchaj, moi znajomi mają problem. Zostali zaatakowani przez CBŚ. Mógłbyś się temu przyjrzeć?". No i zacząłem tam węszyć.

Kim byli ci rolnicy?

To była grupa rolna, która korzystała z dotacji. Czyli brali kredyt z banku i spłacali go dotacją. Zajmowali się eksportem najlepszej w regionie marchewki bio.

Czemu musieli brać te kredyty?

Żeby dostać dotację, musieli najpierw zainwestować w maszyny i fabrykę.

Dlaczego akurat do nich się dojebali?

Żeby przejąć ziemie tej grupy. Po co? Bo w tym rejonie miała powstać elektrownia atomowa. To się wiązało z budową całej infrastruktury – miały tam między innymi przebiegać rurociąg gazowy i obwodnice. A jak wiadomo – z tym wiążą się ogromne korzyści finansowe i kontrakty biznesowe. W cały proceder zaangażowani byli szef gdańskiego ABW, szef gdańskiego CBŚ, szef gdańskiego CBA i wiceminister rolnictwa.

Który to był rok?

2013.

Co działo się dalej?

Do prokuratury przyszedł anonim, że ci rolnicy nielegalnie ściągają dotacje i zajmują się handlem narkotykami. Wtedy do akcji wkroczył CBŚ. Jak zacząłem zbierać informacje, szybko wywnioskowałem, że konkurencja wynajęła ich, żeby rozpierdolić tę grupę rolną. Mało tego – księgowa, która tam pracowała, została zwerbowana przez CBŚ, po to żeby przekazywać im informacje na temat tej firmy. W dodatku CBŚ nielegalnie zabrało im wszystkie dokumenty – zamiast je pokserować. Czyli całkowicie sparaliżowało działalność tej firmy.

Ty miałeś jeszcze wtedy kolegów w CBŚ?

Myślałem, że tak. Poszedłem do nich i spytałem:

– Co wy za prywatę odpierdalacie? Rozjebiecie dobrą polską firmę. Sto osób pójdzie na bruk. Weźcie sobie odpuście ten temat, bo wynajęli mnie, a ja zrobię wszystko, żeby im pomóc.

No to oni do mnie:

– Nie wpierdalaj się w to, jesteś za cienki Bolek, będziesz miał przez to kłopoty.

Po tej wizycie CBŚ uruchomił całą armadę: obserwację za mną puścili, agenturę, nieudolnie zbierali kwity na tych rolników, straszyli ich w nocy, podjeżdżali pod domy. Robili też takie numery, że łazili po urzędach czy placówkach zdrowotnych, siadali w poczekalniach i zaczynali na głos rozmawiać, że ci rolnicy to przemytnicy, bandyci i złodzieje. Po to, żeby zdyskredytować ich w oczach innych osób.

O jakie pieniądze chodziło?

Samej dotacji było siedemdziesiąt milionów złotych. Ale wokół ziemi, o której wspominałem, kręciły się już miliardy. CBŚ-owcy wymyślali cuda na kiju, żeby nas dojechać. O dwudziestej drugiej miałem spotkanie z rolnikami w takim domeczku na zadupiu. Ciemno w chuj, głucho. A wyszedłem wcześniej, żeby sprawdzić cały rejon. Patrzę, a tu czerwony punkcik bije w szybę. Okazało się, że CBŚ puścił obserwację na to spotkanie i na szyby nakierowali mikrofony kierunkowe, żeby podsłuchać, o czym będziemy gadać.

Podchodzę do tych dwóch miśków, którzy tam stali, i pytam:

– Co wy tu robicie? – A oni do mnie, że są zbieraczami metali i militariów. – O dziesiątej w nocy szukacie militariów?

Obmacałem jednego.

– Co ty tu, kurwa, masz? Pistolet? Skąd ty jesteś? – Ci wystraszeni w chuj. To mówię: – Panowie, jedźcie już stąd, bo i tak niczego nie podsłuchacie.

Po jakim czasie podjąłeś decyzję, żeby uderzyć? Co było tą kroplą, która przelała czarę goryczy?

Dla mnie momentem przełomowym była rozmowa z szefem całego CBA w Polsce.

Jak do niej doszło?

Zanim zdecydowałem się złożyć zawiadomienie do ABW, chciałem być na tyle lojalny, że postanowiłem skontaktować się z kimś na samej górze – czyli właśnie szefem całego CBA. Tak się akurat złożyło, że mój kolega robił imprezę w Warszawie, na której on miał się pojawić. No i pojechałem tam specjalnie, żeby się spotkać z szefem CBA.

Jak to na imprezie – wódka, żarcie, miła atmosfera, wiadomo. Podchodzę do niego, a on do mnie mówi:

– No, Majami, z Wronek cię wypuścili, co?

– No, z Wronek mnie wypuścili. Słuchaj, jest taka sprawa, że w Trójmieście źle się dzieje, bo szef gdańskiego CBA robi rzeczy niezgodnie z prawem. Chciałbym z tobą o tym porozmawiać.

– Wiesz co, Majami? Jak ty masz taki problem, to jemu to powiedz.

– Nie po to jechałem trzysta kilometrów do Warszawy, żebyś mi wyjaśniał, że jak on kradnie, to ja mam mu powiedzieć, że o tym wiem, i żeby przestał kraść. Słuchaj, pogadaj z nim, bo nie chcę szkodzić służbom, nie chcę srać we własne gniazdo, bo to jest najgorsze, co można zrobić. – Bo wiesz, naprawdę nie chciałem ich z premedytacją upierdolić.

Ale on mnie zlał i wyśmiał.

– Wypierdalaj stąd. – I tyle, to był koniec rozmowy.

Więc wypierdoliłem i zacząłem gromadzić dowody na gdańskie CBŚ, CBA i ABW.

Dodatkowym czynnikiem było to, że zablokowali grupie rolnej końcowy etap dotacji. Wtedy powiedziałem basta. Poszedłem do tych rolników i powiedziałem, że trzeba złożyć zawiadomienie do ABW i że ja to mogę zrobić. A oni się zgodzili.

Zważywszy na fakt, jak gruba była to sprawa, postanowiłem skontaktować się z Jurkiem – moim prowadzącym z kontrwywiadu, który teraz, jak ja, był na emeryturze. On do mnie mówi tak:

– Jarek, przyszły takie czasy, że w państwie polskim jest jeden wielki burdel i chaos. Służby są rozjebane, a rosyjski wywiad penetruje nasz kraj na wielką skalę.

Opowiedziałem mu o problemach rolników i że chcę zgłosić w tej sprawie zawiadomienie do ABW. A on na to:

– Czy dasz sobie z tym radę? Bo będziesz sam. I będziesz się musiał liczyć z atakiem służb – bo prędzej czy później wyjdzie, że to ty złożyłeś zawiadomienie. Wytrzymasz to psychicznie? Twoja rodzina to wytrzyma? Bo będą ich cały czas dojeżdżać.

W różnoraki sposób: urzędami, komornikami. Musisz ich przygotować na to, żeby się nie dali sprowokować.

Powiedziałem mu, że dam radę i to ogarnę. Wiedziałem, że w tej grupie rolnej na pewno jest coś powywijane, bo w każdej firmie jest. Ale byłem przekonany, że działam w słusznej sprawie.

No a Jurek mówi jeszcze do mnie tak:

– Pamiętaj, że jak pojedziesz do Abwery, to będą cię męczyć też o różne inne rzeczy, maglować, zmieniać przesłuchujących. Musisz sobie przypomnieć wszystkie stare nauki, które u mnie pobierałeś.

Jurek podpowiedział mi też, że nad szefami gdańskiego CBŚ, CBA i ABW mam podstawową przewagę. Oni nie wiedzą, kim jestem. Nie znają mojego rodowodu z kontrwywiadu. Powiedział, że jeśli chcę dokonać dywersji od środka, muszę to zrobić w przemyślany sposób. Najpierw przyjmować ciosy, żeby uśpić ich czujność. Czyli udawać głupka i kloszarda, żeby myśleli, że nie mają przed sobą żadnego przeciwnika. A w odpowiednim momencie uderzyć.

No i obrałem tę taktykę przyjmowania na siebie ciosów. Grałem idiotę, żeby środowisko mówiło, że Majami jest jebnięty. Moi przeciwnicy utwierdzali się w tym przekonaniu, a ja sobie spokojnie zbierałem na nich dowody.

Przy tej okazji ustaliłem też między innymi, że facet z gdańskiego CBŚ miał założony auto-handel na żonę, przez który szły lewe fury, kradzione przez grupę złodziei samochodowych, w której byli także policjanci z CBŚ. Doszło do tego, że Komenda Rejonowa Policji w Polsce zawinęła wozaka z tej grupy kradnącej samochody auto-handlu. Dochodzenie prowadziła żona pewnego policjanta w Komendzie Rejonowej. Za ukręcenie łba sprawie jej mąż dostał etat w gdańskim CBŚ, a potem został tam nawet naczelnikiem. Jak się dowiedział, że złożyłem na nich zawiadomienie do ABW w Warszawie, to położył się do wariatkowa i odszedł na emeryturę.

Jeśli zaś chodzi o funkcjonariusza ABW w Gdańsku, to odkryłem, że ma promotora w postaci sekretarza stanu w ministerstwie rolnictwa, dla którego wykonywał prywatę związaną z tą ziemią, o której była mowa. Żeby zdobyć informacje, zbliżyłem się do jego ekszony, która była z nim po rozwodzie w konflikcie. Okazało się, że ten policjant i sekretarz stanu latami spotykali się w ich domu i przy żonie załatwiali różne prywaty.

Szef gdańskiego CBA był teoretycznie na tacy, bo jedna ze służb specjalnych założyła mu już wcześniej technikę w mieszkaniu, ponieważ podejrzewała go o działalność przestępczą. Kupił mieszkanie w stanie surowym i szukał budowlańców. Ekipa z tej służby pod przykryciem zamontowała mu technikę w sposób nie do wykrycia. Podsłuch działał kilka lat. Gdy facet dowiedział się o moim zawiadomieniu w ABW, wziął ludzi do znalezienia techniki, ale jej nie wykryli, tak dobrze to było zrobione.

Podczas zbierania dowodów na przestępczą działalność służb trójmiejskich ustaliłem, że za przejęciem ziemi rolników – w cieniu – stoi Iksiński. Byłem zdziwiony, że biznesmen takiego formatu wikła się w podobną grę. Utwierdziło to mnie w przekonaniu, że jego pozycja w świecie biznesu spadła i jest zdesperowany. Prokurator prowadzący tę sprawę również był zaskoczony udziałem Iksińskiego w procederze.

Jurek był pewien, że po złożeniu zawiadomienia główne szefostwo ABW będzie sprawdzać, czy nie jestem z kontrwywiadu albo agencji wywiadu. Dlatego zaczęliśmy się z Jurkiem kontaktować jak za starych lat.

Moja trasa biegowa miała dwie strony – lewą i prawą. W dni parzyste biegałem po stronie lewej, a w nieparzyste – po prawej. Na trasach były kontenery z instrukcją, czyli skrzynki kontaktowe.

Gdy jechałem na coroczne spotkanie emerytów policjantów pracujących pod przykryciem, przy dojeździe do miejsca, gdzie odbywało się spotkanie, czekał na mnie łącznik od Jurka i udzielił mi informacji, że jeden z emerytów nie jest policjantem, którego znam, to tylko jego legenda. Naprawdę jest funkcjonariuszem ABW pracującym pod przykryciem, który ma zadanie się do mnie zbliżyć. Po uzyskaniu tej wiedzy już mu na to nie pozwoliłem.

Z ciekawostek – gdy zbierałem informacje o przestępstwach trójmiejskich służb, sporządzałem diagramy i pisałem plan na każdy tydzień, który ułatwiał mi zbieranie dowodów. Robiłem szczegółowy rekonesans miejsc spotkań szefów służb, wobec których składałem zawiadomienie. Znałem ich plan dnia, bo się nie kontrolowali i byli przewidywalni w swoich działaniach.

Żeby odsunąć podejrzenia od swojej osoby, zaplanowałem robienie z siebie wariata na ich oczach – tak, aby to sami widzieli. Poprzez różne źródła wprowadzałem dezinformacje. Chodziłem też na wykłady do Monaru i uczyłem się być narkomanem. Trenowałem godzinami przed lustrem odruchy po narkotykach. Znając plan dnia szefów służb, pozwalałem im wpaść na mnie na ulicy, gdy udawałem naćpanego. Dla uwiarygodnienia nałogu podmieniałem też na imprezach narkotyki na fałszywe, które wcześniej przygotowałem. Utwierdziłem w ten sposób moich przeciwników w przekonaniu, że jestem ćpunem, którego nikt nie będzie traktował wiarygodnie.

Szefowie gdańskiego CBŚ, CBA i ABW dali się nabrać i zażądali mojego badania na obecność narkotyków w organizmie, gdy złożyłem na nich zawiadomienie do warszawskiego ABW. Badali mnie razem z pilotami w WOBL-u (Wojskowy Ośrodek Badań Lotniczych). Byli w szoku, że nic nie wyszło.

Co wydarzyło się dalej?

Zanim złożyłem zawiadomienie, zacząłem się przypatrywać nowym postaciom, które pojawiły się w środowisku: byłym policjantom, gościom, którzy właśnie wyszli z więzienia. Jednym słowem: przypatrywałem się, czy są jacyś ludzie, których mogą chcieć skaperować przeciwko mnie, a których ja mógłbym skaperować pierwszy. Chodziło o to, by zrobić ruch wyprzedzający.

No i zwróciłem uwagę na byłego policjanta, który niedawno wyszedł z więzienia. Miał coś do powiedzenia w środowisku, bo po wyjściu z pudła założył firmę ochroniarską na żonę i dostał trzy obiekty do ochrony. I co ważne – wyszedł wcześniej, niż miał wyjść. No to pomyślałem sobie: „Nie ma chuja na Mariolę, ktoś musiał mu w tym pomóc". Zacząłem się do niego zbliżać.

Okazało się szybko, że mamy wspólny interes, bo CBŚ, które pracowało z nim wcześniej w Komendzie Rejonowej, dobrało mu się do dupy, zbierało na niego dowody i generalnie go dojeżdżało. Myśmy się spiknęli, bo dorwałem takie jedno zlecenie na ściągnięcie długu od faceta, od którego on wynajmował parking. Taki, kurwa, oszuścik. Razem obsłużyliśmy to zlecenie i on sobie przy mnie zarobił parę groszy. No i zaczęliśmy się spotykać, gadać o służbach, przykrywkach i o CBŚ. Opowiedziałem mu o tym, jak mnie próbują zdyskredytować, on mi z kolei o tych kolegach, co mu robili koło pióra. No i jak wybuchła afera Amber Gold, akurat siedzieliśmy i chlaliśmy wódę.

On mi mówi tak:

– Moglibyśmy sobie wyrobić fajny kontakt w ABW, bo dobrze znam tam jednego funkcjonariusza. On potrzebuje informacji na temat Daszuty, adwokata Plichty, który jest głównym oskarżonym w aferze Amber Gold. Gdybyśmy temu mojemu znajomemu podrzucili jakieś info, to mógłby błysnąć w Abwerze. – I w ogóle zaczął mówić, że sprawa Amber Gold jest bardzo dziwna i że jest ktoś, kto za tym stoi.

Pomyślałem sobie: „Chłopie, masz wszelkie symptomy wskazujące na to, że jesteś agentem i ktoś ci po prostu pomógł w tym biznesie". Ale zrobiłem tak, że zdobyłem teczkę aplikacji tego adwokata. Była tam opisana cała jego kariera, kto go promował i tak dalej.

Jak ją zdobyłeś?

Operacyjnie. Skserowałem wszystko. No i wziąłem te kserówki, poszedłem do tego mojego gościa i powiedziałem:

– Możesz dać to swojemu koledze z ABW. Ale powiedz mu, że ci pomagam, bo może też będę miał z tego jakąś korzyść.

Jak dałem mu tę teczkę, to zwariował z radości. Zaczął się przede mną otwierać: że zna agentów z ABW, że ma kontakty i układy. Ja sobie pomyślałem: „Już cię mam, chłopie". Na deser poczęstowałem go jeszcze kserokopią paszportu Władimira Putina.

Co? Skąd ją miałeś?

Miałem kolegę, który pracował na lotnisku w Gdańsku. Przyszedł do mnie pewnego dnia i dał mi właśnie kserokopię paszportu Putina.

Skąd on ją miał?

Po wizycie Putina w mieście. Okazało się, że Putin, jako jedyna głowa państwa na świecie, zawsze osobiście przekazuje paszport żołnierzowi straży granicznej lub pracownikowi lotniska, chociaż nie musi tego robić. On po prostu ma w zwyczaju, że obojętnie do jakiego kraju przyjeżdża, postępuje jak zwykły obywatel i daje swój paszport komu trzeba. Jak przyjechał do Polski, zrobił tak samo, a w tym czasie mój znajomy skserował ten paszport. No i dał mi to ksero, mówiąc:

– Zobacz, będziesz miał pamiątkę, a to jest naprawdę rzadka rzecz.

Tę kserokopię przekazałem potem agentowi ABW, żeby się uwiarygodnić. Bo wiedziałem, że on ją przekaże dalej.

Tego byłego policjanta wziąłem do moich rolników, jeździł ze mną jako kierowca i zaczął mi przekazywać bardzo dużo informacji na temat gdańskiego ABW. W pewnym momencie powiedział, że musi napisać meldunek i żebym mu trochę poopowiadał o tych gangsterach w białych kołnierzykach w środowisku trójmiejskim. No to zacząłem mu mówić różne ciekawe rzeczy, o których on nie miał pojęcia.

Niebawem zaczęły do mnie docierać informacje, że jego kolega z ABW opowiada, że ma zajebiste źródło na Pomorzu, które przynosi mu ważne informacje. Oczywiście chodziło o mnie. On myślał, że mój znajomy policjant mnie zwerbował i teraz mnie w pełni kontroluje. A ja w ten sposób utorowałem sobie drogę do ABW i mogłem złożyć zawiadomienie.

Jak to wyglądało?

Pojechałem do wydziału śledczego stołecznego ABW. Złożyłem zawiadomienie, a potem zaczęli mnie przesłuchiwać. Trwało to, kurwa, z dziesięć godzin.

Kto cię przesłuchiwał?

Na zmianę babka i facet. Jedno grało złego, a drugie dobrego. Najpierw wszystko opowiadałem, później powtarzałem, a potem na protokół. W pewnym momencie ta dwójka, co mnie przesłuchiwała, poszła niby na obiad i przyszedł mnie pilnować jakiś młody grzbiet. Oczywiście zaczął mnie wypytywać o różne rzeczy. Chciałem się kimnąć, ale mi nie pozwolił. Tak że wszystko trwało bardzo długo.

Co dokładnie ujawniłeś w ABW?

Nie mogę mówić o szczegółach, bo toczy się w tej sprawie postępowanie. Ujawniłem mechanizm, za pomocą którego gdańskie służby legalizowały nielegalne działania. Polegało to na tym, że założyli tak zwaną spółdzielnię.

Co ciekawe, służby w Trójmieście miały układy w różnych miastach i jednostkach. Na przykład funkcjonariusz, który był w układzie z jednostki X w Katowicach, pisał notatkę ze spotkania z informatorem, który twierdził, że ma kontakt z Majamim z Gdańska. Taka notatka pozwalała zalegalizować działania służb w Gdańsku. To automatycznie dawało legitymację do działań operacyjnych przeciwko mojej osobie i zatwierdzało nielegalne działania.

Posłużę się innym przykładem. Niedawno Stonoga ujawnił w internecie akta z nielegalnych podsłuchów. Wyobraźmy sobie, że prokuratura przesłuchała świadka procesowego do tej sprawy. Ten świadek zeznał, że Majami nie miał z sprawą nic wspólnego. Ale gdyby zeznał, że po prostu mnie zna, to na tej podstawie można by już sformułować wniosek o założenie mi podsłuchu. A taki wniosek – w dobrej wierze – sędzia klepnie. Nie zapozna się szczegółowo ze sprawą, bo będzie miał zaufanie do funkcjonariuszy, którzy wiosek formułują. W ten sposób gdańskie służby legalizowały nielegalne podsłuchy.

Przygotowywałem też psychicznie rolników na działania, jakie będą przeciwko nim prowadzone przez służby – czyli obserwacje, werbunek i agenturę.

Co się wydarzyło po złożeniu zawiadomienia?

Rozpętało się piekło. Jak składałem zawiadomienie, zdawałem sobie sprawę, co się będzie działo. Wiedziałem, że służby użyją wszelkich możliwych metod operacyjnych, żeby mnie zniszczyć. Uruchomią agenturę, będą zbierać o mnie informacje, sprawdzać moje kontakty i spróbują sprowokować mnie do popełnienia przestępstwa.

W jaki sposób?

Ktoś na przykład będzie mnie prowokował do bójki, a później znajdą się świadkowie, którzy zeznają, że to ja prowokowałem. Robił to przez cały czas Pąk. Ale przyjąłem taktykę, że przyjmowałem na siebie wszystkie uderzenia. I czekałem, aż wystrzelają się ze swoich działań.

Działało ci to na psychikę?

Psychicznie jestem mocny. Dlatego oni chwytali się wszystkiego. Dziennikarzy nawet uruchomili, żeby mi robić czarny PR. Wkrótce postanowili wykorzystać przeciwko mnie również Pąka z Samarą. A ci byli lepsi od Goebbelsa. Wychodzili z założenia, że kłamstwo powtórzone tysiąc razy staje się prawdą. Psuli mi opinię w środowisku i ciągle mnie prowokowali. Umiejętnie manipulowali informacjami także na swój temat. W rzeczywistości byli dwoma leszczami, którzy mieli słabe wyniki w robocie. W momencie, gdy zaczęto odkrywać ich przewały z handlarzami narkotyków, uciekli z policji, zwalniając się bez emerytur, bo już wtedy dobrze żyli z lichwy. Dla środowiska w Trójmieście uchodzili tymczasem za gości z górnej półki. Ubrani w drugie garnitury, wkręcali wszystkich, że w rzeczywistości awansowali i obaj pracują w służbach specjalnych w stolicy. A ludzie im wierzyli.

Wiedziałem, że będzie mnie czekać przeprawa, dlatego jednym z pierwszych moich ruchów po złożeniu zawiadomienia było wyprowadzenie się do mojej matki do Wrzeszcza. Było dla mnie oczywiste, że założyli mi obserwację w domu, w którym mieszkałem ze swoją kobietą.

Widziałeś tych gości czy wiedziałeś tylko, że będą cię obserwować?

Wiedziałem, że będą mnie obserwować, a później ich widziałem. Stosowali różne metody obserwacji. Zwerbowali dwóch sąsiadów – jednego z pierwszego piętra, a drugiego z trzeciego (ja mieszkałem na parterze). Ten, co mieszkał na trzecim, to był taki deweloper. Informował ich, kiedy wyjeżdżam, z kim przyjeżdżam. Widziałem, jak często do okna podchodził. Był na tyle niekompetentny, że stał z kartką przy oknie i było widać, że notuje w momencie, kiedy wychodzę albo wchodzę do domu.

U sąsiada, co mieszkał bezpośrednio nade mną, na pewno założyli technikę. Chodziło o to, żeby podsłuchać, o czym rozmawiam w domu. Bo wiadomo, że na zewnątrz mogłem się zachowywać naturalnie. Ale jak wracam do domu, to chcę się rozluźnić i normalnie funkcjonować. No więc mogę na przykład wygadać się z czymś partnerce.

Powiedz, jak się takie podsłuchy zakłada.

Między ścianami albo między sufitami. Można też zakładać w szybach wentylacyjnych. U mnie było idealnie, bo w kuchni znajdowało się okienko szybu wentylacyjnego, który łączył wszystkie piętra. Tak że nie było z tym żadnego problemu. Do tego jak się rozmawia w domu na różne tematy, to analityk może to przeanalizować, stworzyć profil delikwenta i znaleźć jego słabe punkty. Dlatego przeprowadziłem się do matki. Tam jest stara dzielnica, starzy lokatorzy – trudniej założyć obserwację. Poza tym łatwiej mi tam było kontrolować, czy ktoś za mną jeździ. Z moją partnerką mieszkałem w nowej dzielnicy, więc miałem większą trudność w ogarnięciu tego wszystkiego.

Kto zlecał obserwację?

CBŚ, CBA i ABW.

Jak myślisz, czy trzy służby się ze sobą zgadały czy robiły to niezależnie?

Robiły to niezależnie. Dlatego dochodziło do komicznych sytuacji. Wiedzieli, że mam fotograficzną pamięć. Zakładali więc, że jak zobaczę na przykład dziewczynę, która mnie obserwuje, to będzie spalona, bo ją zapamiętam. Dlatego gdy zorientowałem się, że jakiś samochód za mną jeździ, i postanowiłem zajrzeć do środka, żeby zobaczyć kierowcę, to dziewczyna zarzuciła sobie włosy na twarz, żeby jej nie było widać. No kabaret. Ale powiem ci, że rozkminiałem też, którą obserwację prowadzi ABW, a którą policja.

Po czym to rozróżniałeś?

Po sposobie jej prowadzenia. Ludzie z ABW byli lepiej wyszkoleni, bardziej doświadczeni. Jak prowadzili klienta, to na jakąś odległość. Ich samochody nie rzucały się w oczy. Często jeździli pojedynczo. Różnił ich też sposób jazdy. Natomiast jeśli chodzi o obserwację policyjną, to wiesz – sam tam pracowałem, więc na przykład rozpoznawałem samochody. Poza tym tę obserwację często robili młodzi, niedoświadczeni policjanci. Było to widać po tym, że jak na przykład ja jechałem szybko, to oni też dodawali gazu. Jak przejechałem na czerwonym świetle, to oni za mną.

Im też robiłem zresztą numery. Wiedziałem na przykład, że ja i moja partnerka na pewno mamy założone podsłuchy na telefonach. No to mówię kiedyś do nie: „Słuchaj, wychodzę, ale zadzwonię do ciebie za dwie godziny. Odbierz telefon, nic nie mówi, tylko słuchaj". Wsiadłem w samochód i widzę, że jedzie za mną obserwacja. A już mnie to zaczęło wtedy wkurwiać. No więc złapałem po tych dwóch godzinach za telefon, dzwonię do mojej babki i mówię:

– Halo, cześć, słuchaj, taki głupi przypadek się stał. Byłem pod Carrefourem na Morenie, stanąłem na parkingu i podjechał taki srebrny mercedes 124. Podszedł do mnie facet z tego samochodu i powiedział: „Majami, ty się nie denerwuj, ale my musimy za tobą jeździć". – No i tyle, rozłączyłem się.

Oczywiście efekt był taki, że goście, którzy za mną jeździli w tym mercedesie, dostali ostre zjeby, bo facet, który tego słuchał, myślał, że oni naprawdę do mnie podeszli i tak powiedzieli. [śmiech]

Kolejny numer ci opowiem – tym razem z facetem z CBA, o którym mówiłem w związku ze złodziejką Justyną. Bo wiesz, z tymi podsłuchami jest tak, że siedzi sobie ktoś w słuchawkach, odsłuchuje rozmowy, a potem sporządza z tego stenogram. Następnie to przepisuje i przekazuje do sekretariatu albo kierownika sekcji. Czyli to przechodzi przez kilka rąk i dopiero na końcu trafia do zwierzchnika z CBA. Natomiast – co ważne – każdy po kolei to czyta. To sobie pomyślałem: „No to zabawmy się, skurwysynu". Spotkałem się z takim kumplem, o którym wiedziałem, że nie lubi tego gościa z CBA, i mówię mu tak:

– Słuchaj, zadzwonię do ciebie, ale ty nic nie mów, tylko ja będę mówił.

I dzwonię potem do niego.

– Cześć, słuchaj, jak wracaliśmy z tym funkcjonariuszem z CBA z Niemiec, to zabrałem go do burdelu, bo wiesz, on nigdy nie był w burdelu i bardzo chciał zaruchać. A ta złodziejka Justyna to ma z nim przejebane. Mówi kiedyś do mnie tak: „Majami, on ma takiego malutkiego chujka, że ledwo mu wystaje, ale jak się z nim tak dobrze wyrucham, to on mi potem wszystko opowiada o służbach, co tylko chcę.

Ja mu mówię, że go kocham, że jest najlepszy, ale potem muszę iść się wyruchać z... – I tutaj rzuciłem ksywę gościa, którego ten koleś z CBA nienawidził. Wyobrażasz sobie, jak potem czytały to sekretarki i pracownicy, jaka musiała być beka na maksa? Gość, jak mnie zobaczył, chciał mnie zajebać wzrokiem. Bo on się kreował na wielkiego ważniaka, a tu takie rzeczy wyszły. A robiłem to wszystko po to, żeby ich wyprowadzić z równowagi.

To pokazuje, że trzeba dobrze znać daną instytucję od środka, żeby z nią walczyć.

To prawda. Ciągle dochodziło między nami do takich starć. Niektóre były już śmieszne – tak jak w przypadku siłowni Samodzielnego Pododdziału Antyterrorystycznego Policji (SPAP).

To znaczy?

To siłownia, do której mogą uczęszczać emerytowani policjanci, i ja tam właśnie chodziłem. Wygląda to tak, że jest sporządzana lista, podajesz nazwisko w biurze przepustek i możesz tam wchodzić. No i tak się złożyło, że przychodzili tam też ludzie z CBA i CBŚ. Zresztą to właśnie na tej siłowni prosiłem ich kiedyś, żeby odpuścili. Ale po złożeniu zawiadomienia i po tym, jak już założyli mi obserwację, strasznie ich zaczęło wkurwiać, że tam przychodzę. Wiesz, na zasadzie „To my tu takie operacyjne środki na niego rzuciliśmy, a on się z tego śmieje i przychodzi do nas na siłownię?".

No i któregoś dnia dzwoni do mnie dowódca tego SPAP-u i mówi:

– Jarek, nie wiem, co się dzieje, ale dostałem polecenie wykreślenia cię z listy osób, które mogą przychodzić na siłownię.

No to od razu odezwałem się do faceta z BSW, który był wyznaczony przez prokuratora do wykonywania czynności, i powiedziałem:

– Słuchaj, sprawa jest bardzo ważna, bo to chodzi o działania psychologiczne. Zróbcie wszystko, żeby mnie komendant wojewódzki przywrócił na tę siłownię.

– Ale o co chodzi?

No to zacząłem mu tłumaczyć. Bo wiesz, to są właśnie takie psychologiczne zagrywki. Gdybym tam nie wrócił, to oni by mi pokazali, że jednym telefonem mogą mnie załatwić. Ale jeżeli wrócę, to będzie dowód na to, że nie są w stanie mi nawet siłowni zablokować.

No i ten z BSW powiedział w końcu:

– Dobra, rozumiem.

No i odblokowali mi siłownię. A ja zeznałem na protokół, że to był po prostu mobbing.

Jak odblokowali mi siłownię, to od razu tam pojechałem. Tak się zdarzyło, że jak już miałem wychodzić, akurat podjechał samochodem ten szef CBA. Przystanąłem i zacząłem niby czegoś szukać w torbie. Chciałem po prostu temu chujowi spojrzeć w oczy. Niczego dosadnego nie mogłem powiedzieć, bo nie wiedziałem, czy tego nie nagra, a potem nie oskarży mnie o stosowanie gróźb. Ale tam były takie drzwi wahadłowe i jak wchodził, to myślał, że go przepuszczę. A ja jeb w niego torbą i mówię:

– Ja mam pierwszeństwo, zgodnie z kierunkiem jazdy, kurwa, nie?!

To wszystko psychologia. Chodzi o to, żeby przeciwnikowi pokazać, że się go nie boisz. Że chociaż stosuje wobec ciebie takie metody, to masz na to wyjebane.

Cały czas próbowali mnie sprowokować, bo słyszeli, że jestem furiatem i awanturnikiem. Nie brali pod uwagę, że pewne rzeczy robiłem po prostu na pokaz. Kiedyś podstawili mi jednego gangstera z miasta, na którego wcześniej zeznawałem. Wielkie chłopisko – na dwa metry wysoki i na metr szeroki.

Przyjechałem do domu i chciałem matce na górę wnieść zakupy. Patrzę: stoi obcy samochód. Od razu sobie pomyślałem, że będzie jakiś numer. Okej. Wyszedłem z zakupami, a ten typ wysiadł z samochodu i nic nie zrobił, tylko przeszedł pół metra ode mnie i się patrzył. Ktoś go wcześniej poinstruował, bo sam był za głupi, żeby coś takiego wymyślić.

A czemu go tak poinstruowali?

Bo myśleli, że mnie tym sprowokuje i że na przykład wyciągnę broń i będę mu groził albo będę chciał go odpalić.

Co było potem?

Po moim przesłuchaniu w ABW sprawę przekazano do Prokuratora Generalnego. Prokurator Generalny przekazał ją do prowadzenia w Prokuraturze Apelacyjnej w Krakowie. Następnie trafiła ona do Prokuratury Okręgowej w Szczecinie. Wtedy sprawa ruszyła z kopyta.

W międzyczasie, jak zaczęto przesłuchiwać różnych świadków, wyszło na jaw, że jest jakieś zawiadomienie przeciwko służbom. Chodziło o to, żeby przypatrywać się ruchom szefów po tym, jak się dowiedzą o moich zeznaniach. Do kogo się zwracają o pomoc, gdzie mają swoich ludzi i tak dalej. No i tak prowadzono tę sprawę, co pozwoliło rozpracować w ciągu trzech lat całą siatkę ludzi, którzy z nimi współdziałali na różnych szczeblach.

Tu trzeba poruszyć jeszcze jeden ważny wątek – ten mój znajomy agent policyjno-abwerowski miał info, że jego kumpel z ABW zostanie szefem Abwery w Gdańsku. No i poczuł się już tak pewnie, że zaczął mi opowiadać wszystko o warszawskim ABW – co tam się dzieje, jakie tam są układy, kto z kim się pierdoli albo jakie sprawy załatwia na policji. Dowiedziałem się między innymi, że jego znajomy z ABW był człowiekiem Bauma.

Przyjechałem do domu, wszystko sobie ładnie spisałem, a następnie przekazałem innemu mojemu koledze pracującemu u Bauma, do którego miałem jeszcze zaufanie.

Dlaczego?

Bo ten kolega miał wejście na specjalny bankiet, który odbywał się raz w miesiącu w Warszawie. Przychodzili na niego zieloni, niebiescy i wężyki.

Wytłumacz, kim są „wężyki".

Generałowie wszystkich służb. Na tym bankiecie jest tak, że jak się rozmawia, to nie mówi się niczego wprost, tylko w taki sposób, żeby zrozumieli to jedynie rozmówcy. Bo oni nie wiedzą, czy ich nagrywasz czy nie, więc nie chcą się narażać. Jakbyś tam stał z boku, tobyś odniósł wrażenie, że chuj wie, o czym oni wszyscy rozmawiają. No i ten kolega przekazał moje materiały jednemu z zielonych.

Oczywiście ja się pod tym nie podpisałem, to były tylko suche informacje. A ten zielony pokazał to szefowi całego ABW i powiedział:

– Nie wiem, co to jest, ale weź sobie zerknij. To wy macie takiego dobrego agenta na Wybrzeżu?

Jak ten szef ABW to zobaczył, to dostał kurwicy. Rozumiesz?

Wyszło na to, że wojsko zebrało poufne informacje na temat ABW...

Tak. Po prostu zostali ośmieszeni. A temu policyjno-abwerowskiemu agentowi naopowiadałem totalnych bzdur. Że się z Zacharskim spotykałem i różne inne farmazony. ABW myślało, że mnie prowadzi, a finalnie wyszło, że to zieloni są górą. Gość, który miał zostać nowym szefem ABW w Gdańsku, został wyjebany do szkoleniówki.

W wyniku moich zeznań odwołali też faceta z delegatury ABW w Gdańsku, który szkodził rolnikom. Oficjalnie zarzucono mu nieprawidłowości związane z funduszem operacyjnym. Tego z gdańskiego CBŚ też wyjebali na zbity ryj. Oczywiście też po cichu.

A ten z CBA?

Był pierwszym do odstrzału, ale to był człowiek z CBA. W celu zabezpieczenia sprawy o moim zawiadomieniu poinformowałem premiera. Niebawem nawiązała ze mną kontakt Komisja ds. Służb Specjalnych. Ponieważ zebrane przeze mnie dowody sięgały politycznego establishmentu w kraju, sprawa kolesia CBA była zamiatana pod dywan i przenoszona do kolejnych miast.

W międzyczasie głównego rolnika dwa razy zamykali. Bo on też robił tak, że łapał siedem srok za ogon. Straszny „chaotyk". Tłumaczyłem mu: prokurator, adwokat i koniec. Jeśli pojawią się jacyś dziwni ludzie koło ciebie, melduj to od razu do prokuratora i dawaj na protokół. Tymczasem służby podstawiły mu gościa z jakiejś kancelarii, który w jego imieniu chciał wręczyć łapówkę. I ten rolnik dał się wmanewrować. Ale wyjdzie z tego.

Co ciekawe, po trzech latach śledztwa prokuratura w Sopocie postawiła mu zarzut wyłudzenia dotacji. Tymczasem prokurator, który w Krakowie prowadził tę sprawę, powiedział, że nic takiego nie miało miejsca. No ale dziwnym trafem tego prokuratora z Krakowa przenieśli i już nie prowadzi tej sprawy.

Częsty proceder.

W każdym razie – sprawa się dalej toczy. Jeszcze jako ciekawostkę powiem, że jak zaczęły się te przesłuchania, to mi kilka razy samochód zniszczyli. Kiedyś wychodzę rano i widzę, że ktoś mi wyjebał smołę na dach i przednią szybę mojego seicento. Ze cztery razy mi opony przecinali. Zgłaszałem to na policję, ale chuj z tego wynikało.

Cała sprawa rozstrzygnęła się na korzyść rolników dopiero po zmianie rządu w 2015 roku. I po dymisji szefów CBA.

A Pąk i Samara?

Zginęli od własnej broni. Kiedy zaczęli mnie dojeżdżać, postanowiłem ich rozpracowywać jak normalnych figurantów i zrobiłem ich portrety psychologiczne. Z charakterystyk wyszło mi, że są to ludzie, którzy nie wytrzymają ciśnienia i w pewnym momencie popełnią błąd, który ściągnie na nich konsekwencje karne.

Ponieważ nie reagowałem na ich prowokacje, zaczęli robić coraz głupsze rzeczy. Ostatecznie Pąk nie wytrzymał ciśnienia i dał się zarejestrować przemysłową kamerą w trakcie grożenia mi. Łaziłem za Pąkiem i pewnego razu wszedłem za nim do supermarketu. Wybrałem stolik widoczny dla kamery przemysłowej i przy nim usiadłem.

No i co zrobiłeś?

Zacząłem patrzeć z uśmiechem na Pąka. Nie wytrzymał, dosiadł się do mnie i zaczął mi grozić: „Ty kurwo, wiemy, co nagadałeś, masz odwołać wszystkie zeznania, bo cię dojedziemy". A prokurator prowadzący sprawę tylko czekał na to, gdy ktoś mi będzie groził i próbował zmusić do zmiany zeznań. Na podstawie zawiadomienia i nagrania z kamery Pąk został skazany wyrokiem sądu.

KRAJOBRAZ PO BITWIE

Czym to wszystko tłumaczysz? Władza i pieniądze aż tak deprawują?

Czym to tłumaczę... dobre pytanie. Wiesz, jak patrzę na to z perspektywy czasu, to widzę, że też był taki moment, kiedy dałem się uwieść temu uczuciu wszechmocy. Wtedy zacząłem traktować ludzi z góry i nie szanować pieniędzy. Wydawało mi się, że jestem pępkiem świata. I powiem ci, że wtedy naprawdę można zgłupieć.

Myślę, że powinni być ludzie, którzy czuwaliby nad takimi funkcjonariuszami jak ja. Bo było wielu dobrych policjantów, którzy się w tym zatracili. Kasa, władza, towarzystwo, dupy – to wszystko sprawia, że ci w pewnym momencie może odpierdolić. Ale musi być granica. Takiemu Pąkowi odjebało totalnie.

On do mnie kiedyś powiedział: „Majami, jak ty możesz chodzić do baru mlecznego na jedzenie? Po chuj ty tam chodzisz, wpierdalać plastikowymi sztućcami z tymi dziadami? Przecież to jest, kurwa, poniżające". Rozumiesz? Tak już odleciał.

Ale chciałbym podkreślić ważną rzecz. Po tym jak złożyłem zawiadomienie do ABW, miałem duży problem ze znalezieniem pracy. Wiele osób wtedy się ode mnie odsunęło z obawy, że będą mieli przez to kłopoty. Ale byli też i tacy, którzy wobec mnie zachowali się bardzo w porządku. Jednym z nich jest Tomasz Zieliński pseudonim Zielony, właściciel firmy ochroniarskiej Kuguar w Gdyni. Pomógł mi, zatrudnił mnie u siebie. Stałem u niego na ochronie – nieważne za ile, ważne, że wyciągnął do mnie rękę, nie patrząc na to, że może mieć z tego powodu kłopoty. W 2014, 11 listopada, stałem u niego na dworcu w kamizelce i pilnowałem punktu, do którego przychodzili ludzie i zwiedzali go w związku z uroczystościami z okazji Święta Niepodległości.

Kolejna osoba – to Sławek, policjant z Gdyni, który miał problemy przez to, że się ze mną kontaktował. Ale zawsze mogłem na niego liczyć. Kiedy zajeżdżały w nocy pod mój dom jakieś samochody, zawsze był gotowy przyjechać i mnie wspierać. Czasami nawet sam z innymi policjantami odstraszał te samochody. Mało tego, jak miałem sprawy w sądzie, to oni przychodzili i wspierali mnie psychicznie.

Nie musieli tego robić, ja tego nie potrzebowałem, ale liczył się gest z ich strony. To dla mnie bardzo ważne, żeby o tym wspomnieć. Zwłaszcza że nikt nie wiedział, jaki będzie efekt końcowy zawiadomienia do ABW. Wystąpiłem w końcu przeciwko trzem służbom i establishmentowi, który był w Trójmieście powiązany różnymi biznesami i układami. Dlatego dziękuję im, że mieli jaja i byli ze mną w tych trudnych chwilach.

Szczególne podziękowania przesyłam też specjalsom oraz osobom służącym słusznej sprawie – wielkim patriotom, których nigdy nie poznam, a którzy byli przy mnie cały czas.

SOMALI PIRATES HUNTING CLUB

W jaki sposób ta cała zawierucha rzuciła cię aż do Afryki?

Jak rozkręcił się ten cały dym, spotkałem się w międzyczasie z Jurkiem z kontrwywiadu. Powiedział mi, że dobrze by było, gdybym na jakiś czas zniknął. Bo mogą mi na przykład coś podrzucić i w ten sp[redacted]nie upierdolić. Powiedział do mnie: „Słyszałem [redacted]ursie Maintain Security Operation. Zrobisz ten k[redacted]rs i wyjedziesz". Tak się stało. W sierpniu 2014 roku wyjechałem pierwszy raz.

Trudno zostać ochroniarzem na statku i bronić załogi przed somalijskimi piratami?

Sam kurs trwał tydzień i był po angielsku. Prowadzili go byli Royal Marines. Musisz mieć co najmniej pięć lat służby mundurowej, zrobić ten kurs i zdać egzamin. Wtedy wysyłają cię w tranzyt i sprawdzają, jak sobie poradzisz w ciężkich warunkach.

Znałeś angielski?

Nie – znałem tylko dobrze rosyjski. Ale nauczyłem się na pamięć czterystu słów po angielsku, które były mi potrzebne w pracy, i nimi operowałem.

Kurs był płatny?

Tak, kosztował sześć tysięcy złotych. Tam się robi też specjalne uprawnienia strzeleckie, które pozwalają posługiwać się bronią na terenie Afryki.

Czyli do tego są potrzebne specjalne papiery, tak?

Tak – one są certyfikowane przez Anglików tu, w Polsce. Jest egzamin z budowy broni i obsługi. Odbywają się strzelania taką bronią jak FN FALL, MP5, kałasznikow, glock. Do tego cię egzaminują z procedur morskich związanych z użyciem broni. Trzeba też mieć zrobione specjalne badania lekarskie. Po takim kursie pośrednik gwarantuje pracę. Są to z reguły tranzyty jednomiesięczne albo dwumiesięczne.

Chcesz wiedzieć, na czym w ogóle polega ten biznes ochroniarza morskiego?

Najkrótszą droga z Indii do Europy wiedzie przez Kanał Sueski. Po drodze trzeba przepłynąć przez cieśninę Bab al-Mandab. To jest cieśnina granicząca z Jemenem i Somalią. W tym rejonie najmocniej działają piraci, odnotowano tam kilkadziesiąt przypadków ataków i kilkanaście przypadków porwań. Jeden taki tranzyt trwa około dwunastu–czternastu dni. Może być tak, że pakujemy się na Kanale Sueskim, w Kairze, i płyniemy przez cieśninę Bab al-Mandab, przez Zatokę Adeńską, w kierunku Fudżajry, potem na Indie lub na RPA, na Durban. Albo pakujemy się w Durbanie i płyniemy na Indie, na Fudżajrę lub do Kanału Sueskiego.

Ciekawostką jest, że do ochrony statków świetnie nadają się byli mundurowi, ale już niekoniecznie byli specjalsi. Dlatego, że specjalsi mają problem z aklimatyzacją, współżyciem z ludźmi i wykonywaniem rozkazów. Zdarzają się przypadki, kiedy oni mówią, że wiedzą lepiej. Uważają, że dowódca nie ma racji, bo oni są inaczej i lepiej nauczeni. A na statku nie ma miejsca na coś takiego.

Jakie statki się ochrania?

Różne. To mogą być tankowce, ro-ro (czyli takie przewożące samochody), masowce (czyli przewożące towar typu zboże, cukier czy jakieś maszyny). Na takim statku jest z reguły team złożony z trzech ludzi i dowódcy, czyli TL (*team leader*). W tej chwili TL to są najczęściej Brytyjczycy, byli żołnierze Royal Marines lub SAS. No i w takich teamach się pływa. Gdy zaczyna się tranzyt, pobiera się broń.

Skąd się ją pobiera?

Jest specjalnie wyznaczony agent, który ma uprawnienia do tego, żeby broń przechowywać w magazynach. I on tę broń wydaje team leaderowi.

Jaka to jest broń?

Mogą to być FN FAL-e albo kałasznikowy.

Czyli raczej karabiny maszynowe.

Tak. Są firmy, które doposażają operatorów w krótką broń palną i pistolety maszynowe. Ta broń jest przechowywana w specjalnych skrzyniach – tam są też kamizelki kuloodporne, amunicja, broń i hełmy. Anglicy bardzo profesjonalnie podchodzą do tej pracy i obowiązuje zakaz robienia jakichkolwiek zdjęć z bronią na mostku podczas wachty. Zdarzają się przypadki, że ludzie łamią ten zakaz i robią sobie takie zdjęcia, a potem je wrzucają na Facebooka. Ale te firmy obserwują ich profile, więc jeżeli wyłapują takiego delikwenta, to on automatycznie żegna się z pracą. Broń można wyciągnąć z tych skrzyń tylko i wyłącznie poza wodami terytorialnymi.

Czemu tak jest?

Takie są przepisy tych państw. Podczas jednego tranzytu – dwunastodniowego czy czternastodniowego – przypada na jednego operatora dwadzieścia pięć wacht. To są cztery godziny w nocy i cztery godziny w dzień. Jeżeli jest trzech operatorów, to pracują po cztery godziny, a jeżeli jest trzech operatorów i team leader, to po trzy godziny.

Praca jest bardzo monotonna, polega na tym, że obserwuje się radary na statku albo spogląda przez lornetkę. No i widzi się cały czas morze. I jest się w ciągłej gotowości. Nie każdy się do takiej pracy nadaje, bo można w pewnym momencie dostać od tego pierdolca. Małe, ciasne przestrzenie na statku, a jak patrzysz w lewo – morze, w prawo – morze, w górę – niebo. I tyle. W dodatku przez cały tranzyt może się absolutnie nic nie dziać. Każdy tranzyt jest za to opiniowany. Team leader ocenia: jak się zachowujesz, jakie masz relacje z załogą, jakie masz relacje z teamem, jak się posługujesz bronią, jaki masz potencjał, jak się rozwijasz. Za każdym razem ta opinia trafia do firmy i do operatora.

Miałem na przykład taki przypadek, że wszedłem na wachtę z telefonem komórkowym i ze słuchawkami, ale nie miałem tych słuchawek włożonych w uszy, tylko zawieszone na szyi. No i przyszedł do mnie Brytyjczyk i powiedział, żebym te słuchawki schował. Wyjaśniłem, że ich nie używam, tylko mi wiszą na szyi. On powiedział, że muszę je schować. I automatycznie napisał maila do firmy, że miałem te słuchawki na wierzchu podczas służby. Po skończeniu tranzytu dostałem wiadomość zwrotną, że jeżeli jeszcze raz taka sytuacja się powtórzy, to firma nie będzie ze mną współpracowała. Tak że jest tam bardzo ostra dyscyplina.

Nie można się spoufalać z załogą, ale jednocześnie trzeba z nimi dobrze żyć. Nie można pokazywać jakichkolwiek słabości – że jest się zmęczonym albo ma się doła. Trzeba się non stop uśmiechać. Jak pojechałem pierwszy raz, team leader powiedział mi po dwóch dniach:

– To co, Jerry, ty się chyba nie nadajesz do tej roboty, wracasz do Polski... – Pytam go dlaczego. A on mówi: – Chodzisz ze skwaszoną miną, w ogóle się nie uśmiechasz.

Oprócz uśmiechania się trzeba być bardzo profesjonalnym, bo Brytyjczycy zwracają na to uwagę. Nie można spędzać wachty, opierając się o balast i udając, że nic się nie dzieje. Trzeba zmieniać strony, obserwować. No i trzeba być naprawdę czujnym, zdarzają się przypadki, że somalijscy piraci udają rybaków. Choć był i taki przypadek, że Włosi się pomylili i zastrzelili właśnie rybaków. Firma im nie pomogła, bo zostało to uznane za przekroczenie uprawnień. Włosi poszli siedzieć.

Jakie są procedury w przypadku ataku piratów?

Statki są wyposażane w druty kolczaste, specjalne hydranty i armatki wodne. W przypadku ataku piratów najpierw trzeba pokazać broń – czyli zademonstrować, że na statku jest ochrona. Potem należy odpalić armatki wodne. Jeżeli oni nie użyją broni, ty też nie możesz broni użyć. Piraci jednak czasami używają granatników przeciwpancernych – jeżeli widzisz taki granatnik, wtedy od razu strzelasz do gościa. Musisz cały czas myśleć, żeby nie popełnić jakiegoś błędu. Wszystko wykonujesz na polecenie team leadera.

Po każdej wachcie zdaje się też raporty. Co zaobserwowałeś, jaki jest wiatr, jak wysoka jest fala, jakie były statki. Wszystko trzeba pisać w języku angielskim. Jest takie miejsce na statku, które nazywa się „cytadela". Gdy nie ma możliwości obrony statku, cała załoga tam ucieka. W cytadeli mają zapasy wody i żywności, mogą się zaryglować i wezwać pomoc. Tam piraci się nie dostaną.

Miałeś kiedyś jakieś starcie z piratami?

Uczestniczyłem na przykład w takim zdarzeniu: na dwieście metrów od statku piraci podpłynęli skiffami – takimi szybkimi łodziami – i mieli już przygotowane drabiny. Od razu wszczęliśmy alarm, bo tam w pobliżu pływają okręty wojenne NATO. Pobraliśmy broń ze skrzyń, załadowaliśmy magazynki i porozstawialiśmy się na pozycjach. Było nas czterech. Piraci stanęli przed burtą, zobaczyli, jak zachowuje się ochrona, i... spierdolili.

Rozmawiałeś kiedyś z kimś, kto został porwany przez takich piratów?

Tak, z jednym Polakiem. Miał szczęście, że trafił na piratów, którzy w ogóle nie zrobili im krzywdy. Kompania wypłaciła tym piratom trzy miliony dolarów i zakładnicy zostali uwolnieni.

Ci piraci też działają już trochę sprawniej – nie tak chaotycznie jak kiedyś. Z reguły jest tak, że jak widzą ochronę na statku, to go nie atakują, bo chcą uniknąć walki. Komuś może się wydawać, że trzech czy czterech ludzi nie jest w stanie obronić tak wielkiego statku. A to nieprawda, ponieważ statki są wysokie, ochrona znajduje się na wysokości kilku pięter i widzi doskonale swoje cele. Natomiast piraci, gdy są na morzu, mają słabą widoczność. Mało tego, są takie kompanie, które zabezpieczają statki nie tylko drutem kolczastym, ale też kuloodpornymi szybami na mostku. W tym specjalizują się firmy arabskie.

Wachty zaczyna się od momentu, kiedy statek wchodzi w strefę ryzyka. Jak nie jesteśmy w tej strefie, ochrona wtedy nie pracuje. Ma wolne. Ale jest ważne, żeby pokazywać, że jest się profesjonalnym ochroniarzem. Czyli jak jest siłownia na statku, to się chodzi na siłownię, jak jest bieżnia, to się biega, żeby cały czas podkreślać, że traktuje się swoją robotę poważnie. Powierza się nam życie dwudziestu-trzydziestu osób. Ci ludzie patrzą na nas. I przekazują potem kapitanowi, kto jak się zachowywał. Ten kapitan też wystawia nam opinię.

Brytyjczycy nauczyli mnie jeszcze jednej zasady. Twoja praca zaczyna się od momentu, kiedy stawiasz nogę na ulicy w drodze do pracy, a kończy się, kiedy przekraczasz próg własnego domu. Bądź profesjonalny w każdym calu, ponieważ wszyscy cię obserwują.

Dużo Polaków tam spotkałeś? Po jakich formacjach?

Po Formozie, Lublińcu, Jednostce Wojskowej Komandosów, piechocie, marynarce, byłych policjantów. W ogóle Polacy (oczywiście nie wszyscy) są tam dobrze postrzegani. Brytyjczycy chcą z nami pracować, ponieważ podchodzimy do pracy w sposób profesjonalny. Choć trafiają się też pijacy i awanturnicy. Oni nie powinni się tam znaleźć. Bo nawet gdy masz wolne i schodzisz na ląd gdzieś w Afryce, to wciąż jesteś w pracy i powinieneś się odpowiednio zachowywać.

Kiedyś w trakcie lotu zgubili nasze bagaże. Kicha straszna, bo nic nie mieliśmy. No i nasz team leader zapytał, czy podejmiemy tranzyt, bo on na naszym miejscu wróciłby do domu. Myśmy powiedzieli, że płyniemy. Od załogi pożyczyliśmy jakieś szczoteczki do zębów, mydło i ręczniki, a ciuchy na bieżąco praliśmy. I tak przez miesiąc. W dodatku trafiliśmy na łotewski statek, na którym były poważne problemy z jedzeniem. Ale daliśmy radę.

Po tym tranzycie team leader wystawił nam opinię, że jako operatorzy jesteśmy przygotowani psychicznie na różne niedogodności i mimo takich, a nie innych warunków profesjonalnie wykonywaliśmy swoją pracę. Tak że *feedback* dostaliśmy.

Byłem też kiedyś w trudnej sytuacji, gdy utknąłem na kutrze rybackim.

To znaczy?

Czasami jest tak, że po skończonym tranzycie nie lecisz do domu, tylko czekasz na następny tranzyt na platformie, która tak naprawdę jest małym kutrem. Siedzisz tam tydzień albo dwa, bujają falę, możesz dostać choroby morskiej. Nie każdy wytrzymuje coś takiego. Raz skończyłem tranzyt, miałem dostać wizę, bo mój team wyjeżdżał do Polski. Okazało się jednak, że nie dostanę wizy w krajach arabskich, bo mam ważny paszport przez mniej niż sześć miesięcy. No i mój team wyleciał, a ja zostałem na kutrze przez miesiąc. Musiałem czekać na kolejny tranzyt w kierunku RPA, bo tam nie robią problemu z wizami.

Ciężko było?

Tak. Cały czas wpierdalałem ryż i chodziłem, kurwa, na siłownię. Była na dachu tego kutra i ćwiczyło się przy czterdziestostopniowym upale. Ale musiałem pokazać, że nie jestem miękki, że się dobrze aklimatyzuję. Bo wiesz – tam się przewijają różni ludzie, także tacy, którzy mogą złożyć ci propozycję pracy na lądzie – w Afganistanie czy Iraku. A operatorzy różnie reagują. Schodzą na ląd i na przykład idą chlać wódę, robią jakieś awantury. Dlatego trzeba się pokazywać z dobrej strony, żeby chciano z tobą pracować.

A jak wygląda twoje życie między tranzytami?

Jak jestem w Polsce, na zmianę z rodzeństwem opiekuję się mamą. Tylko ja mogę ją wykąpać, nikomu innemu się nie daje. Trzeba z nią postępować surowo. Chowa przede mną nawet swoje brudne pieluchy. Z matką trzeba przebywać non stop i robić wszystko systematycznie. Kiedy jestem w kraju, szoruję wszystko na „piko bello", gotuję. Niestety siostra nie jest w stanie siedzieć u niej cały czas i jak mnie nie ma, przyjeżdża do matki tylko raz w tygodniu. Próbuje sprzątać, ale mama nie bardzo jej na to pozwala. Jak wracam po tranzycie do domu, chałupa matki wygląda jak melina. Rzucam torby i zaczynam sprzątać. To jest dopiero szkoła twardości. Naprawdę. Zaprosiłbym tam wszystkich twardzieli.

Myślałeś kiedyś o założeniu rodziny?

Był taki moment, że o tym myślałem. To było w 1996 roku. Zakochałem się wtedy w tej kasjerce z kantoru. Chciałem się z nią ożenić, mieć dzieci. Ale to była bardzo niezręczna sytuacja, bo jednak brałem tam udział w kombinacji operacyjnej. I nie powinno być romansu, bo gdyby okazało się, że ona uczestniczy w procederze przestępczym, to mielibyśmy konflikt interesów. Zresztą okazało się, że brała, bo obsługiwała tę lewą kasę. Ale w sądzie jej tego nie udowodniono.

W każdym razie w końcu się z nią zaręczyłem. Ale w pewnym momencie przyszedł kryzys. To był drugi dzień Świąt Wielkanocnych. W wieżowcu w Gdańsku wybuchł gaz i ściągnięto nas z domów do pracy. Zginęło tam szesnaście osób. Myśmy wyciągali z gruzów te trupy.

Ruszyło cię to wtedy?

Nie, nie ruszyło mnie w ogóle. Chodzi o coś innego. Jak jej wtedy powiedziałem, że muszę wyjść z domu i jechać do pracy, to naszła mnie refleksja, że ta praca to jest jednak moja miłość, pasja i powołanie. I dopadł mnie taki strach, że nie będę w stanie tej pasji realizować, jeśli będę w związku z kobietą. Zacząłem o tym myśleć, że związek to rodzina, dziecko. I bałem się, że jak się pojawi dziecko, to swoją pasję postawię ponad dziecko i wszystko zostawię w piździec. Pomyślałem, że to jest wielka odpowiedzialność i mógłbym temu po prostu nie podołać. Bo zrobić dziecko to żaden problem. Ale sztuką jest nie zrobić takiemu dziecku krzywdy. Doszedłem do wniosku, że ja się po prostu do związków nie nadaję.

Żałujesz tego z perspektywy lat?

Nie żałuję. To była przemyślana decyzja.

Teraz jesteś w związku?

Tak, choć słabe jest to, że ja przebywam na jednym końcu świata, a ona na drugim. Oczywiście kocham ją, nie zdradzam i wiem, że ona mnie nie zdradza. Jej chłopak jest dla mnie jak rodzony syn. Chciałbym, żeby jej się w życiu powiodło. Przede wszystkim żeby miała święty spokój, bo przeszła ze mną gehennę.

Dlaczego?

Dlatego, że mi zaufała, a ja ją oszukałem. Obiecałem jej kolorowe życie, a koledzy byli ważniejsi. I to kolorowe życie zmieniło się w koszmar. O wielu rzeczach jej nie mówiłem. Więcej wiedzieli koledzy niż ona. A oni z kolei jej nie akceptowali.

Z jakiego powodu?

Bo była spoza środowiska i miała swoje zdanie. Oni się obawiali, że może mi otworzyć oczy na to, jakich ludzi mam wokół siebie.

Czyli jest mądrą kobietą.

Mądrą i piękną kobietą.

A czym jest według ciebie miłość?

Miłość jest wtedy, kiedy możesz liczyć na drugiego człowieka.

Jakie masz plany?

Poznałem takiego Angola – eks-SAS-owca – który zaproponował mi, żebym zrobił Close Protection Licence. To najlepsza angielska licencja ochroniarska. Można ją zrobić tylko w Wielkiej Brytanii, ale jest respektowana w krajach arabskich i afrykańskich. Ten SAS-owiec powiedział, że mnie zarekomenduje do różnych firm. To znaczy wystawi mi oficjalną opinię na piśmie, którą można się posługiwać na całym świecie. Tam jest twoje imię i nazwisko, nazwa firmy i inne dane i każdy pracodawca może zadzwonić do tej firmy, żeby potwierdzić, czy to prawda czy nie. A to jest bardzo istotne.

Co ci to da?

Przede wszystkim większe zarobki. Jeżeli ktoś podejmuje taką pracę, bo szuka przygód, to niech sobie da spokój, bo tak przygód się nie szuka. Przygód się szuka jako podróżnik. A tam trzeba podchodzić do pracy profesjonalnie. Przychodzisz, kasujesz pieniądze, wykonujesz robotę i czekasz na następną. Nie szuka się wrażeń. Jak oni wyczują, że ktoś szuka przygód, nie chcą z kimś takim pracować.

Ale co ci da ta licencja?

Będę mógł na przykład pracować w ambasadach brytyjskich w krajach arabskich albo afrykańskich. Mogę też ochraniać brytyjskie konwoje w Afganistanie czy Iraku. A to wiąże się z zarobkami powyżej sześciu tysięcy dolarów miesięcznie.

Masz szansę uzyskać tę licencję?

Wkrótce zacznę ten kurs.

A kontrwywiad wojskowy to już rozdział zamknięty?

Ze służb wojskowych nie odchodzi się nigdy.

SPIS TREŚCI

Polecamy także

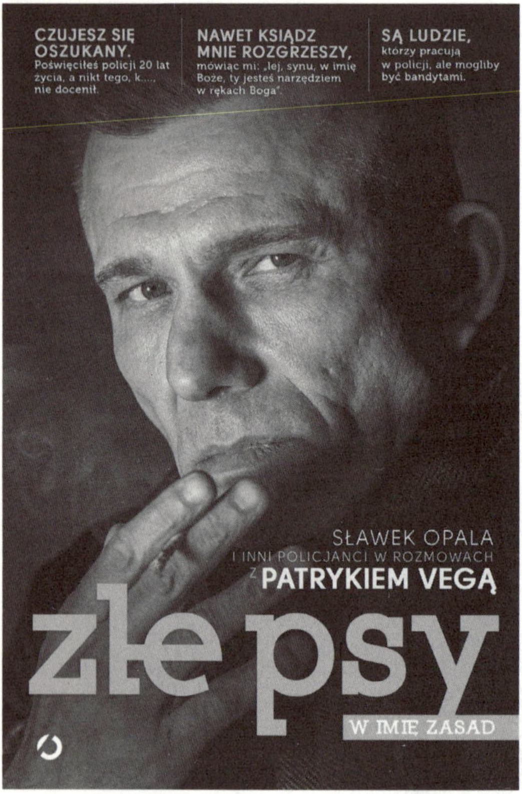

Bez kompromisów. Bez skrupułów. Bez cenzury.

Sławek Opala i inni policjanci opowiadają znanemu reżyserowi o prawdziwym obliczu polskiej przestępczości: morderstwach, mafii, haraczach, świadkach koronnych, o przepychankach z przełożonymi i metodach pracy, które mają być przede wszystkim skuteczne.
To książka o świecie twardych facetów, w którym granica między zbrodnią a prawem jest cienka, ale wyraźna.

Bo sprawiedliwość jest jedna.

Patryk Vega kontynuuje odkrywanie prawdy o polskiej policji.

Oto wstrząsające historie policjantów, którzy nie wytrzymali presji w pracy, przeszli na drugą stronę barykady i trafili do więzienia albo wylądowali w szpitalu psychiatrycznym.
Przerzucanie zwłok z dzielnicy do dzielnicy czy imprezy ze świadkami koronnymi zakończone grupowym seksem to ledwie punkt wyjścia do dramatów ujawnionych w rozmowach.
Dlaczego niektórzy przechodzą na złą stronę? Czy komuś udało się stamtąd wrócić?
Poznaj policję od środka. Twardo, po męsku, bez cenzury.

Wydawnictwo Otwarte sp. z o.o.,
ul. Smolki 5/302, 30-513 Kraków. Wydanie I, 2016.
Druk: CPI Moravia Books